複雑な彼

三島由紀夫

角川文庫 15992

目次

複雑な彼　5
解説　安部譲二　382

1

国際線のジェット機の一等では、好きな時間に、好きな酒を、好きなだけ呑《の》める。酒の給仕は男がやる。それがスチュワーデスならぬスチュワードで、金釦《きんボタン》のついた制服に身を固め、優雅な動作で、しかも男らしくテキパキと、酒の注文をきいて歩き、給仕をする。

スチュワードのスタイルでは、しかし、何がいちばん大切かといえば、それは背中だ。

酒のワゴンを押して歩いて、せまい通路を遠ざかるときに、この制服の背中がカッコいいかどうかで、スチュワードの値打が決ると云ってもいい。

その点では、父について何度も太平洋を横断している冴子《さえこ》は、よく目が利くのだ。冴子はちっともお酒は嗜《たしな》まないけれども。

それは実に、惚《ほ》れ惚《ぼ》れするような隙のない背中だった。紺の制服の大きな丈の高い背中は、せまい機内で身をもてあましそうなものなのだが、それが一分の隙もなく優雅に動き、腰をひねるときの紺の皺《しわ》までがイキな流線をえがいて、全然、その大きな背中が鬱陶《うっとう》しくない。

『どんな顔をしていたかしら？』

と、ついさっき、自分のそばをとおりかかったそのスチュワードの顔を、あんまりおぼえていない自分に、冴子はおかしくなった。

父はぐっすり寝入っており、冴子は冴子で、酒をすすめられると同時に、手を軽く振って断ってしまったのだから、顔をおぼえていないのは、ムリではないかもしれない。

とにかく酒をすすめた日本語も正確なきれいな発音だったし、日本人にはまちがいがないのだが、日本の男であんなに優雅で巨大で、しかも精悍《せいかん》な背中を持った人はめずらしい。

――やがてそのスチュワードが、又、お酒のワゴンを押してやってきたので、冴子はつらつらその顔を見ることができた。

浅黒い童顔だが、いかにも利かん気の顔をしていて、鼻がこころもち曲っているのが残念である。しかし微笑をうかべた歯は、真白で逞《たく》ましかった。

冴子の前の席の外人に、英語で酒をすすめているが、それがみごとな英国風の英語である。前の座席から毛むくじゃらの手がのびて、ウイスキーの水割りのコップを彼からうけとった。

冴子の横をとおるとき、

「何かソフト・ドリンクをお持ちしますか」

とステュワードはきいた。

又、冴子は手を振って断ったが、断ると、急にそんな自分の態度が頑《かたく》なに思えてきて、本当は咽喉《のど》が渇いているのに、意地で断っているような気がした。

しかしステュワードは何のこだわりもなく、ちらと気持のいい微笑をうかべて、次の席へ移ってゆき、今度は流暢《りゅうちょう》なフランス語で注文をきく声が耳もとにきこえた。

それは厚みのある深い声で、フランス語を日本人が発音する軽々しさが、すこしも感じられなかった。

2

——そのステュワードはホノルルで降りてしまい、冴子は忘れるともなくそのことを忘れてしまった。

ホノルルから乗ったステュワードは、見るからに野暮なのろま男で、それと対比して、前のステュワードがちらと思い出されたが、冴子の生活経験からしても、あいう表面的に水際立った青年は、大てい鼻持ちならぬ己惚《うぬぼ》れ屋か、内容空虚な女たらしかに決っているので、それ以上考えるのはやめてしまった。

サンフランシスコで、父娘《おやこ》は二泊して体を休めることになっていた。

冴子は父と一緒にアメリカへ行くのはこれが三度目だった。

父の会社がアメリカと技術提携をして、そのために事業が急に大きくなり、父のアメリカ行きも度重なったが、丁度そのころ母が死んで、のこされた冴子は嫁入り前だし、一度父は、冴子をなぐさめるためにアメリカへ連れて行った。

するとこれが意外の好評で、父は冴子に英語を助けてもらうし、婦人同伴の招待にも安心して行けたし、いろいろと商売上の利点がふえた。これに味をしめた父は、娘を秘書に任命し、アメリカ行きには必ずつれて行くことになったのだ。

その代り、少しは娘の言うこともきかなければならない。サンフランシスコ泊りは娘の発案であって、父はほんとは先を急ぎたいのだが、冴子は冴子で、ここでゆっくり遊んで、大学時代の友だちとも会いたいのだった。

父子はサンフランシスコでは、セント・フランシス・ホテルを定宿にしていた。

それは古風で巨大なホテルで、美しいユニオン・スクウェアの小公園に面しており、上層階の窓からは、日にかがやくサンフランシスコ湾も見渡される。

日本の銀行員の妻になって、サンフランシスコに住んでいる友だちは、ぜひ家へ来てくれと電話で言い、その日のお昼ごはんを誘いに車でやって来た。

サンフランシスコ名物のケーブル電車は、ホテルのすぐ下が終点である。

ホテルの玄関口で、冴子が、友だちのルリ子の車を待ちながら、ふとお化粧の具合が気になって、日かげのショウ・ウインドウに顔を映していると、そこにたまたま降りてくるケーブル電車が映って来た。

けたたましい叫びに冴子はふり向いた。目の前を、古風な形の電車に鈴なりにぶら下った人かげが横切った。それは大げさなアメリカばあさんたちの観光客が、大したスリルでもないのに、まるでローラア・コースタアの急斜面にさしかかったように、そろって悲鳴をあげたその声だった。

入れちがいにルリ子の運転するオープン・カアが、ホテルの玄関先へとまり、駐車禁止の場所なので、冴子はいそいで飛び乗った。

カリフォルニア州の初夏の果物の香りをいっぱい含んだような、かぐわしい空気が頬を打って流れた。

「しばらくね」

と冴子は流れる髪をかばって言った。

「他人行儀な挨拶《あいさつ》しないでよ」

「そういえばそうね。二年以上も会わないような気がしないわ」

「あなたまだチョンガー？」

「女でもチョンガーっていうの？　いつまでもパパにくっついて、利用されてちゃだめよ」

「何さ、質問を外《そ》らして。」

ルリ子はその会話同様の乱暴な運転で、急坂をのぼり切って左折する、そのカーヴのときに立てるタイヤのきしみは、道ゆく人がふりかえるほどだった。

ルリ子はもとスチュワーデスをしていて、お客の銀行員に見染められて結婚したのだが、その美貌は、世帯を持ってもすこしも衰えず、ことに女をやたらに奉るアメリカにいては、まるで女王様のお通りという気位があった。

『この調子なら、人を二三人轢《ひ》いたって、きっと無罪になるわ』

と冴子が考えていると、車は、又急坂にかかって、四十五度の仰角に近い坂の途中に、車体をひねって、急に止った。

「ここが家《うち》よ。お降りなさい」

「お降りなさいって言ったって……」

冴子が困ったのも無理はない。

彼女の体は、まるで引っくりかえった人形みたいにうしろへ倒れ、座席の背はほとんど水平になって、両足は上のほうへ上ってしまっている。そこから起き上るのは容易ではなく、スカートはお腹《なか》のほうへまくれかけている。

しかしこんなことは急坂の多いサンフランシスコでは当り前のことで、ルリ子は柔道家のように、エイヤッとばかり立上って車外へ出ると、外から冴子に手を貸してくれた。

――二人は階段を上って、ルリ子の家の二階の食堂兼客間へ入った。思い切り大きくひらけた一枚ガラスの窓の前に、もうお昼のテーブルがセットされている。ルリ子が家を出る前に、準備万端を整えておいて、冴子を迎えに来たのであろう。テーブルは窓に寄せて据えられ、きれいな皿敷きの上に、花もようを描いた飾り皿が置かれ、赤や黄のガラスのタンブラー、モダンな形のナイフとフォークが、窓からさし入る日を受けてかがやいている。

その窓の前に立った冴子は、サンフランシスコの氷砂糖の結晶のような町の眺めの美しさに目を見張った。ここからは、遠く金門橋も見渡され、湾は美しい町のかなたにきらめき、湾の対岸のバークレイのなだらかな丘のつらなりの空には、鍋からすくい上げた牛乳の皮みたいな、初夏のとろりとした雲がわずかに浮んで、そのほかはすばらしい青空だ。急坂の下へ、トントンと駈け下りて行けそうな白い段々のような家々の屋根も、よく見ると、古風な出窓やバルコニーをいっぱいレエスのようにひっかけていて、家々のあいだの木立の緑が、そこから緑の火事が起りつつある最初の焔《ほのお》のようだ。

「すばらしい景色ね。サンフランシスコに住むには絶好の場所ね」

「今度、夜来てごらんなさいよ。灯《あか》りが、宝石箱を引っくり返したみたいだから。……私って、よっぽど地上を見下ろして暮す運命にあるんだわね」

と元スチュワーデスのルリ子は言ったが、考えてみれば、これはずいぶん己惚れた言い方だった。

「じゃ、すぐ仕度をして来るから。お料理はできていて、もう温ためるだけなのよ」

とルリ子は、大声で言いながら、キチンへ入ってしまった。

子供のない夫婦で、良人《おっと》は勤めに出かけている昼間の一人ぼっちの生活を、ルリ子はどう暮しているのか、と冴子はふと考えてみたが、それが別に羨《うらや》ましくはなかった。

皿を持って部屋へかえってきたルリ子に、ふと冴子は、今まで考えてもいなかったことを、間をふさぐつもりで言った。

「ホノルルまで、日本人のスチュワードで、大男で、すごく洗煉《せんれん》されたのがいたわ。私、日本の男の人で、あんなにお酒のサーヴィスの巧《うま》い人みたことない」

冴子はそのとき今まで忘れていた彼の背中のことを思い出し、その紺の制服の背中が急に目の前に立ちふさがるような気がしたが、それは言わなかった。

「ああ、わかった。井戸掘君だわ」

とルリ子は事もなげに言って皿を置き、冴子にも坐《すわ》るようにすすめた。

「へえ、井戸掘？　ずいぶん変った名前ね」

「変った名前でしょ」

とルリ子は、もうその話題には興味がないように、卓上の水さしから、甲斐甲斐《かいがい》しく、冴子のタンブラーに水を注ぎだした。赤い硝子《ガラス》の中の水は、夕映えのような色になった。

ルリ子が何も言わないので、冴子は二言三言料理をほめてから、多少不自然だとは思ったが、

「井戸掘なんて、どこの系統かしら？　沖縄あたりかな」

とひとり言めかして言った。

「あら、ばかね。本当の名前じゃないわよ。仇名《あだな》よ」

とルリ子は、自分の作った料理を、いそがしく口へ運びながら言った。

冴子はこのときはじめて、この自分の質問の不自然さが、相手には感づかれぬほど、相手のほうがもっと不自然な、落ちつかない心理状態にあるのを知った。

ルリ子は明らかにその話題をつづけようか、どうしようか迷っていた。友だちとしての思いやりから、冴子が、話題を急に変えようと思った折も折、急にルリ子は、

「あいつ、いい加減な男よ」

と吐き出すように言った。

「どうして？」

「だから、井戸掘が丁度いいところなのよ。あの人自分で言ってたけど、今までどれだけ悪いことをしてきたか、想像もつかないわ。あんなにお坊ちゃんみたいな顔してるけれど、生活に困っていたときは、井戸掘までやったんですって。それを又自分で自慢しているんだからキザじゃない？ 井戸掘君って仇名だって、よろこんでるのよ。

あの人、どこかの女と駈落して、生活に困ってたとき、近所のヤクザの呑《の》み仲間が、

『いい仕事があるから来い』

と言うんで、ついてったんですって。

行ってみたら井戸掘りの仕事で、一尺掘れば八百円くれるんだという話で、あの人よろこんで行ったらしいの。そこで目黒のN町のほうの、汚ない人足溜《たま》りへ連れて行かれて、アバラ屋の二階に、顔色のわるい男がゴロゴロしていたんだ、ってい

うわ。

さあ、仕事だ、って出かけてみて、わかったことは、同じ一尺でもいろいろあるということなの。同じ一尺でも上も下もあるわけよ。何しろ井戸なんですからね」

この「何しろ井戸なんですからね」というルリ子の憤然たる調子に冴子は思わず笑い出し、ルリ子も、この笑いに心を和められて、それからあとは、全くの他人の噂話をするみたいに気楽になった。

「……それで、一番古手の井戸掘は、地面から一尺だけ掘って、ハイさよなら、って、八百円もらって帰って行くんですって。二番目に古い人が次の一尺。彼はいちばん新米だから、井戸のいちばん深くなった底を掘るわけ。体は水びたしで、うっかりすると浮いちゃうから、

『おおい、ボルト！』

って呼んで、上からロープでボルトを下ろしてもらう。

そのときの『おおい、ボルト！』って、自分で叫んだ声が、井戸の内側のあちこちに反響して、体は水びたしで寒くて声もふるえているから、そのふるえる声の反響を自分できく心細さったらなかったそうよ。

やっと重しのボルトをつないだロープが下りてきて、そのロープの先に、体を温めるための焼酎瓶《しょうちゅうびん》がぶら下っているのを見たときには、拝みたくなった、って言

ってたわ」

3

ルリ子の話を笑いながらきいている冴子は、どう考えてもあのスチュワードの洗煉されたハイカラさと、井戸掘人足とが、頭の中で一つものにならず、まるで数学の難問みたいに、いつまでも頭のシコリになるのをおそれた。

そしてこんな話をルリ子の口からきいたあとでは、何不自由なさそうな美人のルリ子の家庭生活の幸福にも、何となく影がさしている感じが否めなくなった。あの大きな、優雅な制服の背中の影が……。

——それ以上冴子も質問せず、この話は又それだけのことになって、彼女はサンフランシスコのたのしい滞在を終ったのち、父と一緒にニューヨークへ飛んだ。摩天楼《まてんろう》の眺めにももう何の新鮮さもなく、着いたその日から父に従って、あちこちのオフィスをたずねたり、カクテル・パーティーに招かれたりする毎日がはじまった。

冴子の父は愉快な肥満型の紳士だが、必要以外のことには相当のケチで、冴子の労力に対しても、あんまり甘い御褒美はくれない。

「アイ・ミラーで靴を買いたいんですけど、少しお小遣をほしいな」

「一足だけだぞ。はい、十ドル」

「十ドルじゃ、ろくなの買えないわ」

「ぜいたくを言うもんじゃない。ドルは貴重だぞ。外貨を浪費するのは非国民だぞ」

「じゃ、いいわ。下町《ダウン・タウン》の安物屋へ行って、見切品を買うから」

「誰と行くつもりだ」

「一人で」

「そりゃいかん。下町には悪いのがウロウロしている。誰かお供をたのみなさい」

「お供をたのめば、お昼をおごるから、結局高いものにつきますわよ」

「それでもかまわん。つまらん贅沢《ぜいたく》をおぼえるよりいい」

父は結局会社の出張所の現地雇傭《エンプロイー》の二世をたのんで、冴子を下町へ買物にやった。

このお供は全く垢《あか》抜けない青年で、

「オオ、お嬢さん、インネクスペンシヴ（経済的）な靴ならあそこがいい」

などと連れて行ってくれる店が、世にも田舎くさい、センスの皆無な店だったりする。

冴子がいい加減歩きくたびれて、タイムス・スクウェアの雑沓《ざっとう》のところまで来て、町角の新鮮果汁のスタンドに寄り、無愛想なおじさんが、サンキスト・オレンジのつやつやした香りのいいやつを、二三個惜しげもなく搾り器にかけて、紙コップに注いでくれるのを、熱い咽喉《のど》に快く呑み干すと、二世の青年は、何を思いついたか、急にこんなことを言い出した。

「あなた、日本からNALで来ましたか?」

「ええ」

「あそこのスチュワードで、僕、ハワイの郷里《くに》で知り合いになった人がいる。大男でね。オオ、とてもとても愉快なヤツ」

冴子は思わず、好奇心を顔に露骨に出した。

4

二世の青年の話は、大した内容ではなく、男同士のザックバランな話題は、どうも社長令嬢には一切隠している形跡があったが、ホノルルのある酒場で知り合った彼と一晩呑み明かし、彼の一代記をきいて、大いに感動し、心から彼を崇拝している調子であった。

スチュワードの名前が、宮城《みやぎ》ということはわかったが、話の内容が抽象的で、宮城の何が、それほど二世の青年を感動させたか、全くわからない。

「とにかく、彼、ロンドンのトロカデロ・クラブでバーテン修業をしたらしくてね、ホノルルのバーテンなんか、オオ、彼の足もとにも及ばないんですね」

「つまり、お酒のサーヴィスが世界一流ってわけ？　それは私もみとめるわ。でもそれだけ？　何だか、あなたのお話、よくわからないわ」

「それだけじゃない。あの人の一代記きいてごらんなさい。すごいですから。もてて、もてて……十五のときから女にもてどおしなんですからね。アイ・エンヴィ・ヒム（彼がうらやましい）」

どうやらこんな話題は、二世の微妙な心理的屈折の産物らしく、この二世青年の目的とするところは、

『自分は宮城ほど女にもてる男じゃないが、純情な点では絶対だから、どうかよろしく』

と冴子に売り込んでいるらしいのだが、こんな売り込みが女心にほとんど何も訴えないばかりか、逆効果だ、ということには気づいていないらしい。

そしてつくづく見ると、二世青年のずんぐりした背中は、大豆をいっぱいつめた麻袋という感じで、こんな背中を見せて給仕されたら、人はお酒よりも、つまみものピーナッツをほしくなるのではないだろうか。

5

――これだけのイキサツがあっては、冴子も自然に、あの見事な背中のステュワードに惹《ひ》かれるのは当り前で、もちろんそれは恋というようなものではないが、ニューヨーク滞在の十日間ののち、帰路のNALの機内でも、又、宮城の番に当ればいいが、と心の中で思っていた。

北極《ノース・ポール》まわりの直行なら、時間的には早いのだけれども、体が辛《つら》いので、父も往路と同じ飛行機でかえるのに賛成だったし、いよいよサンフランシスコで日本のNALに乗りかえるときは、タラップのところで客を迎えるステュワードの中に、冴子は熱心に宮城の顔を探していた。

しかしにこやかに迎える日本人のパーサーもステュワードも、気分のよさそうな人たちではあるが、全く知らない顔ばかりで、冴子はガッカリした。

離陸《テイク・オフ》するとすぐ眠ってしまう父の特技にはおどろくのほかはないが、冴子は旅で一等たのしみにしていた望みが叶《かな》わなかった片づかない気持で、ひとりでラウンジへ出て行った。

畳表をかたどったカーペットを敷き、花鳥画を描いた美しい壁のラウンジは、機首の操縦室のすぐうしろにあって、幸い先客は誰もいなかった。冴子はちらと窓外の雲海を見てから、何だか淋しさに身の細る心境で、自分が何だかこのひろい宇宙のなかの、一本の絹糸の命しか持っていない気持になる。

冴子は母を失ってから、何度か深い憂鬱《ゆううつ》に襲われたが、それともちがう。あれは親しみ深い大きな過去から突然絶縁された悲しみだが、これは明るい輝やかしい未来から急に絶ち切られたような、よりどころのない憂鬱なのである。

所在なさに備えつけの外国の雑誌をパラパラめくっていると、やたらに広告が多くて、その酒や新車や薬の広告に出てくる若い男女のモデルが、むしょうに幸福そうな微笑をうかべているのが腹が立つ。

冴子は人から見れば、何不自由のない結構な身分だろうが、生きていれば、当然、いつもこんなモデルのような幸福な微笑をうかべていられるわけがない。それは人間のもっともウソの表情なのに、人々は容易にそれにだまされるのだ。……

こんなことを考えている冴子は、膝《ひざ》の上にひろげた雑誌を見るでもなく、よほどしかめっ面《つら》をしていたにちがいない。

「御退屈でしょう」

と近づいてきたパーサーは、大分年配で、額が禿《は》げ上っているが、その態度が、いかにも慇懃《いんぎん》で包容力のある感じなので、

『こういう人が乗ってると、飛行機自体も安全な気がするから変なものだ』

と冴子が考えると同時に、われしらず、救われた気持がして、微笑をうかべていたらしい。

「ここへ坐ってもよろしゅうございますか」

「どうぞ」

と冴子は、何か飛行機の話題でも探す気になって、

「もとステュワーデスをしていた正木ルリ子さんって御存知？　今は結婚して、山本ルリ子っていうんですけれど、私の学友で、サンフランシスコで久しぶりに会いましたわ」

「は、存じております」

とパーサーは日本の地上ではめったにきかれない、礼儀正しい言葉づかいをした。二言三言、ルリ子に関する当りさわりのない話題をうろついたのち、とうとう冴子は言ってしまった。

「ルリ子さんから、とても面白いお話を伺ったわ。この線のステュワードで、仇名《あだな》を井戸掘君って仰言《おっしゃ》る方」

と冴子はわざと本名を忘れたふりをした。

「そうですか。いやあ、井戸掘君とルリ子さんは……」

と事務長はうっかり失言したのを、あわてて呑《の》み込んで、

「例の井戸掘の話でしょう。愉快な男ですなあ。彼の話ならいろいろありますが、あなたは彼をよく御存知ですか」

「いいえ。行きの飛行機でお見かけしただけ」

「そうですか。全く愉快な男で、彼は井戸掘だけじゃありませんのです。十九か二十のとき、名古屋で沖仲仕をやってたそうです」

「沖仲仕？」

「船の荷役の労働者ですね。まあ、そのとき何をやってたのか知れませんが、一人で京都へ行こうとして、気が変って名古屋で下りてしまったのだそうです。

彼は話上手でしてね。描写がなかなか巧《うま》いのです。

お父さんの勤めていた銀行の関係で、生れが横浜で、子供のときから船を見て育ったせいか、一人で淋しくなると、港へ船を見に行く習慣があるんですなあ。

十九歳の彼は、たった一人で名古屋に下りて、港のほうへぶらぶら歩いて行き、埠頭《ふとう》でぼんやり船を眺めていたんだそうです。

五月のことで、（丁度今ごろの季節ですなあ）、沖には、彼の表現によると、白い菖蒲《しょうぶ》の花のような形の雲が並び、たくさん碇泊《ていはく》している貨物船は、そびえ立つ船腹に水の反映を揺らしていました。

彼は外国を放浪した自分の十代を思い、（もっともその放浪の内容はわれわれには話しませんが）、さまざまな港の名を心にうかべました。船というものは何とふしぎなものだろう。人間は船を見たとたんに、陸の碇《いかり》から解き放たれて、どこかへ心が漂いだしてしまうんだ。

港のさわがしさ、ランチの往来、荷役の叫び声、それにもかかわらず、彼のまわりには誰も人はいず、ヒマの実らしいもので一杯の麻袋が積み上げられているだけでした。彼はその麻袋の一つに頭を委《ゆだ》ね、空をぼんやり眺めていたが、その青は目ににじむほど青く、十九歳で、絶対に一人ぼっちだということは、何とすばらしいだろう、と思ううちに眠ってしまいました。

やがて彼は、誰かにゆすり起されて、目をさましました。見ると、それは小兵《こひょう》だが、ガッチリした中年男で、鋭い三角の目をしていて、

『オイ、こんなとこで寝ちゃいかん』

彼はのそのそと上体を起したが、返事もせずに大きな伸びをして、港のほうへ向って体をひねりました。

『どうだ。俺のところで働く気はないか』

中年男は、彼の体格を見込んだらしく、そう言いましたが、その男は沖仲仕の親分だったのです。

そういうとき彼は、実に気楽に、育ちのいい闊達《かつたつ》さで、あんまり後先を考えずに、

『はい』

と言ってしまうのです。相手は当然好感を持ち、それがやがて信頼にも変ります。

しかし一方、逃げ出すときもまた早いのですが……。

その日、その時から、彼は沖仲仕になりました。体には自信があるので、重い荷を進んでかついで、大いに重宝されましたが、見習のうちは『六分』と云って、人が千円もらえるところを、六百円しかもらえないのだそうです。

それを二ヶ月もやって暮していたある日、彼は荷役に乗り込んだパナマ船のデリック（起重機）に、一寸《ちよつと》した凹《くぼ》みを発見しました。彼はなかなか船には詳しいのです。

大体、世界の船で、一等ケチで、一等勘定のやかましいのは、パナマ船とギリシア船だと云われています。もしこんな凹みが、仕事のおわったあとで発見されたら、何と弁解してもこちらの責任にされ、契約を叩《たた》かれて、半値以下に値引きされてしまうかもしれません。沖仲仕の親分は、彼のこの発見のおかげで、大いに助かったのでした。

親分は彼に感謝した上、態度を改めて、

『いや、お若いあんただが、只《ただ》のお人じゃあるまい。どうか身分を明かしてくれ』

とたのみましたが、彼は笑って、いいかげんにごまかしました。そのうち、彼は英語ができるというので、パナマ船の一等航海士との交渉にも、組の代表として出され、もう親分はすっかり彼に惚《ほ》れ込んで、一躍、小頭《こがしら》に昇進させたので、彼は廿《にじゅう》八人の沖仲仕の子分をひきいることになりました。もし彼がそこで納まっていたら、あなたは国際線のジェット機の中で、彼に会われるようなことはなかったでしょう。しかし親分が彼に惚れ込みすぎて、自分と妾《めかけ》との間にできた一人娘の、婿にならないかとしつこくすすめてきたので、彼は或《あ》る晩、そこを夜逃げしてしまったのだそうです」

……………。

6

冴子はこの話に聞き惚れて、時のすぎるのを忘れてしまった。実のところは、井戸掘りの話などと比べると、大した特色のない挿話なのであるが、宮城の話となると、何でも興味津々になってしまうのである。

冴子の手のなかには、偶然配られたトランプの札のように、宮城のいくつかの札が並んだ。

「トロカデロ・クラブのバーテンダー」

「十五歳から女にもてつづけた男」

「井戸掘人足」

「十九歳の沖仲仕の小頭」

そして、

「国際線ジェット機のスチュワード」

そして、あの藍《あい》いろの断崖のようなすばらしい背中。

そういう冴子の反応を見まちがえて、パーサーはこう言った。

「どうも、こんな話、御退屈でしょう、御退屈でしょう」

この二度目の「御退屈でしょう」で、冴子は決定的にパーサーがきらいになってしまった。言葉づかいの丁寧さ、心づかいの一見繊細な感じにも似合わず、こういう男こそ、女に対して一等鈍感な男ではないか、という気がしたのである。

女の部屋は一度ノックすべきである。しかし二度ノックすべきじゃない。そうするくらいなら、むしろノックせずに、いきなりドアをあけたほうが上策なのである。

女というものは、いたわられるのは大好きなくせに、顔色を窺《うかが》われるのはきらうものだ。いつでも、的確に、しかもムンズとばかりにいたわってほしいのである。

非の打ち処《どころ》のない紳士のパーサーを、冴子が急に気に入らなくなりかけているときに、それとも知らずパーサーは、思いがけない情報をもたらした。

「大日新聞の須賀さんに、十五、六歳の少年時代にお世話になったとかで、今でも宮城君は須賀さんというと神様みたいに言っています。これが又あの男のふしぎなところで、義理人情にはとても厚いんです」

「大日の須賀さんって、もと英国特派員をしていらした方？」

「ええ、そうです。二三度お乗りになりましたが、私は宮城君の話は避けてるんですよ。須賀さんは彼の暗黒面は全然御存知ないようなんで、それをわざわざお耳に入れるにも及びませんから」

パーサーの紳士気取は、ここに至って、鼻持ならぬものになった。宮城に対するいたわりと見えて実は嫉妬《しっと》。須賀に対する敬意と見えて実は嘲笑《ちょうしょう》。……

冴子はそこまできくと、もうきくべきことはきいてしまった感じで、須賀と彼女との間柄のことなど、このパーサーに知られないほうがましだと判断して、にこやかに、話の相手をしてくれた礼を言って、鼾《いびき》をかいている父のかたわらへ帰った。

彼女は父が好きだったけれども、鼾だけは我慢がならなかった。そこでいつもするように、その鼻をつまんで、おまじないみたいに、左右へ軽くゆすぶった。するとふしぎと父の鼾はしばらく止るのである。

冴子は子供っぽい習慣のつづきで、それをするのだが、このときふと、父の鼻の脂《あぶら》が自分の指にのこった感覚が、ゾッとするほどイヤになった。今までにないことだが、彼女は指の腹をあわてて ブランケットにこすって拭《ふ》いた。

7

——日本へかえって彼女のすべきことはもう決っていた。それは機上でパーサーから、須賀の名をきいた瞬間から心に決めていたことである。

須賀は冴子が「伯父《おじ》さま」と呼んでいる、何でも相談に乗ってくれる白髪の初老の紳士で、母方の遠縁に当るだけで、大した附合もなかったのだが、母の亡くなったときに、ずっと冴子のそばについていて慰めてくれ、父もこれに感謝してから、急に親しくなり、忙しい父が、自分の代りに、比較的閑職にある須賀に、冴子の面倒を見てもらう気持になったのである。

だから冴子の出先にきびしい父も、

「今日は須賀の伯父さまに映画へ連れて行っていただいた」

「今日は須賀の伯父さまと晩ごはんを御一緒にした」

と云えば、それだけで安心していた。

須賀は英国特派員を免ぜられて本社へかえってから、志を得ないで、新聞社の事業部で、外国から招く音楽家や芸能人の世話をする仕事をしていたので、そういう事業のあるときには忙しくなるが、ふだんは暇をもてあましていた。

白髪の美しい全くの英国紳士で、どこから見ても、いわゆる新聞記者には見えなかった。言葉づかいも温和で、大きな声一つ立てたことがないから、野人の重んじられる世界では、ともすると損をした。

彼の通信はつねに穏健的確、刺戟《しげき》的な材料はあまり扱うことを好まなかったから、社の一部では、

「あれは大日新聞ロンドン特派員じゃなくて、ロンドンタイムス日本人雇員じゃないのかね」

などと悪口を言われていたのである。

しかし、この年になっても女の子にもてることは大へんで、それも女の子に礼儀正しく親切で、バアなどに行っても女たちを全く対等に扱ったからである。

冴子は早速須賀に電話をかけて、

「伯父さま、只今かえりました」

「やあ、おかえり。御役目御苦労でした」

「お父さまのお守りでクタクタよ」

「ごほうびに御馳走《ごちそう》をしてあげよう。出ておいで」

「どこへ？」

「決ってるじゃないか。社へおいで」

冴子をわざわざ職場へ呼ぶのが、須賀の小さな道楽であった。ゴタゴタした事業部の一劃《いっかく》が区切られて、須賀のしずかな机と、ソファがあり、そこへ冴子が入ってゆくと、もう馴れている若い社員も、思わず目がそちらへ行く。須賀はそれが誇らしく、又、公明正大を衒《てら》いたい気もあるのだった。

「よく来たね。まだ旅の疲れが抜けないでしょう」

「ええ」

と答えながら冴子は、全く用事を持たないフリをしていた。

8

さりげない話の末、

「伯父さま、宮城さんって御存知？」

「さあ、どこの宮城？」

「どこの、って、空を飛んでる人だわ」

と須賀はびっくりしたように、その重い瞼《まぶた》に包まれた目をあげた。その目はふだんは、丁度宝石を据えたビロードの台みたいに、きれいに皺《しわ》を畳んだ白い皮膚にはめこまれているのだった。

「その人、NALのステュワードなんだけれど、その人のことはよく知らないんだけれど、ほかの人から、そのステュワードが、伯父さまのことを大恩人に思っているという話をきいて、そこで伯父さまのお名前が出たわけなの」

冴子は女の特権で、わざと話をごたごたと廻《まわ》りくどくして話した。

「さあ、僕が恩人だって？　知らないな」

「ロンドンに昔いたんですって」

「ロンドン？」

ロンドンという名をきくと、須賀の目には或《あ》るかがやきが生れた。そのとき、冴子には須賀の、日本人にしてはやや黒味のうすい鳶色《とびいろ》がかった瞳《ひとみ》の中に、ロンドンの町の微細画が、こまかいペン画に淡い彩色をした古風な微細画が浮んでくるような気がする。彼は三十歳から五十歳ちかくまで、人生のさかりの時期をそこですごし、そこの町のすみずみまで知ったのである。

「さあてね、ロンドンには雲霞《うんか》のごとく日本人がいっぱい来たからな」

「そう、その人、十五、六歳の子供のころ、ロンドンにいて、大へんお世話になったんだって話だわ。伯父さまのことを神様みたいに思っているんですって」

「ああ！　あの宮城君か！」

と須賀は突然大きな声を出した。冴子には彼の大声というものが、生涯に何度とない特筆すべき出来事だと思われた。

「へえ、あの宮城君がね。あの子が今は何をしているって？」

「だからステュワードをしているんだわ。行きの飛行機で会った人がその人らしいんだけれど」

「そりゃあおどろいた」

「伯父さまも或る人の目から見れば神様になれるんだと思って、私こそおどろいたわ」

「しかし私は神様扱いをされるようなことをしたわけじゃない。はじめは何しろあの子のお父さんにたのまれてね」

そして須賀が話した宮城の話は次のようであった。

それは皇太子が英国皇帝の戴冠式《たいかんしき》にやって来られた昭和二十八年のことであった。ロンドン特派員の須賀のところへ、ふしぎな少年が飛び込んできた。正確に言えば、須賀の旧友の、外貨銀行のロンドン支店長をしている父親に伴われてやってきたのである。

9

須賀が今冴子から「宮城」と云われて、とっさに思いつかなかったのもムリはない。

宮城少年の父親の姓はちがい、太田というのだったが、これには別にこみ入った事情があるわけではない。

戦前よくあった習慣で、廃家の名を起すために、形式上の養子になるようにたのまれ、一等可愛がっている末っ子であったが、太田氏が承諾して、彼に三歳のときから宮城姓を名乗らせただけで、ほかの兄弟と全く同様に育てられた。しかし、宮城少年だけは、どうしても兄たちのように大人しい優等生タイプには育たなかった。

ひとつには、どんどんのびてゆく背丈、どんどん成長してゆく、その人並外れた体格のせいだった。

須賀も、太田氏が息子を連れて入って来たとき、どちらかといえば小柄な父親を眼下にヘイゲイしているその逞《たく》ましい青年が、まだ十六歳だときいて仰天したのである。

「こいつは去年からウィンブルドン・カレッジに入れてあったんだが、いたずらがすぎて追い出されてね、おやじとして困り切って、君にたのみに来たわけなんだ。どうか面倒を見てやってくれないかな。幸いカメラが好きなだけが取柄で、それが君の仕事の役に立てばいいと思うんだが……」

太田氏はそれだけしか言わず、須賀もそれ以上訊《き》こうとはしなかった。

父親がわざわざ子供をイギリスへ呼び寄せて勉強させ、しかもその学校を追い出された子供の身柄をあずけに来るというのは、よくよくのことなのだ。

友人としては、それ以上の事情はとても訊くことはできない。ただちに断るか、黙って引受けるか、どっちかである。そして須賀はあとのほうをとった。

それというのも、須賀は一ト目でこの元気いっぱいの少年が気に入ったからである。

彼はみんながジョンと呼ぶから、犬みたいだけど、ジョンと呼んでくれ、とたのみ、本当の名は、譲二というのだと言った。

見たところ、英国風の背広をキチンと着こなし、ニコニコしていて、礼儀正しく、明るさが顔にあふれている。ちょっと見た目には立派な大人だが、話してみればまだほんの少年である。戦後の日本の少年がこんなに成長したのを、須賀はうれしく思わずにはいられなかった。今まで何十年のあいだ、矮軀《わいく》の日本人のみじめさに、しらずしらず劣等感を抱かされていたからである。

「君はまじめに働くと約束するかね」

「はい、一生けんめいやります」

「君の一等好きなものは何かね」

「はい、女の子です」

「これ」

と父親が叱ったが間に合わず、須賀には却《かえ》ってこの返事も気に入った。

「健全でいいじゃないか。自分の心にウソをつく日本人はもうたくさんだ。しかし、ジョン、仕事中は女の子は一切禁制だぞ」

その日からジョンは、大日新聞ロンドン支局のカメラマン助手として働くことになった。

須賀は、初対面でこの少年の傾向をよく見ぬいた。

彼には自分でどうしてもおさえ切れない、ほとんど魔的と云ってもよい、自由への衝動があるのだった。それは学校の力も、父親の力も、施す術《すべ》のないものであって、彼が「やりたい」と思うことは天の使命のように突然目前にあらわれ、彼が「もういやだ」と思うことは、即座に地球の外へほうり出されるのである。人間、誰でもそんな風に生きられるものなら仕合せだが、人一倍まじめに几帳面に生きてきた須賀は、この少年に一つの夢を託した。

しかしよく見ると、神様はよくしたもので、ジョンは人並はずれた自由への欲求を持っていると同時に、ひどく義理人情に弱かったり、涙もろかったりする点があるのである。だから彼が自由を求めて飛び出すときは、自分の意志からばかりと限らず、その場の涙に負けて体を張ってしまうこともあるらしい。正義感が強い一方、自分がまちがっていたと知ると、ひどい自罰を加える傾向もある。こういう少年は、大物になるか、落伍者《らくごしゃ》になるか、どっちかだと、須賀は半ば希望を抱きながら思った。

皇太子夫妻が戴冠式へやって来られて、カメラマンの仕事は忙しくなった。チャーチル卿《きょう》が皇太子をかばって、支持したので、英国の対日感情が急によくなった。須賀も、カメラマンも、毎日を、食事をする暇もなく忙しくすごした。自社のカメラマンなのに、記者クラブでやっとつかまえて立話をするあいだに、宮城少年の話が出た。

「どんな調子だい」

「あいつ有能ですよ。カメラのことはよく知ってるし、第一あの図体《ずうたい》だから外人の肩のあいだから、らくらく行列の写真もとるし、立木にも街灯にもスルスル猿みたいに登りやがるし、そのくせ、言いつけはよく守るし、育ちがいいし、英語は巧《うま》いし……」

「それじゃ、言うことなしじゃないか。そりゃよかった。まあ、せいぜい可愛がってやってくれ、おやじさんの預り物だから」

……………………。

10

「そこまではよかったんだよ」

と須賀はやっと話を切った。冴子はそのあとで、宮城一流のとんでもない話が出てくるのではないかと、緊張のあまり、事業部の事務所の、いっぱい色とりどりのポスターを貼りつらねた下での喧騒《けんそう》も耳に入らなかった。もっともあのキザなパーサーは、須賀氏は宮城の暗黒面は何も知らぬと言ってはいたが……。

「さて、皇太子さんが帰国された。

こっちもヤレヤレというところで、仕事は一段落するし、私も家内を連れて田舎へ休暇の旅行に出かけた。

その留守のことなんだ」

と須賀は低い声がほとんどききとれぬほど声をひそめた。

「社内じゃ大きな声じゃ言えないことだが、そのカメラマンが背任行為をしたんだよ。ロンドンに来ていた日本人の或《あ》る実業家にたのまれて、今はやりの産業スパイのハシリみたいなことをやったんだ。もちろん相当の金をもらってね。

それは当時コメット機を造っていたD社へもぐり込んで、工場の設備を撮影してくる仕事なんだよ。それにカメラマンは、何と、ジョンを使って、よく言いふくめて、ジョン一人でその仕事をやらせたんだよ。

ジョンは事の善悪をわきまえず、正に忠犬のように飛んで行った。日本の少年留学生を装って、ニコニコしてD社の守衛に近づき、守衛の交代時間を知り、重要な工場を知り、のりこえやすい塀を知り、……さて、いよいよ決行となると、上等の背広に泥ひとつつけずに、忍び込んで目ざす写真をとって来てしまった。

そこまではいいのだが、いや、決していいとは言えないが、それからあとがますますいけない。

そのたのんだ実業家が軽薄な男で、うっかりその写真を日本人に見せてしまい、その日本人の口から英国人に洩《も》れて、新聞に出そうなほどの問題になった。実業家は形勢危うしと見て、いそいで日本へ逃げ帰ったが、困ったのはカメラマンだ。写真の出どこが知れてしまったので、社の問題になれば、カメラマンはクビになる。イギリスの三流新聞に問いつめられて、彼はとうとう、こんなことを言ってしまった。

『あれは一時的に助手に雇った少年が、勝手に面白半分に撮って来たもので、私の責任じゃない』

旅行先でこの新聞を読んだ私のおどろきを察してもらいたい。いそいでロンドンに帰って、順序としてカメラマンをまず詰問すると、彼は私に会ってはかなわず、とうとう泥を吐いた。

ジョンはとんだ罪をなすりつけられたわけだ。

お父さんの太田氏も飛んで来る。私が事情を説明して、お父さんも安心する。そして……、肝腎《かんじん》のジョンは、そのとき以来、どこかへ姿を消してしまったんだよ。

少年の純真な心を傷つけられ、大人のみにくい世界に巻き込まれて、あの子は急に、煙のように消え失《う》せてしまった。

お父さんは心当りがあるようだが、もう私には何も告げなかった。

その時以来、私はあの子に一度も会っていないんだよ。これでわかるだろう。私があの子の大恩人や神様であるどころか、あの子の人生の一等大切な時期に、(私自身が手を下したわけじゃないが）、治しようのない心の傷を与えてしまった責任者だということが……」

――こんな長話をしていても、須賀の机には、あんまり若い社員たちがお伺いを立てに来る用事はないらしく、ただガラスの机敷きの上で、さっき運ばれたお茶が冷えているだけだった。

この話をききおわった冴子は、何だか宮城の人生に、やっと一つ、納得の行く手がかりが与えられた気がしてきた。トロカデロ・クラブのバーテン修業は、そのあとで来るのだろう。育ちのいい、しかしエネルギーに溢《あふ》れすぎた少年は、こんな悲しい小事件で、「人に裏切られる」ということの痛切な後味を知ったのであろう。冴子にも少しはその気持がわかるような気がする。いつのまにか、宮城の側に立ってすべてを考えようとしている自分の気持に、冴子はおどろいていた。

――冴子は、そんな気持を気取《けど》られぬように、いそいで自分から話を取って、

「何だか、しみじみするようなお話ね。それでも、私、その人がいつまでも伯父《おじ》さまを大恩人と思っている気持もわかるような気がしますわ。きっとその人の人生で、自分の全部を、善意に見て、肯定して下さる方に会ったのは、伯父さまがはじめてだったんだわ。

ああ、忘れていました。

レストランへ行ってから、これ出しちゃおかしいから。はい、いつものプレゼント」

「や、こりゃ、いつも、どうも」

須賀は少しあわてて、ビニールの包みをいそいで受けとった。それを受けとるとき、いつも、白髪の落ちつき払った須賀が、ちょっと顔を赤らめるのが、冴子にはおかしくてたまらない。

包みの中味は、初夏の野菜の漬物、つまり「おこうこ」なのであった。

須賀の奥さんはイギリス人で、家庭的な人でもあり、子供はないけれども、永年の結婚生活は、大へんうまく行っている。

ふつうの国際結婚の破綻《はたん》は、多くは日本の社会慣習に頑固に溶け込むまいとする外国女性のわがままから生ずるのだが、彼女はその点上出来の奥さんで、いつも御主人を立てて、御主人の友だちや親類の日本人と仲よく附合って、みんなに愛されている。

高すぎるトガリ鼻の先が、年と共にだんだん赤くなってくるので、「末摘花《すえつむはな》」などと親類の子供たちが仇名《あだな》をつけたが、本人もそれを知っていて、

「私、スエツムハナ、主人、光源氏」

などと言って、二の句をつげなくさせてしまう。

又、日本の男の附合の習慣をよく知っていて、ふいのお客にも快く食事を出すばかりか、夫婦いつでも一緒に外出したり食事したりするという外国の習慣はサラリと捨てて、主人がどこで夕食を喰《た》べて来ても、何も言わない。冴子がこうして、須賀の夕食の御相伴にあずかれるのもそのためである。

それだけ出来た奥さんでありながら、彼女、オードリには、ひとつどうしても我慢できぬものがある。それがぬかみその匂いなのだ。

納豆はおろか、くさやの干物《ひもの》でも平気で喰べるのに、ぬかみそだけがどうして耐えられないのか、そのへんは不可解であるが、オードリは家の中にぬかみそを置くことも、家の中でおこうこを喰べることも、どうしても許さないのであった。

そこで、須賀ほどのイギリスきちがいでも、年と共に「おこうこ」に郷愁を感じるところは、根っからの日本人で、彼は料理屋で喰べる以外は、喰べる機会のないおこうこを、せめてオフィスで、お昼ごはんの折にこっそり賞味したいのである。

それを知った冴子は、自分の漬けた「おこうこ」を、須賀が何より喜ぶプレゼントとして持参するのだが、彼女はそんなお嬢さんでありながら、ぬかみそに手をつっ込むことを何とも思わない。

須賀は、

「それだけでも君は、最上のお嫁さんの資格があるよ。日本の女が全部ぬかみそに手をつっこむことを拒否したら、日本ももうおしまいだ」

などと、イギリスかぶれらしからぬことを言う。

冴子もぬかみその匂いが自分の指先から人前に漂いだすことを怖れぬではないが、一日一度のことだし、あとはよく手を洗って、オー・デ・コロンで拭《ふ》いて、そしらぬ顔をしている。彼女は人の身に染みついて離れぬ匂いなどというものを、まだ信じていなかった。

――包みをあけて、胡瓜《きゅうり》や茄子《なす》の、柔らかく燻《くす》んだ色あいを見ると、それだけで、漬り具合の程のよさがありありとわかり、野菜が自分の好きな妖精に変貌《へんぼう》したように目を細めて、これに見入っていた須賀は、急に思いついたように、

「うむ、宮城君が今はステュワードか。そうかア。……どうだい、冴子クン、彼を今夜の食事に呼んでやろうじゃないか。僕も彼の大人になった姿も見たいし」

そう言われたとたん、冴子は胸の中で、心臓が急にパタリと動きを止めたように感じたが、

「でもダメでしょう。今は飛んでる筈《はず》だから」

「君のかえりの飛行機にはいたかね」

「いいえ。ホノルルあたりで非番じゃないかしら」

「いやいや、何事もトライしてみなくちゃわからない。ああいう商売は、空の上に

いる筈が地上にいたり、地上にいる筈が空を飛んでたりするものなんだ。

丁度いいや。外信部に飛行機会社のことならなんでもわかる奴がいる。そいつに頼んで調べさせよう」と受話器をとりながら、須賀は冴子の顔をちらりと見た。

「もし彼が東京にいたら、飯に呼んでも君はかまわんだろうね」

11

須賀はイギリスきちがいとは云いながら、料理だけはフランス料理好きで、ロンドンでうまい料理は必ずフランス人のコックに決っているという、万代不易の真理だけには屈服せざるをえなかった。

ふつうならアメリカがえりの客を招待するのに、日本料理というのが通例だが、須賀は冴子を新らしくテレビ局の地下に店をひらいたフランス料理店の「アベ」へつれて行った。

「アベ」とは、有名なシェフである阿部大作の名をとったもので、阿部大作は東京の食通のあいだでは誰知らぬ者のない名であり、むかし彼が銀座に持っていた店は、少数の精選されたお客に支えられていた。

何十ページもあるメニューを、読めるお客はだんだん少なくなり、葡萄酒《ぶどうしゅ》のわかるお客も減り、洋食というとビールを注文するお客ばかりを相手にするのはイヤになって、阿部大作は店を畳み、フランス大使館のシェフになった。その彼が還暦を迎えたので、古い有力者の友人たちが「アベ」の再開を骨折り、新らしいビルの地下に、新らしい経営者によって、再び「アベ」が発足したのである。

今度は家具も食器もカーテンも装飾品も全部デンマークからとりよせ、燭台《しょくだい》のかぼそいアスパラガスのような蠟燭《ろうそく》まで、日本では売っていない品物であった。椅子の肱《ひじ》かけの曲線のモダンな美しさは、冴子のしなやかな白い腕によく似合った。

「もう来る時分だよ」

と須賀は言った。

「急に飛行機に乗ることになって、来られないことになるかもしれないわ」

「冗談じゃない。戦闘機乗りとはちがうんだよ。遅れる、とは言ってたが、必ず来るよ。それにしても、よくも今夜彼がつかまったもんだなア。これも何かの縁だろう。いい若い者がこんな時間に、自分のアパートの部屋でくすぶっていたなんて、あの子も大人になったら、案外堅物《かたぶつ》になったのかもしれんなア」

と須賀がひとり言のように言うのをきいて、冴子は内心おかしくてたまらなかった。

さすがは新聞社で、さきほど須賀が外信部の人にたのんで、宮城をつかまえてくれというと、たちまちNAL航空へ連絡が行き、宮城の休暇もわかり、一人住いのアパートの電話もわかり、電話口へ出てきて、須賀の名乗りにおどろいた彼は、一も二もなく、

「はい。これからすぐ伺います。しかし、御指定の場所までは約一時間かかります」

と上官に答えるようにテキパキ答え、須賀を限りなく上機嫌にさせたのであった。

冴子はというと、目の前で運ばれるこんな手際のよすぎるアレンジに、心ひそかに、宮城の話をしてしまったことを後悔していた。

宮城譲二の藍《あい》いろの断崖《だんがい》のようなあの背中は、そんなに簡単に、手をのばせばすぐつかまるようなものであってはならなかった。太平洋で見失えば大西洋を飛んでおり、パリで会いそこなえばブエノスアイレスへ行っている、という具合に、あの背中は、機上で何度も見送る藍いろの夜のように、地表のかなたへ翔《か》け去ってゆくものであってほしかった。

そうだ、機上で見る夜明けの壮麗さ、一すじの赤い傷口がみるみる柘榴《ざくろ》のようにはじけてくるあの夜明けのかげに、藍いろの地球のひろい背中は深く深く、みるみる沈んでゆく。そのようにして、彼の背中が、追っても追っても失われるのをのぞみながら、なぜまた、こうして帰国匆々《そうそう》、わざわざ須賀をたずねて宮城の話をもち

だしたりしたものだろう。

『それは、宮城さんが絶対今夜東京になんかいないと思ったからだわ』

と彼女は自分の心に言いきかせた。

こうしてやがて宮城が現実にやってくることは、何だか、空のあけぼのと夕暮とがしつらえた、神秘的な偶然のおかげであって、決して冴子のせいではないような気がした。

そう思うと、冴子はすこし安心した。

12

「何を考えているんだい？」

と須賀が食前の酒を少しずつその行儀のよい唇へ注ぎながら言った。

これは肉親でなければ発しない、無遠慮で、無神経な質問で、心のこまやかな須賀にも似合わぬことだが、須賀は冴子の母が死んで以来、いわば冴子の心の医者として、こういう質問を発する当然の権利をわがものとしてきたのだった。

それは「伯父《おじ》さん」の質問であり、そして問いかけるほうにも、ある心のさびしさのひそむ質問だった。

「もし私が恋愛してるって答えたら、どうなさる？」

「どうもしないさ。結構なことだ」

「お父さまが怒るわよ。伯父さまの監督不行届だって」

「そりゃ怒るほうがわるいさ。僕は君の二十四時間を監視してるわけじゃないからね」

「じゃ、質問を変えます。伯父さまは私が恋愛をしているほうがいいと思いますか、していないほうがいいと思いますか」

「そりゃ、しているほうがいいね」と須賀はその美しい白髪を、デンマーク製のランタンの、紫の色ガラスのあかりに染めて、言下に答えた。しかし、その瞬間、冴子は須賀が、あかりの加減でよくわからないが、ほんのすこし頬を染めたような気がした。「そりゃそうさ。恋愛をすると、女の子はきれいになるからね。見ているだけでもたのしいさ」

「無責任だなあ」

「無責任じゃない。誰も人のことになんか責任を持てやしないのさ。持てると思うのが己惚《うぬぼ》れさ。第一あの宮城少年だって……」

そのとき給仕長が、小腰をかがめて客の到着を告げた。

デンマークの虹《にじ》のような赤青緑のゆらめく生地のカーテンを透かして、廊下を曲ってくる宮城の長身が見えた。

彼はキチンとダーク・スーツに地味なネクタイを締め、その洋服の仕立も英国風で、見るからにあたりを払っていた。その姿から、突然、井戸掘り人足を聯想《れんそう》した冴子は、プッと吹き出しそうになって、あわてて横を向いた。

「やあやあ。こりゃおどろいた。昔のままじゃないか」

「どうも、大へん、御無沙汰《ごぶさた》ばかりいたしまして」

「あれから十二年かね、十三年かね、君は又、ちっとも変らないね。十五、六のころとおんなじだ」

「そんなことはありません」

と冴子のほうをチラリと見ながら、宮城は落着いた声で答えた。

「いや僕は背のことを言ってるのさ。あのころの勢いで伸びたら、今ごろは六尺五寸ぐらいになっていると思ったら、やっぱり六尺そこそこだろう。一体君は、背も伸びないほど苦労して来たのかね」

「はあ、いろいろ」

「ああ、紹介しよう。これは姪《めい》の森田冴子、こちらが宮城君」

「はじめまして。……失礼ですが、先々週、ＮＡＬにお乗りになってアメリカへ行かれませんでしたか？」

その質問の慇懃《いんぎん》な調子は、あたかも彼が一等客の耳もとで、

「何かソフト・ドリンクをお持ちいたしましょうか？」

と訊《たず》ねるあの声と同じであった。

「ええ」

「よく憶《おぼ》えているんだね」

と須賀が横から言った。

「一度お乗りになったお客様は大ていおぼえております」

「へえ、そりゃすごい記憶力だ」

冴子には、宮城のこの応対が気に入っていた。平服こそ着ておれ、ここでは宮城が全くステュワードの演技を演じつづけるつもりらしいということがわかったのである。

これで彼が、

「いや、きれいなお客様は決して忘れません」

と云った風の、歯の浮くようなことを言ったとしたら、その瞬間から、冴子はどんなに彼をきらいになったことであろう。

13

冴子さえその気になれば、食事はごくお上品な、当りさわりのない、礼儀正しい晩餐《ばんさん》になったことであろう。

表面上、その三人は、元英国特派員の品のよい老紳士と、その姪の外国生活に馴れた美しい娘と、育ちのいい洗煉《せんれん》されたステュワードとにすぎず、挨拶《あいさつ》に来た阿部大作も、実に好もしいお客を見る目で、にこやかにこのテーブルを見ていた。相手がどんな高位高官だろうと、大金持だろうと、少しでもマナーに外れた振舞をすれば、この老シェフは容赦しないのだった。そして葡萄酒のわかる客が来て、料理とよく合う酒を注文すれば、それがいかに自分の秘蔵の酒だろうと、いそいそと酒庫から出してきた。

はじめのうちは、会話は主に須賀と宮城の間だけの思い出話で運んだが、それでも冴子を置き去りにしないように宮城はしばしば話題を冴子へ戻し、冴子はまたふしぎな意地悪な衝動から、そんな心づかいを無視して、話に乗らなかった。

そのうちに、話は二人のお洒落《しゃれ》の競争になった。

「須賀さんのそのお洋服は、失礼ですが、ロンドンのシンプソンでしょう」

「よく当ったね。日本人でめったにこれを当てる人はいない。君もロンドンの飯を無駄には喰《く》わなかったね。……それはそうと、ロンドンの手袋屋で手袋を買うときに、どうやって買うのが本当か知ってるかね」

「こうでしょう」と宮城はテーブルに肱《ひじ》をついて、五本の指をまっすぐに立てた。

「あら、それじゃ、女が手袋を買うときとおんなじだわ。きれいな肱蒲団《ぶとん》を下にあてて」

「そりゃ恰好《かっこう》はおんなじだが」と須賀は満足そうに言った。「男のほうは必然性があるのさ。何しろジェントルマンは、片手には傘をもち、片手の小脇にはロンドン・タイムスをはさんでいるに決っているから、そういうポーズでなくちゃ、手袋をはめてもらうことができないんだよ」

「なあんだ。判じ物みたいね」と冴子は茶々を入れながら、男たちのこの下らない会話が、実は、触れたくない過去や、成長ということの醜さをよけてとおるためのものであることに、徐々に気がつくと、宮城に対する彼女の意地悪はいよいよ頭をもたげて来て、恩人の前に自分の過去を美しくつくろおうとする宮城と、宮城の純真な少年の面影を大切にしようとする須賀との、好《よ》い気な馴《な》れ合いに耐えられなくなった。彼女は今や、須賀に対しても、内心すこし怒っていた。『いくら英国紳士を気取っていても、義理人情となると、浪花節《なにわぶし》とちっとも変りやしないわ』

宮城の過去をこんなに沢山知っている冴子は、もうそんな虚偽には耐えられない。ウソの友情より、本当の憎悪のほうが美しい。

『男のほうが女よりずっと御体裁屋だわ』

と思うと、胸のなかに、泉のような清らかな怒りがこみあげてくる心地がして、何とか宮城をチクリと刺してやろうと思うが、冴子のたしなみが、それを露骨にはさせなかった。

14

魚の料理のとき、海の魚がいい、川の魚がいい、などと須賀の講釈がはじまり、宮城はあいかわらず敬意を面《おもて》にたたえて傾聴していたが、突然、冴子は、こまかい彫りのついた銀の魚用フォークの手を休めながら、

「じゃ、沼のお魚は？」

ときいた。

「沼ね……。ジャングルの沼は知らないが」

と須賀は考えていた。

「沼のお魚じゃ何がおいしいの？」

「沼だったら鯉でしょうか？」と宮城が助け船を出した。「北ドイツじゃ、クリスマスに鯉を喰《た》べますね。クリスマスに七面鳥なんか喰べるのは、アメリカ人のまねだって軽蔑しているんですからね。ただ湯で煮て、バター・ソースで喰うだけですが、一家の最年長のおばあさんが骨を抜いてくれたりして、結構うまそうに喰べていますね」

「じゃ、井戸のお魚は？」

と冴子がせい一杯カマトトぶって、この上もなくあどけなく言ってのけた。

しかしそのとき冴子は、宮城の目を直視する勇気がなかったので、生憎《あいにく》、このときの宮城の表情を見のがしてしまった。

むしろ、即座に反応したのは須賀のほうで、

「これこれ、そんなイケズを言うもんじゃない」

とみごとな「伯父《おじ》さま」の微笑でたしなめた。

この第一撃で宮城が何の反応も示さなかったのは、決して冴子の皮肉に気がつかなかったからではない。宮城ほどの男なら、こんな子供じみたバカげた質問を、すぐ品よくからかってくるだろうに、それをしなかったのは、そんな余裕をなくしていたからだ、と冴子は判断した。

ようやく彼女も、おちついて、テーブルのこちらから、宮城をつらつら観察する

余裕ができた。

きかん気の少年がそのまま大人になったような宮城の、血色のよい童顔は、初対面のときのままながら、鼻柱がすこし曲っているのはやはり気になった。

『誰も言わなかったけれど、きっとこの人はボクサーだったこともあるんだわ』

彼の表情には一種職業的な鎧《よろい》があって、容易に本心はのぞけそうになかったが、実に姿勢がよくて、そのかぎりでは、どこへ出しても恥かしくない青年だった。

しかし、ひき入れられそうな魅力があるかといえば、その点は大いに疑問で、今まできいてきたいろいろな「影」の話に比べて、彼があんまり健康優良児に見えすぎるのも、冴子には不満であった。

『要するに、この人の表て側は、裏側にくらべて魅力がすくないんだわ。背中はすばらしいけど、前側は中くらいだわ』

と冴子は思った。あんなに自分をとりこにした、藍《あい》いろの深い微妙な背中は、ここからは少しも見えなかった。

卓上には、蠟燭《ろうそく》がやわらかくまたたき、音楽は流れ、給仕《ウェイター》は音もなく出入りし、花々は真紅の硝子《ガラス》器に影を宿し、ナイフやフォークはうつくしくきらめき、……東京の一角のこんなみごとな食卓に比べると、昼のあいだは一人きりのサンフランシスコのルリ子の食卓が、急に侘《わび》しいものに思えてきた。そしてその侘しさの原因が、みんな目の前の大男の青年から来ているのだと思うと、冴子にとってルリ子はそれほどの親友でもないのに、何だか友だちのために復讐《ふくしゅう》してやりたい気も起きてきた。

須賀の話はたまたま飛行機のことになり、宮城はステュワードになるには、どんな試煉を課せられるか、たとえば、詰合せになった救命袋《サヴァイヴァル・キット》を身につけて、海上保安庁の船から海の上へ投げ出され、しばらく漂流させられる話などをした。

「船のお仕事はなさらなかったの?」

と冴子がきいた。

「はあ、船の経験は、……ないことはないですが……」

「貨物船の荷物なんか大へんでしょうね。のせたり下ろしたりするのが」

「あれは君ちがうよ」と、又須賀が邪魔を入れた。「あれは、航海士は指揮するだけで、実際に運ぶのは、船の人間じゃない。沖仲仕と云って、港のそれ専門の人夫が、まあ下級労働者だが、そういう連中が実際に肩にかついだりするんで、植民地じゃ、むかしは奴隷の仕事だよ。ベラフォンテの歌にも、そんな黒人の歌があっただろう」

そこまで言われてしまっては、冴子はさすがに行きすぎだと感じたが、今度は宮城をまともに見つめていても、彼は実に平和にニコニコして、何の反応も示さなかった。

『ますます曲者《くせもの》だわ』

と冴子が思ったとき、

「さあ、食事がすんだらダンスにでも行こうかね」

と須賀が言い出した。

「女一人に男二人？」

「いいじゃないか、両手に花じゃなくて、両手にむく犬というところかね。洒落《しやれ》てるよ」

——ナイトクラブで、須賀と一曲踊ったのち、宮城がうやうやしく踊りを申し込んだ。

小さな川の流れを体の間に置くように、きれいに身を離して踊って、しかも目つきはじっと女に集中して、宮城は品がよくて、滑らかなダンスをしながら、

「僕についちゃ、ずいぶんいろんなゴシップを御存知らしいですね。おどろきましたね」

「あら、別に」

「隠してもダメですよ。誰が言ったか、チャンとわかっているんですから。それにしても、僕が誰にも言っていない秘密を、あなたにだけ打明けちゃおうかな。絶対守って下さいますか。これがバレたら、僕はすぐクビになるんです」

「ええ、必ず」

「実は、僕はね、今、保釈中の身なんです」

冴子があっとおどろいて、指さきを緊張させたとき、フロアのそばのテーブルから、金髪の若い女がよろよろと立上ってきた。

15

宮城譲二は、冴子と踊りながら、突然、

「実は、僕はね、今、保釈中の身なんです」

という、言わでもの告白をしてしまい、冴子のその鋭い反応が自分の肩にかけた指さきにまで感じられたとき、フロアのそばのテーブルから、金髪の若い女がよろよろと立上ってきたのを見て、

『しまった』

と思ったのをよく憶《おぼ》えている。

それからあとはただ悪夢を見ているようだった。

譲二は金髪の女がいきなり冴子の頰を打つのを茫然《ぼうぜん》と眺めた。それはそんなに乱暴な平手打ちではなく、冴子に怪我《けが》はもちろんなかったが、藪《やぶ》から棒に、見知らぬ

外人の女に頬を打たれた彼女の、精神的ショックはさぞ大きかったろう。

冴子は一人でさっと離れて、自分の席へ戻るが早いか、須賀を促して立去った。

その動きはすばやく、流れるようで、あとから考えると、冴子は実に巧《うま》い行動をとったと譲二には思われた。つまり、人目が集まって、被害者の冴子を好奇心でじろじろ見るだけの暇も与えず、又、須賀が出てきて、宮城と女の間にはさまり、むつかしい立場になる危険も避け得た。その場合、そうしてすばやく冴子が姿を消したことが、宮城にとっても、須賀にとっても、最上の処置であった。すなわち、冴子がさっさと背《そびら》を反《かえ》して帰れば、須賀はいやでも、彼女をエスコートして立ち去らねばならず、当然、その場の後始末も免かれたからである。

そして大人しい紳士肌の須賀にとっては、冴子に対する侮辱に報いるために、公衆の面前で、宮城に喰《く》ってかからざるをえぬような事態は、できるかぎり避けたかった筈《はず》だからである。

……譲二は茫然として、踊りの群のなかに立っていた。

さっきはじめて会った冴子というふしぎな娘は、妙に譲二のことをよく知っていて、へんな当てこすりをやめなかったから、彼にしても、あんまりいい気持がせず、殊に恩人の須賀の前で自分をよく見せようという気が強かったから、思わず、言わでもの秘密まで打明けて逆襲に出たのだった。

なぜ彼女は、あんなことまでいろいろ知っているのだろう。それはいずれ飛行機会社の連中のおしゃべりからはじまったことにちがいないが、一乗客の彼女の耳に、どうしてそんなにスチュワードの噂なんかが入ったのだろう。……一方から言えば、彼女にそもそも特別の関心がなかったら、そんな噂も入らなかった筈ではないか。もちろん、譲二は、女のこの種のイジワルが、並々ならぬ関心の別のあらわれにすぎず、自尊心のつよい女ほど、そういう曲りくねった表現をとることを知っている。

しかし冴子は、そんな片意地なオールドミス・タイプではなく、見かけはいかにもあどけない、ピチピチした、直情径行の様子をしている。

譲二はこんな女にあんまり会ったことがない。現に、つい今しがたまで、「小うるさいお嬢さんだ」と思い、保釈の話でおどかしてやったつもりだったのに、彼女が平手打ちを喰うという怪事件が起ったあとでは、すまない気持で一ぱいになり、彼女に大きな借りをしてしまったような気がした。

何とかこの償いをしなければならない。……

16

「何をぼんやりしているの」

譲二の腕をとって、むりやり踊りの群へ融け込ませようとしながら、金髪のアンは、酔っている腰を、音楽にあわせて軽くゆすっていた。

この平手打ち事件に気づかないのか、アンの連れは誰もフロアへ下りて来ない。

譲二はアンの香水ときつい腋臭《わきが》のまじった、甘い山梔《くちなし》の匂いに、酒くさい息が加わり、炉のように熱く燃えた小柄な体を押しつけてくるのが、腹が立って、

「なんであんなことをした？」

「だって淋しかったんだもの」

「今の君にあんなことをする権利はない筈じゃないか」

「だって淋しかったんだもの」

「冗談じゃないよ。ちゃんと相手がいるじゃないか」

「彼、このごろ冷たいんだもの」

「俺の知ったことか」

腹を立てながら、音楽が世間体をカバーしてくれつつあるような気がして、いつ

のまにか譲二は、アンを抱いて踊りはじめていた。横目で冴子の席をちらりと見たときに、すでに冴子が須賀と共に席を立って出てゆく、その水いろの服のうしろ姿を遠く目にとどめ、

『しまった。取り返しのつかぬことをしてしまった』

という気持と、冴子への急につのる別れの哀切さが、やけっぱちな陽気さとまざり合い、一方では、冴子に気の毒をしたという気持が強いのに、そのくせ、それほど同情が湧かず、一方では、自分の抱いて踊っている金髪女の破壊的行為が腹立たしいのに、何だかそんな狂態を演じたアンが哀れにも思われ、自分の気持の淋しさと、アンの哀れさが、ウイスキーとソーダのように、うまい具合にまざり合って来る気がした。

譲二も多少酔っていたのだろうか？

彼は熱い火の玉のようにのしかかってくるアンの体を、きつく抱いて踊りだした。すると、もう三十歳になっている筈のアンの、かつての十八歳のころの姿が思い出された。

17

アンが十八歳のとき、譲二は十六歳だった。

アンは、ホーダア女史の娘で、ホーダア女史は、譲二が十五歳でロンドンへやってきたとき、その身許《みもと》引受人になったおばさんだった。

彼女はもとは置屋のおかみで、今はロンドンのラッセル・スクウェアーの地下鉄《チューブ》の駅の近くに、小さいホテルを経営していた。このあたりには、小体《こてい》な安い旅館が多く、「部屋と朝食《ルーム・アンド・ブレックファースト》」などという金文字の立札を、入口の鉄柵にかけており、ほとんど人影を見かけず、どの窓もひっそりとブラインドを下ろしていた。

……ここの女将《おかみ》のホーダア女史に、どうして譲二が世話になったかについては、そもそも彼が少年の身で、どうしてロンドンへやって来たかを語らねばならない。

彼は東京の山の手の品のよい中学校の生徒だったが、近所の夏祭に友だちと浴衣がけで出かけたばかりに、地廻《じまわ》りに因縁をつけられ、袋叩《ふくろだた》きに合って、全身傷だらけにされてしまった。

この大男の中学生は、只でさえずっと年長に見られたのだが、いざ喧嘩《けんか》がはじまって、大ぜいに取巻かれると、少しも抵抗しないで殴られるままになっている姿が、ますます生意気にも、気味悪くも見えたのだろう。地廻りの男たちは、本気でこの少年一人にかかってきた。

譲二は、それまでも中学生同士の喧嘩はしたことがあるが、大人相手の、それもプロ相手の喧嘩ははじめてだった。芝居や小説だと、こうして度胸を決めて打たれるままになっている少年のところへは、必ず年配の救い手があらわれて、その度胸を見込み、若い者どもの無礼を詫《わ》びる、という筋書になっているのだが、現実にはそんな人物は現われず、もっと冷酷で、もっと卑劣だった。

彼はそのとき、人間の拳《こぶし》がつぎつぎとふりかかって自分の体にめり込んだ、その感覚をよくおぼえている。のちにボクシングをやって、鼻が曲るまでやられたときも、これに比べれば、ものの数ではなかった。

彼は傷だらけ血だらけになって家へかえった。

そしてあくる日の晩、家から庖丁《ほうちょう》を持ち出して、本祭の夜の群衆のなかに、きのう彼をなぐったヤクザを見つけて、斬りつけた。

これはへんなことではないだろうか？

彼は親しい友だちには、自分の過去を平気で洗いざらい喋《しゃべ》ってしまう男だが、この件《くだ》りになると、誰もが疑問を持って、

「へえ、そりゃどうしてだい。ふつう、殴られて仕返しに出るときは、カーッとな

って、そのまま家の台所から庖丁を持ち出して引返すというのがふつうじゃないかな。一日待ったのはどういうわけだろう」

「僕にもわからない。いろいろ考えちゃったんじゃないかな」

と譲二自身もあいまいな返事しかできない。

——しかし、彼が殴られて帰った晩は、おそらく彼の一生にとって、かなり決定的な晩になったのである。

それは母の態度だった。父は仕事の附合で留守で、家には母がいた。母は華族の出の美しい上品な人だったが、同時に冷たいきびしい人だった。傷だらけになって帰ってきた彼が、まずほしかったのは母のいたわりだったのに、彼のさんざんな姿を見ると、母はまず、

「どうしたの?」

と、いつも水を浴びたあとのような、冷たく光る、白い美しい顔でたずねた。息子を見た瞬間、母がちらと眉《まゆ》をひそめたのが、譲二の心を傷つけた。

「けんかしたんです」

「そう。それなら自分で手当てをしなさい。お母さまは知りません」

彼はそのとき正直に喧嘩をしたと答えたのだが、この正直さには屈折があった。もちろん彼にだって嘘ぐらいつけたのだが、ただの怪我《けが》だと嘘をついて母親の同情

を呼ぼうとすることだってできたのだが、母が血だらけの息子の姿を見て、一瞬眉をひそめたとき、譲二はこんな企図をすべてあきらめてしまった。これなら、ただの怪我だと嘘をついたところで、そんなにちがったやさしい反応は期待できないだろう。

母はあらゆる暴力的なこと、下品なこと、醜いことを嫌っていた。息子がそんなものに巻き込まれたと知ることは、耐えがたいことだったにちがいない。

今になってみれば、譲二も、そこまで母親の気持を察することはできるけれども、それは理窟《りくつ》でわかるだけで、あの時、あの晩の、決定的に打ちのめされたような、さびしい気持は、記憶のなかで、どう修正しようもない。

譲二は、傷ついた犬が一晩自分の傷口を舐《な》めるように、一晩心の傷口を舐めて、じっと考えていた。体の傷は、古くからいる年寄りの女中が、丁寧に手当をしてくれていた。

『チクショウ、もうどうなってもいいや。やるだけやるんだ。誰にも相談できることじゃない。男はいつも孤《ひと》りなんだ。男があれだけやられたら、とにかく黙っちゃいられない。学校もクソもあるもんか』

こんな風に、彼の達した結論が、あくる晩の本祭の傷害事件となって現われたのである。

ヤクザは、血を吹く肩先を押えてわめき、目をギラギラさせて立っている少年へ、人々の注意を呼んだ。

譲二は傷害罪の現行犯で捕えられ、警察へ連れて行かれた。

この事件は、品のよい家庭と品のよい学校にとって、ショッキングな大事件になった。

彼は赤城山の少年院へ入れられる筈《はず》だったが、父の懇願で何とか免かれ、そしてロンドンへ送られたのである。

18

……小さな子供が日本から来ると思っていたホーダア女史は、六尺ゆたかの大男がやってきたのでびっくりした。びっくりしたのは娘のアンも同様だったが、話をしてみると、やっぱり子供なので安心した。

それに第一に感心したのは語学の才能で、来て間もなく、彼の英会話はメキメキと上達した。

テニスで有名なW・カレッジの予科に入学し、そこは全寮制度だったから、ホーダア女史の手もとを離れ、約半月で、折角親しくなったアンとも別れることになった。

その別れの朝、アンは、じっと譲二を見つめていた。

昼ごはんをホーダア母子《おやこ》と三人で喰《た》べて出かけたのだが、そのテーブルの上には、アンが得意の、極薄焼のメルバ・トーストが、籠《かご》いっぱいに、あたたかい色を湛《たた》えて、反り返っていた。

「ときどき手紙を頂戴《ちょうだい》ね」

とイギリス女にしては小柄なアンは、年下の大きな少年に甘えるように言った。

「ああ、書くよ」

と譲二は大きなコールド・ビーフと、新鮮なみどりの英国のレタスを、かわるがわる口へ運びながら言った。

彼はホーダア女史にやかましく言われて、どんなときにも左手にフォーク、右手にナイフを離さない食事の作法だの、トーストにジャムをつけるときは、まずトーストにいちめんにバタを塗り、ジャムは口に入れる小部分だけ一塗りしてかじるというお茶の時の作法だのを、もう完全に身につけていた。

アンはこんな頭のよい素直な少年が、どうして日本を追い出されたのかわからなかったらしい。アンだけが多分、彼の孤独な心にじかに触れていた。

「ガールフレンドを作るのはいいけど、お行儀よくしなくちゃだめよ」

としかもアンは、そんなに若いのに、年上の負目《ひけめ》から、姉さんぶって忠告を垂れた。

食卓のセンターには、アンの心づくしで、その日、日本の菊の花が一輪挿に飾っ
てあった。

「これ、釦穴《ボタンあな》に飾ってもいいかい？」

「よしなさい。イギリスじゃ、昼間から紳士はそんな恰好《かっこう》はしないんですよ」

とホーダア女史はきびしく止めた。粋筋《いきすじ》の出だけに、ホーダア女史は却《かえ》って、人一倍、紳士淑女の作法をやかましく言う傾きがある。

玄関のベルがボロンボロンと鳴って、ホーダア女史が立って行った。

「誰だろう、今ごろ」

それは、すっとんきょうなアメリカ人の旅行者の貧乏女学生の二人組だった。玄関から典型的な、アメリカ英語がひびいてきた。ホーダア女史がいつも、

「アメリカ人はどうしてああなんだろうねえ。折角の英語を、口の中でクチャクチャ嚙《か》みちぎって、こねまわしてしまうんだから。あの人たちはチューインガムを嚙みすぎるから、ああなるんじゃないのかしら」

と批評するところのアメリカ英語が。

ホーダア女史も、お客となると応対が愛想がいい。こんな小さいホテルなのに、

いつも空室が二三室あるのである。

玄関との仕切の、ヴィクトリア朝式の彫り模様のあるガラス戸ごしに、アメリカ人の女学生の真赤なレインコートがちらりと動き、応対しているホーダア女史の、少し背の丸くなった灰色のセータァの背中が見える。

アンは、皿を下げに立上りざま、譲二の耳のうしろにキスした。

「いやね、まだポマードくさいわ。学校へ行くときらわれてよ」

「だって髪が硬くて、日本製のポマードじゃなくちゃ、毛が寝ないんだから、仕方ないだろ」

「このイヤな匂い、きっと思い出すわ」

譲二が、ふと後頭部に、彼女の持つ皿がさわるのを感じてふりむくと、そこにアンの涙を見た。

譲二は胸を打たれた。

喧嘩《けんか》をして血だらけになって帰ったときの、母親の冷たい顔の思い出と、それが鋭い対照をなしていた。

このホテルにいるあいだ、アンとはだんだん親しい冗談口をきくようになっていたが、別に、恋だの、愛だの、ということを語り合ったことはない。アンが彼を子供扱いするのに気を悪くしたことこそあれ、アンに対して特別の感情を持ったことはない。

　それなのに、今、急にアンが、その小柄な体が、その金髪が、その鼻のまわりにすこしソバカスのちらばった顔が、譲二には、かけがえのないものに思われてきた。

「俺も手つだおう」

「いいのよ」

「手つだうよ」

　譲二は今までそんなことをしたことはなかったのだが、空いた皿をとりあげて、台所へ行った。

　玄関のほうでは、まだホーダア女史と女学生が宿料の大議論をつづけているらしかった。

　譲二はアンと一緒に台所へ入ると、すぐ皿をそこに置いて、アンを抱きすくめた。

「おお、ジョージ！　ジョージ！」

　涙のこる目でアンが抱きついてきたので、譲二は彼女にはじめてキスを与えた。十五、六歳の少年が、こうして、王様が臣下に賜わり物をするように、堂々とキスを与えるところは、見物《みもの》であったにちがいない。それはイギリスの苺《いちご》のような、質朴な、野の香りのするキスだった。

　——外は雨で、台所の窓硝子《まどガラス》は妙に白かった。

この昼すぎの別れを譲二は鮮明におぼえているのだが、W・カレッジでも、彼はやっぱり、おとなしくしていることができなかったのである。

19

W・カレッジの予科へ入った譲二は、何か自分の専攻科目を選ばなければならなかったが、何を専攻していいか、さっぱりわからない。

そこで、当てずっぽうに、

「香辛料貿易に関する研究」

というのを選んだ。

香辛料とは、辛子やコショウや食用の香料のことであるが、中世ヨーロッパでいかにこれが珍重され、これを得るためにひらかれた東洋貿易が、いかに東西文化の交流に貢献したか……

もちろんそんなことは、譲二の知ったことではない。中学生のころライス・カレーが好物で、ロンドンのインド料理屋へも一度ホーダア女史に連れて行ってもらったことがあるのを思い出して、何となくライス・カレーの薬味に手を出す気分で、この科目を専攻することにしたのである。

ていた。W・カレッジは全寮制で、東寮が男、中寮が教師、西寮が女、というふうに分れ

譲二は入学すると匆々《そうそう》、アンジェラというイタリー人の女の子と、同じ「香辛料貿易に関する研究」で知り合った。アンジェラのおかげで、いつしか譲二も、イタリー語の片言ぐらいは喋《しゃべ》れるようになった。

アンジェラは朝から晩までお国自慢ばかりしていた。いかにもスパゲッティを子供の時から喰べつづけて、スパゲッティの精になったみたいな、白いムッチリした女の子で、十六、七歳で、もううつむくと二重顎《あご》になってしまうくらいだから、中年になったらどんなに肥《ふと》るかおそろしかった。

でも、彼女は、すばらしい乳房を持っていて、それをこんな陰鬱《いんうつ》なイギリスのお天気の下で、大事にしまい込んでいるのは勿体《もったい》なく思われた。彼女はやっぱり太陽の国の娘だった。

「あなた、ローマへ行ったことないの。気の毒ね。ローマは世界一の都だわ。ロンドンみたいな、うす暗い陰気な町とちがって、一年中日が照ってるわ。ピアッツァ・ディ・スパーニヤ（スペイン広場）の階段なんか、絵はがきで知ってるでしょ。あそこでミカン水のむとおいしいわよ」

などと、言うことはまだ子供だった。

「日本ってどんなとこ？」

と大して興味もなさそうにきくので、譲二は気を悪くした。

「日本にはね、イタリーよりきれいな娘がいっぱいいるよ。第一、イタリー女みたいなデブは一人もいやしない。みんな鹿みたいに痩《や》せているんだ」

「食物がわるいのね」

とアンジェラは、半分ベソをかきながら、反撃してきた。

アンジェラは一度譲二にデブと云われてから、十六歳で減食療法をおっぱじめ、晩ごはんを抜くかわりに、夕方のお茶の時間になると、人の三倍もお菓子を喰べて、計画を台無しにしてしまった。しかしアンジェラがほかの誰よりも、譲二の意見を気にするようになったのは、人目につく変化だと云ってよかった。

指導教官《テューター》は譲二の快活さを喜んだが、彼がかつてこのカレッジへ来たどの日本人学生にも似ず、少しも日本を懐しがらないのを奇異に思った。指導教官はメソメソした望郷の心と、ものすごい勉学心を、日本人の特徴だと考えていたが、譲二には、その二つとも欠けていた。のみならず、見かけ一つでも、譲二は一般の矮小《わいしょう》な日本人とちがっていた。

「君は本当に純粋な日本人なのかね」

と指導教官はあるときからかった。

「はい、ミスター・ランセスター」

「君は新らしいタイプの日本人で、僕が最初に見た見本なのか、それとも、新らしくも古くもない、全くの珍種の日本人なんだろうか」

「自分ではよくわかりませんが、ミスター・ランセスター、僕は代表的日本人だと思います。僕は自分の思うとおりに行動しますが、同時に、人の身の上に同情の涙を流します。それに比べて、イギリス人は、決して自分の思うとおりに行動しないし、人の身の上に同情の涙も流しません」

この先生は冷静な男だったから、少年の素朴な偏見に怒り出したりする代りに、

「そうかね。君はディケンズの『クリスマス・カロル』を読んだかね」

「いいえ、まだ読んでいません」

「早速読んでごらん」

譲二は素直なところがあるから、図書館からすぐこの本を借りてきて、字引と首っ引で読んで、涙を流した。

こんな経験から、この十六歳の少年には、各人種各民族を、お手軽に概括するわるい癖がなくなった。

アンジェラは、彼とけんかしながら、又仲直りして暮していたが、そうした或《あ》る日に、決定的な事件が起きてしまった。

20

ここの寮では、日本とちがって、毎日お風呂へ入るわけには行かず、自室に浴室もついていなかった。

中寮の教師寮の階下が風呂場になっていて、月水金には女の生徒が、火木土には男の生徒が入り、日曜日には教師が入ることになっている。

そうすると、教師が一等不潔なわけだが、この国の人たちは、そんな限られた入浴日でも、争って風呂に入るようなことはなかった。W・カレッジの名物のテニスには、ほとんど全校の生徒が精を出し、春秋の大トーナメントなどは、社会的に有名な行事にさえなっているのだが、そんなテニスの練習のあとの大汗も、軽くシャワーを浴びてすませてケロリとしていた。

教師だって毎日曜に入るというわけではないらしい。テューターのランセスター先生にしても、身じまいはいつもキチンとしていて、ネクタイをゆるめたところも見たことがないが、それでもそばへ行くと、麴《こうじ》くさいような妙な匂いがときどき鼻をつく。酒や葉巻や食物やいろんなものの複合した匂いが身についてしまったものらしいが、譲二にはそれが何となく垢《あか》の匂いのように感じられて、気持がわるいのである。

やっぱり譲二は日本人で、火木土にはお風呂を欠かしたことがない。そのたびにシャボンで全身をゴシゴシ洗うので、「石鹸《せっけん》ジョージ」などと仇名《あだな》をつけられた。

ある日曜日、譲二がむしょうに風呂に入りたくなって、こっそり晩に浴場へ行ってみると、教師の入浴日なのに誰も入っていず、どのプライヴェート・バスもガランとしていた。そこで校則をやぶって、一つのプライヴェート・バスへ入り込み、盛大にお湯の音を立てても誰もやって来ず、彼はのんびり入浴をたのしんで、東寮へかえってきた。

その話をあくる日アンジェラにしたのがいけなかったのである。

「そりゃきっとスリルだわ。こんな退屈な学校にも、探してみれば、それくらいのスリルはあるんだわね」

とアンジェラは、林の中の散歩道を、譲二と歩きながら、目をかがやかせた。

「だって、ただお風呂に入るだけのことだぜ」

「それだってスリルの一種よ。ローマ人はお風呂を人生の大事なたのしみに数えていたんだわ。せっかく大昔ローマ人はイギリスを占領したのに、イギリス人はちっともローマのいい習慣をとり入れようとしなかったのね」

「君はお風呂が好きかい」

「大好きよ」

それから譲二は、日本人のいろんな入浴のたのしみについて、御講義をさせられる羽目になった。

日本の各地の温泉地、温泉芸者、熱海の宿屋にある巨大な池みたいな浴場、それに島があって、島から島へお湯の中を泳いでゆけること、等々。

アンジェラは面白がって、

「まあステキ！　まあステキ！　私、日本へ行ってみたい」

と昂奮して言った。

とうとうアンジェラは温泉狂になってしまい、香辛料の研究はそっちのけにして、図書館へ入って、温泉の研究をはじめた。

イギリスによくあるスパ（spa）という言葉は、鉱泉の湯治場の意味であって、日本のとは少しちがう。それがドイツへ行くと、バートという言葉になって、「去年マリエンバートで」という映画の題なども、「マリエン湯治場で」という意味になるのだ。

それらは多くは、十八、九世紀に、鉱泉治療が大流行した折、王侯貴族が湯治場を求めて、そこに美しい別荘や豪華な館《やかた》を建て、のんびりした遊惰な生活を送ったところで、日本の温泉みたいな民衆的な遊び場とは、起源がちがう。箱根のドライ

ヴ・ウエイに、

「箱根スパ」

なんて書いてあるのは、ただの猿真似である。

アンジェラは古い百科辞典を引いて、日本の男女混浴の習慣を知り、日本ではどこでも男女混浴だと決めてしまった。

「ウソつき！　私に隠してたのね」

と、あくる日会ったとき、アンジェラは怒って言った。

「何だい」

「日本のお風呂について、一番大事なことを隠していたじゃないの」

「何だい。僕にはわからないな」

「そんなことをレディの口から言わせようと思ってるの？」

これでは譲二がいくらカンがよくても、おいそれとわかるわけがない。

いろいろききただした末に、それが男女混浴のことだとわかり、

「そりゃ日本のごく田舎の習慣にすぎないよ」

と云っても、アンジェラは承知しなかった。

百科辞典には、「日本ではどこでも」と書いてあり、譲二は依然ウソをついている、と言うのである。

それは花々の咲きみだれた池のほとりに腰かけて、交わされた学問的研究的会話であったが、話すうちに、譲二はいつになくアンジェラの頰が紅潮し、大きくみひらいた目もとまでほの紅く染っているのに気づいた。

この少女は、ムチャクチャな怒りで、自分の羞恥心《しゅうちしん》をごまかしていた。

「そんなに云うなら、今度君と実験してみようか？」

「アラ、何を？」

「その男女混浴をさ」

21

——事件は、こんな冗談半分の会話から起ったのである。

次の日曜日の晩、先週譲二がしのび込んで誰も浴場にいなかった時刻を見計って、二人はこっそり、中寮の階下へ行った。

やはり今夜も誰もいなかった。

二人は、何だか一オクターヴ高い調子で、キュウキュウ笑いながら、浴場の廊下をうろついていたが、これには多分、混浴敢行の前に誰かに見つかって、無事にすましたいという気があったのかもしれない。譲二もいくらか怖れていた。

ついに二人はプライヴェート・バスのドアを閉めて、二人きりになった。ここのドアは一切鍵がかからぬようになっている。

西洋風の浴槽《バス・タブ》ながら、古風なばかに大きなやつなので、少年少女が二人で十分入れる筈《はず》だが、生憎《あいにく》、譲二は六尺ゆたかと来ているし、アンジェラも、

「このお風呂じゃムリね」

などと尻込《しりご》みしていた。

譲二がキスすると、アンジェラは、片方の袖《そで》をずらせて、丸いまっ白な、つやつやや光る肩を見せた。

スパゲッティ娘などと蔭《かげ》でひそかに悪口を言っているのだが、譲二はアンジェラが、成熟した体をしているのにおどろいた。乳房は大きく、息をするにつれて、譲二の胸をぐいぐい押してくる。

……二人は、又、キュウキュウ笑いながら手早く着ているものを脱ぎ、からっぽの浴槽に抱き合って入って、お湯を出した。

押えても押えても、アンジェラの裸は、お湯のなかから浮び上って来てしまい、譲二はついに、膝《ひざ》の上に乗せて、うしろから抱いた。

「これなの？　これが混浴なの？」

とイタリー娘は息をはずませて言った。

次第につのる湯気のなかで、うしろから見る彼女の耳たぶが、桜いろに、美しい貝がらのように見えたので、譲二はそこに唇を触れた。

——そのときドアがあいて、テューターのランセスター先生、あのちっともお風呂に入らない筈の先生が顔を出したのである。出したかと思うと、いつもの甲高い声が、あわてて、

「アイ・アム・ソーリー」

と口早に言い、それきり先生の顔は見えなくなってしまった。

二人は恐怖のあまり口がきけなくなり、アンジェラは、すぐお風呂を飛び出すと、すばらしいスピードで着物を着けて、逃げ出した。

譲二は観念して、ゆっくりお風呂につかっていた。

こうなった以上、もう逃げ出してもムダなのである。

彼は又、自分の人生のゆくてに、困った障害物がドッシリ居《い》据《すわ》ったのを見た。

なぜだろう？

彼の行くところ、行くところ、彼は全く自然に、のびのびと行動しているつもりなのに、必ずどうにもならない障害物があらわれて、邪魔をするのだ。

あの祭のけんかだって、仕様ことなしに、向うからふりかかってきたものだった。

彼が年に似合わず、人目に立つ大きな躰《からだ》をしているのがいけないのだろうか？　今

度のことだって、男女混浴なんて考えを吹き込んだのは、あの子供か大人かわからぬイタリヤ娘のほうなのだ。

……又ドアが半ばあき、今度はランセスター先生は、堂々と姿をあらわした。

「ミスター・ミヤギ」

先生がジョージと呼んでくれないときは、悪いことに決っている。

「はい」

「明日の朝、荷物をまとめて、この学校を立去りなさい」

22

――ロンドンの小さなホテルへかえってきた譲二を、ホーダア母子《おやこ》はあたたかく迎えた。

事情を話せというので、譲二がそのまま話すと、

「正直に言ったのはえらいが、紳士のするべきことじゃない。恋愛は恋愛の手続を踏まなくちゃいけない」

とホーダア女史はおごそかに言い、アンは笑いたいような、泣きたいような顔をして、黙って譲二を見つめていた。

しばらくは日本のお父さんにしらせないでおいてあげるというので、譲二はよろこんでのんきな毎日をすごした。

そんなある日、アンが、

「ねえ、どこかへ旅行に行かない?」

と言いだした。

その声があきらかに、窓ぎわで編物をしているホーダア女史にきこえているのに、女史が何とも言わぬところをみると、すでに女史の黙認を得ている、としか思えない。

譲二は何となく危ないな、と思ったが、季節は美しい初夏だし、アンと二人で小旅行へ出るのも悪くない気がした。

「どこへ行く?」

「あんまり遠くないところ。ハムプトン・コートへ行こうか?」

「いいね」

譲二はまだハムプトン・コートへ行ったことがなかった。

それは金の大時計で有名な純チューードル様式のお城で、観光客がよく行くところだが、譲二は譲二なりに傷ついた心を、アンと二人で、そんな静かな場所で休めたい気持もした。彼は時々このごろ、自分が十六歳ではなくて、八十歳であるかのような心境に落ち込むことがあった。

「あそこの迷路《メイズ》で遊んでおいで。あんた方子供には丁度いいから」

「迷路《メイズ》ってどんなんです」

「行ってみればわかるよ」

とホーダア女史は、お伽噺《とぎばなし》のやさしいお婆さんみたいな、慈愛をこめた微笑で言った。

週末を避けて、明日の朝発つことにして、話がまとまると、早速、アンは金髪をふり立てて台所へ飛んで行き、お弁当の献立を考えはじめた。

(譲二はその旅のたのしさを今もおぼえている。

だから、金髪のアンが、今そんなヒステリックな振舞をしても、あのときのやさしいアンを思い出すと、一概に憎むわけに行かないのだ)。

アンはそのころ、やさしい、平凡な、質実な娘だった。粋筋出《いきすじ》の母親が却《かえ》って固く育てたので、アンには派手なところも贅沢《ぜいたく》なところもなかった。

「これが二人の一生にとって、いちばん倖《しあわ》せな旅行になりますように、って、私、今夜、神様にお祈りするわ」

「あんな近いところへ行くのに、そんなに大げさに考えることないよ」

「譲二って神様を信じないのね」

アンは恨めしそうにそう言ったが、アンがこの小旅行にどんなに大きな夢を託していたかは、あとでわかった。

23

——ハムプトン・コートの庭の迷路《メイズ》は、今でも譲二の心に、たのしい思い出になって残っている。

それは広大な宮殿の庭の、裏門の近くにあって、迷路へ近づく散歩道の両側の草《くさ》生《むら》には、初夏の花が咲き乱れていた。

「芝生の中を歩かないで下さい」

という立札がいたるところにあるのに、幾組かの恋人同士は、木洩《こも》れ日を浴びて、堂々と芝生の上に寝ころがって、すぐそばをとおる見物人には目もくれずに、キスをつづけている。なるほど、

「芝生の中を歩かないで下さい」

とは書いてあっても、

「芝生の中で寝ないで下さい」

とはどこにも書いてない。

迷路《メイズ》の入口には切符をもぎる小父さんがいて一人一人入れてくれるが、緑濃い茂みの中に、子供や女のたのしげにさわぐ声がきこえた。

迷路《メイズ》とは、何のことはない、「八幡の藪《やぶ》知らず」のイギリス版なのであるが、初夏のことで、丁度人の背丈よりやや高いほどに刈り込まれた厚い生垣は、びっしりと葉をつけて、透かし見えるものは何もない。

それが複雑な構造を作って、ほうぼうに行きどまりの誘導路を分岐させながら、わかれ道ごとに一思案するような具合に植え込まれている。そして頭上には、ほのかな雲をうかべた美しい青空が見えるだけで、頭上の目じるしは何もないのだ。

二人は手をつないで、いそいで迷路へ入って行ったが、入ってすぐのところに別れ道があったので、そこで手を振って別れることにした。

世の中にこんなに愉《たの》しい別れがあるだろうか、と十六歳の少年は思った。目の前にまだ、緑の葉かげにちらりと振られて消えたアンの白い手の幻がのこっていた。それから一瞬に葉かげへ消えたその美しい微笑の歯のきらめきと、金髪と。

そうだ、その金髪で面倒が起きたのだ。

せまい迷路をあんまりはしゃいで駈け抜けたので、アンは金髪を小枝に引っかけてしまったのだった。

それは一瞬に小枝ともつれ合って、とれなくなり、むりに引っぽろうとすると、髪の毛全体が抜けそうになる。

すべてはあとできいた話だが、観光客というものは自分のたのしみだけにかまけていて、又そのたのしみを他人に阻害されたくないという気持があるから、案外冷淡で、一人の少女が、小枝に髪の毛を引っかけたぐらいでは、そばを何人通っても、助けてくれる人がない。

それに、アン自身が、恥かしいものだから、人がそばを通ると、背を向けて、何か探し物でもしているようなふりをして、ごまかしてしまうので、通りかかる人も、気づきようがなかったのだろう。

ほどこうとする指さきの動きが、却《かえ》って髪をこんがらからせ、彼女は途方に暮れて、泣きたくなってきた。ついさっき、あんなに愉しいかりそめの別れをした譲二が、ここにいてくれないのが怨《うら》めしく思われる。

とうとうアンは見栄も外聞もなく、

「ジョージ！　ヘルプ！」

と叫んだ。

譲二はその声をたしかにきいた。

「どうしたんだ。アン」

「ジョージ！」

「アン！」

「ジョージ！」

「今行くよ！」

譲二は駈け出したが、迷路《メイズ》ではあわてればあわてるほど、道を見失う。今たしかにアンの声がきこえたという方角へ戻ろうとすると、次のアンの声は、まるで別方向から、遠く耳にひびいてくる。

「待っててくれよ。すぐ行くよ。アン！」

と口に手をあてて叫んだが、その声が果して届くかどうかもわからない。

あたりには初夏の日がふりそそいで、葉いろも鮮やかに、足もとの砂を含んだ土はやわらかく光り、人々の笑いさざめく声を縫って、小鳥の囀《さえず》りがあちこちへ移ってゆく。

迷路《メイズ》のあたりは、もっとも人声がやかましく、

「あら、まちがえた」とか、

「あら、又会っちゃった」とか、

「ママ、ばかだなア、こっちだよ」とか、何事につけ表現的な西洋人の大げさな叫びが絶えないのだが、それにも一種の波があって、気味のわるいほどシンとすることがある。

すると小鳥の囀りだけが、雲のうかぶ美しい空にきこえ、たった一人で孤島にとりのこされたような気持になる。そこへ、

「ジョージ！」

と叫ぶアンの声が、常よりも悲しく澄んできこえるのが、あたかも、アンがずっと遠いところへ去って、天から幻の声を放っているかのようだ。

譲二はたまらない気持で又駈け出したが、一つのわかれ道で又立止ってしまい、思い切って左へ道をとって、角を曲ると、そこに正《まさ》しくアンがいた。

「アン！」

と譲二はいきなり彼女を抱き寄せた。

「痛いわ！　ジョージ」

「どうした。怪我《けが》でもしたの」

夢中になっている譲二は、気づかずにアンを抱きしめて、彼女の枝にからまった金髪をますます引張っていたのである。

譲二は、日本人特有の器用な指先で、難なく、その複雑にもつれ合った金いろの髪を緑の小枝からほどいてやった。彼の大きな掌《てのひら》の中で、髪の一房は、安心したようにしなだれて輝やいた。

アンが彼の胸に顔を寄せて来たので、今度は譲二も、心おきなく抱いて、永い接《せつ》

吻《ぷん》をした。永いあいだ隔てられた恋人同士のように、お互いを感じた。譲二はこんなに甘い接吻ははじめてだった。

24

こんなことのあったあとだから、二人が、今までにない胸に迫った気持になったとしてもふしぎはない。

二人はハムプトン・コートを出ると、夢うつつに、小川のほとりを歩いた。門前には観光バスがとまって、土産物店の前に観光客が群れていたが、二人はそんなものには見向きもしないで、少しも早く二人きりの世界に入りたかった。

譲二はアンが年上の女だということをとっくに忘れていた。それは別にふしぎなことでもなければ、不自然なことでもなかった。又、彼女がイギリス人だということも忘れていた。

譲二のまことに健康で自然な性慾《せいよく》は、すべてをアダムとイヴに還元してしまい、相手がイギリス女だろうと年上だろうと、男がやさしい誘《いざな》いの手をさしのべれば、そこに崩折《くずお》れて来るのが女だと思っていた。そしてそれは九十パーセント正しかった。

二人の行く川ぞいの歩道は、凸凹《でこぼこ》の石畳だったが、車道は自動車が引きもきらないので、時たま会う騎行の人は、容赦なくカツカツと蹄《ひづめ》の音をひびかせて、歩道を来た。そこで二人は、川の古い鉄の欄干に身を寄せねばならず、馬の通ったあとには、湯気を立てているありがたくない落し物も拝まねばならなかった。

しかも、馬で来る人は、大てい若い女性で、シックな乗馬服を着こなし、胸もとに白いレエスのタイをひらめかせ、冷たい権高な顔で馬をはげましながら、二人を無視するように通るのだった。

譲二はよっぽどいつものデンで、

「あんな女はきっと不感症だぜ」

ときこえよがしに怒鳴ろうと思ったが、今は大事なロマンチックなシーンだと考えて、差控えた。

車道のむこうは牧場の囲いをなしている丈高いポプラ並木だった。それが初夏の風に葉を光らせていた。

そして一方、美しい川の流れには白鳥がうかび、対岸の堤には色とりどりの花が咲き、歩くにつれて、川向うの人家は少なくなって、のびやかな野がひらけた。

「川の向うへ行きたいわ」

と譲二の肩にもたれてアンは言った。

「行きたいけど橋がないよ」

「橋のあるところまで歩きましょう」

「うん、最初に出会う橋を、是が非でも渡ろう」

「それがどんなに危い橋でも」

「うん、どんなに危い橋でもだ」

そんなさりげない会話を交わしながら、譲二も、二人が今頭の中に持っている考えは全く同じで、どんな他事を語ろうとも、その一つの考えにしっかり結びついてしまう、と思った。

やがてその最初の橋が見えてきた。

それは実に奇妙な形の、危なっかしい木の釣り橋で、橋の歩み板の隙間は、川の流れをすぐ真下に見せていた。それを渡ろうとして、二人は、それがどこへ導いてゆく橋かを知った。

「カジノ・ホテル」

という小さな朽ちかけた看板が見える。

それはホテルへの専用の橋で、ホテルと云っても、白ペンキ塗りの古風な小さな木造の宿だった。

川向うの堤に、一軒だけポッンと立ったそのホテルは、二階にこまかい透かし彫りの露台を持ち、そこにも花の植木鉢をいっぱい置き、川へ向う前庭はなだらかな傾斜の芝生だが、そこに時計を象《かたど》った花壇を作り、川ぞいには朽ちかけた桟橋があって、二隻のボートがもやわれていた。

白ペンキはずいぶん永いこと塗りかえないらしく、窓々の鎧扉《よろいど》のペンキも剝《は》げかけていたが、どの窓にも花もようのカーテンがひっそりと揺れている。そして、古風な金いろのノッカーのある白い玄関のドアの上に、

CASINO HOTEL

と書いた金文字の額が下っている。客の姿は見えず、こんなに美しい日和なのに、庭へ出ている人影もない。

「うちみたいな流行《はや》らないホテルなのね」

とアンはちょっと笑って言いながら、もうその足は釣り橋へ踏み出していた。

そこで譲二も英国風に、彼女を扶《たす》けて、さらに一歩踏み出さなければならなかった。

25

カジノ・ホテルの帳場に坐ったきりの、リウマチらしい老人が、二人を心から本

当の兄妹と信じたかどうか、ずいぶん疑問である。第一、誰が見たって、髪の色も目の色もちがうのだ。

しかしアンがどうしてもそうしろというので、譲二は、

「ジョージ・ホーキンス十九歳
アン・ホーキンス十七歳
兄妹」

と宿帳に書き、妹がハムプトン・コートの見物で疲れて気持がわるくなったので、しばらく休ませてほしい、と言った。

老人は少しも表情を変えないで、

「うちは病院じゃないから薬はないが、ベッドはあるから、しばらく休んでいて治る病気なら、そうしたらいい」

と云って、黙って鍵《かぎ》を渡し、二階へ上る階段を指さした。

その古い木の階段はよくきしみ、階段の両側には、古風な銅版画が、イギリスの田舎の静かで、閑雅な、美しい春や夏の景色を示していた。

鍵をあけて入った部屋には、大きなベッドが、メイク・ベッドもされないで、でんと居据《いすわ》り、枕もとのナイト・テーブルには、水さしの中で水が黄ばんでいた。

二人は部屋へ入って、鍵をかけるなり、夢中で接吻した。部屋の中が明るすぎる

ことに気づいたのは、ずいぶんあとだった。

しかしあの、花もようの、お体裁ばっかりのカーテンは、何と光りに対して無抵抗だったことだろう。

やや傾きかけた日ざしに、鏡台の鏡が、部屋の中の落日のように燃えていた。

二人は手わけして窓々の鎧扉を閉めた。そこからも光りが落ちて、古い、かびくさい絨毯《じゅうたん》の上に縞目《しまめ》をえがいた。

二人は着物を脱いで、ふざけ合って、床の上にたおれた。アンの体の何という白さ！　譲二は、その乳房に顔を埋め、どこまで深く顔が埋まるか試そうとしたが、それは少女の胸の強い弾力で拒まれた。

気がつくと、アンの体は鎧扉の光りに縞馬のようになり、下のほうに、小さく、日の反映のような一束の金いろの焔《ほのお》が燃えていた。……

……………………。

……………………。

アンとのざっとした思い出はこんなものだ。

少くとももっとも美しい思い出はこんなものだ。

その後、譲二の放校を知った父が日本からやってくる。譲二が須賀に拾われて、カメラマンの助手になる。盗み撮り事件から譲二は失踪《しっそう》する。……

——そして、譲二がアンと再会したのは、彼女が彼を慕って、英国の商社の日本支店の事務員になって、東京にやってきたときだった。

譲二は結婚したいと思ったが、収入が十分でなかったので、とにかく二人で住んだ。一週間はステキだった。十日目から破綻《はたん》が来た。アンはもう少女時代のアンではなく、年上の女のひがみと、その逆のあらわれのひどいヒステリックなわがままで、耐えがたい女になっていた。一ヵ月目に大喧嘩《おおげんか》をして二人は別れた。

その後アンは、アメリカの航空会社のパイロットと仲好くなり、その航空会社のステュワーデスになった。もっともグラウンド・ステュワーデスで、飛行機には乗らないのである。

二人は巧《うま》く行っている、という話を譲二はきいていたが、それがナイト・クラブの席で、冴子の頰をいきなり打つほど荒れていようとは、思いもかけなかった。

三十歳のアン。

昔を知っているだけに、譲二は、老いの早い白人女の目もとの皺《しわ》にも、その表情にちらつく焦躁《しょうそう》に充ちた媚《こ》びにも、ひどく悲惨なものを感じた。

「ねえ、今夜どこかへ行こうよ」

「だめだよ。あんなにキッパリ別れたんじゃないか」

「あの時はあの時よ」

「しかし君は別れるとき何て言った。日本人の猿なんか、はじめから本気で好きになる筈《はず》がない、と言ったじゃないか」

「喧嘩のときはそのくらい言うわ」

「それで、僕は、そういうとき、ふつうの誇り高い日本人のようには怒らないことにしているんだ」

「あなたは自信があるからよ。いくらそう言われたって、自分だけは猿じゃないことを知ってるからよ」

「それじゃ、他の日本人は猿か」

「ごらんなさいよ。ここでホステスとニヤニヤしながら踊っている中年の醜い紳士たち」

そう言われてみると、わが同胞ながら、中年の社用族たちは実に醜くかった。しかし、譲二は、己惚《うぬぼ》れは強くても、同胞の悪口を言われて、自分だけ己惚れるほどのコスモポリタンではなかった。彼はむしろ、アンとの会話に、（十代のころは決してこんな問題が会話に顔を出したことはなかった）、実にイヤな、欲望も愛情もさますような、冷たい話題が出てきたことを悲しんだ。しかも女は、今夜どこかへ行こうよ、などと、日本の商売女のようなセリフしか言えなくなっているのだ。

もう「最初の橋を渡りましょう」と言った彼女は死んでしまった。「最後の橋」

を彼女と一緒に渡る男は、同じ譲二であってはならない。……

そう思うと、彼は急に酔がさめ、冴子にした比類のない無礼に、再び頭が重く占められてきた。

「とにかく今夜はダメだ。又いつか会おう」

「あの、お気取りの日本の娘にお詫《わ》びに行くの？　こうやって、頭を下げて」

とアンは日本人のお辞儀の仕方を、誇張してやってのけた。それで譲二はますますイヤになった。

「そんなこと、君の知ったことか！」

——彼は礼儀正しく、アンを、アンの仲間のテーブルへ送って行った。

それは陽気だが鈍感な連中で、今まで起った事件には何も気づかず、アンが譲二を紹介すると、

「さあ、一緒にやりませんか」

と気楽に誘った。航空会社の連中の、同じ仕事の連帯感から、彼らは、どこか南のほうの不道徳で有名な町で、たのしくやっている一夕のテーブルに、仲間を誘うような口調で誘った。そこにはもちろんアンの今の亭主はいなかった。みんながアンの泥酔ぶりを持て余していて、新らしく現われた譲二をたよりにしている気配が察せられた。

椅子に戻ったアンは、まるで、白いバタの固まりをそこへ置いたように、ぼんやりと静かになって、融けかけてゆくようだった。

「失礼します」

キッパリ断わって立上る譲二の頭には、もう冴子のことしかなかった。

26

冴子に詫びる方法は一つもなさそうだった。

第一に考えられるのは、須賀にたのんで、須賀から口をきいてもらうことだが、今夜のことで、須賀はもう決定的に、譲二についてのむかしのいい印象を、棚から落して割った花瓶のように、ぶっこわしてしまったと考えてよかった。

そうかと云って、直接に冴子に会いに行っても、彼女はもう会ってくれないに決っている。

ナイトクラブを出て一人どこまでも、深夜の道を歩きながら、そんなことをくよくよ考えつづけている譲二は、はからずも、自分が冴子に恋しているのを知った。

それはふしぎな経験だった。

彼は今まで、こんな打ちのめされたような気持で、女に恋したことがなかったのである。

冴子という女は、本当なら、きれいだけれど生意気なお嬢さんとして、すぐ念頭から去ってよい存在であった。

彼もまた、ああいうしつこい失礼な好奇心の持たれ方によって、己惚《うぬぼ》れをそそれないでもなかったけれど、そんなめんどくさいことは好きではなかった。

西洋人の女の単刀直入な愛に馴《な》れている彼は、日本のお嬢さんの屈折した自尊心がちょっと小うるさかった。

『何だ。えらそうな顔をして、男も知らないくせに』

彼はそこで「僕は保釈中なんです」という秘密を打明けて、ギャフンと言わせてやるつもりだったが、あんな育ちのお嬢さんでは、「保釈中」という言葉だって、知っているかどうかわからなかった。

「フン、保釈中か……」

彼は小さく口のなかで呟《つぶ》やきながら、夜の鋪道を歩きつづけた。

この周辺は、夜おそくまであけている店が多いのに、ブラブラ歩いている人は比較的少ない。その代り車が輻輳《ふくそう》して、路上駐車の車のなかに、外国製のスポーツ・カアが一番多く見られるのもこのあたりである。

オフィスのビルはすっかり灯が消え、その間にポツリポツリと酒場やレストランやナイトクラブの灯がかがやいている。一つのバアから女給たちに送られて出る酔客の、あたりかまわぬ怒鳴り声の歌が起った。さっきアンが猿と云った種類の日本人だ。

みっともない体つきで、ゴルフと女と酒が人生のすべてだが、その三つのどれかからも、内心愛想をつかされている哀れな男……。

譲二はいつもなら、どんな貧しい袋小路に追いつめられても、自分を哀れと感じたことのない男だが、今夜ばかりは、哀れさに於て、自分もその男と同類のような気がした。

すれちがいざま、女の一人が、いやなお客に微笑《ほほえ》みかけながら、譲二のほうを流し目で見たのを感じて、彼はほんの一瞬、意気揚々とした気持を取り戻し、あのせまい飛行機の通路を歩くときのように、しゃんと、ひろい背中を見せびらかして歩き出した。

道のはたに赤いカーネーションが一輪、土に汚れて落ちていた。彼はそんなものを拾うほど抒情《じよじよう》詩人ではなかったが、ずっとむかし、コペンハーゲンの裏街で、やっぱりこんな風に、泥にまみれた赤い花が一輪、路ばたに落ちていたのを思い出し、又、あの何も責任のない外国へのがれて行きたい気が切実にした。

いずれにしろ、明日の晩は、又、ホノルル行きの飛行機に乗り込まねばならない。

それまでの辛抱だ。

それに自分は「保釈中」の身で、面倒を起してはならない体なのだ。

ところで譲二は、ほんの少しこの「保釈中」ということが気に入っていた。

歩きながら煙草をつける。そのシガレット、英国製シニア・サーヴィスの、目にしみるほどの白さの、細い粋《いき》な一線、……「保釈中」の身だからこそ、こんな贅沢《ぜいたく》な煙草を吸うことが一そうロマンチックで、そして粋なのだ、と云わねばならない。

彼を「保釈中」にした事件が、妙に今夜は、あざやかに眼前に浮んでくる。

27

それは三年前のことで、本当は「保釈中」というのは誇張なのだが、「執行猶予中」と云っても凄味《すごみ》がないので、「保釈中」ということにしてしまった以上、自分もそう思い込んでいるだけなのだ。執行猶予は四年だから、あと一年は神妙にしていなければならぬ。しかし法律上「保釈中」というわけではない。

それは人にたのまれて、横浜で、時計商組合のおじさんに会ったことから起った。

時計商組合は八百万円の債権がコゲついて困っていた。相手は不良外人で、もう尋常の法律的手段では、どうにもならないところへ来ている。ひとつ譲二の俠気《おとこぎ》にすがりたい、という、よくあるやつだった。

彼は二つ返事で引受け、本牧《ほんもく》の不良外人の巣へ乗り込んで行った。

ペラペラの英語でタンカを切ったが、相手はいきなり暴力に訴えてきて、四五人から袋叩《ふくろだた》きにされて気を失ってしまった。

車の中で息を吹き返し、自分が車でどこかへ運ばれてゆくのを知った。

そっと様子をうかがうと、運転している外人一人と、助手台に一人いるにすぎず、自分は手首をベルトで結かれて、バック・シートに横たえられている。

口の中に塩からいものがたまっているのは鼻血が口へ逆流したらしい。譲二は正気づいたのをさとられぬように、体中の神経を集めて、自分のどこが傷つき、どこがヘシ折られているかをためしてみた。暗いなかで、体の上を、時々サッと、車の前灯や、上からのぞき込む街灯の光りがとおりすぎる。

痛いのは頬と、コメカミと、ボクシングのあとでよく味わった肝臓《リバー》のあたり、つまりみぞおちの奥の痛みだけだ。

すべての痛みに親しみがあり、未知の痛みは何もなく、暗い地図の上で、自分が一度訪れたことのある町々が、ポッポッと赤い灯《ひ》をともして痛んでいるにすぎない。

『これなら大丈夫だ』

そう思いながら手首を結えつけているベルトをためした。

案の定、手先の不器用な外人の仕事らしく、指を器用に動かせば、らくに抜けそうだ。彼は肩が動かぬように、肩の力を抜いて、指さきだけを、まるで女が編物をするみたいに、こまかく動かして、だんだん手首を抜いて行った。

もう少しじっとしているふりをしている必要がある。

さっき譲二が薄目をあけたとき、助手台の男は幸運にも、車の前方を向いていたが、今はピストルをかまえて、バック・シートへ顔をうしろざまに向けているのが、感じでわかる。

男同士の会話の息の方向がちがってきたからだ。

さっきは二つの声は、フロント・ガラスから等分にはね返って来たのに、今度は一つの声は、直接に譲二の耳の上でする。

そのやにっこい声の口臭まで嗅《か》がれるような気がする。それから、鉄の匂い。譲二は兇器《きようき》の匂いに敏感だった。

――やっと車が止った。

突然、汽笛が鳴りひびいたので、譲二は港の近くだと知った。

「チェッ」

と一人の外人が舌打ちをした。

汽笛で譲二が目をさまさぬかと心配したらしい。やさしいオフクロみたいな気のつかい方だ、と譲二は内心微笑した。

二人の外人は先に降り、それから用心深くうしろのドアをあけて、譲二の体をピストルの先でつついた。

何の反応もないのをたしかめてから、二人がかりで体を引きずり出そうとした。

譲二はそのとき、海の匂いを鋭く嗅ぎ、自分はこれから海へ放り込まれるところらしいと考える余裕があった。

今だ！

二人がかりで体を運ぼうと考えたのは、譲二の体が大きすぎたためだが、それは同時に、二人ともピストルから手が離れていることを意味する。

譲二はグッタリしたまま、車外まで運び出されたその瞬間に、いきなり、跳躍して、一人の外人を蹴上《けあ》げ、もう一人に頭突きを喰《くら》わせておいて、それから自由になった両手でそいつの顔のドまんなかへパンチを浴せ、振向きざま、蹴られて倒れた外人が、起き上ろうとするところへ、そのアゴ先へ、低いアッパーを思いきり御馳《ごち》走《そう》した。

この早業も、力をためにため、考えに考えたあげくだったからこそ、うまく行ったのだと思う。

倒れた一人が、地面にピストルを落っことしたのを、すばやく目にとめた譲二は、月の光りに、小さな黒い貝殻のように美しく光っているそれにとびかかり、さらにもう一人の、気を失った外人のポケットを探って、もう一挺《ちょう》のピストルを手に入れた。

顔のまんなかにパンチを喰った外人が顔を上げかけるのを、譲二はゆっくり見ていた。

このあたりが、貯木場の近くで、人一人見えないことも即座に見てとった。

譲二は殴られて、だんだんに気のつくときの間の抜けた人間の顔を、月かげにつらつら眺めた。何というのろい速度だろう。こんなことでは、こいつが正気に戻るまでに、南京街へ行って腹ごしらえをしてくる暇だってありそうだ、と思った。

あんまりのろいので、譲二は拳銃《けんじゅう》の把手《とって》で、そいつの額をガンと一発喰わせた。

夜目に黒い血が額に吹き出し、男はまた大人しく頭を地面に委《ゆだ》ねてしまった。

譲二は、自分が運ばれてきた車を運転して、(ここらが譲二の、ことさらロマンチックなところだが)、さっき自分の殴られた外人の巣のすぐ前へ車を返して、そこから歩いて、すぐ裏手の本牧風の小さな連れ込みホテルに泊った。

——あくる日の昼すぎまでグッスリ眠った。

お客が来た。誰かと思えば、警察である。

彼は殺人未遂と兇器不法所持で逮捕され、血痕《けっこん》のついたピストル二挺を押収された。

一審で懲役七年の刑を宣告されたとき、ふしぎな男が面会にあらわれて、

「お前を救ってやったら、自分に体をあずけるか」

とたずねたが、譲二は断わった。

譲二は自分では控訴する気にもならなかったのに、いつのまにか立派な弁護士がつけられていて、殺人の意志がない上に、ピストル所持も緊急避難だということになって、控訴審では、「傷害」と「鉄砲等不法所持」だけで、二年六ヶ月の刑に、執行猶予が四年ついたのだった。

あのふしぎな男はその後もあらわれたが……。

28

——譲二は、突然自分のそばをかすめた車の、

「ばかやろう!」

という叫びに回想を破られた。

むかしの譲二ならカッとして車にとびかかるところだが、今はそんな気もしなかった。

車を辛うじて除《よ》けた角に、たまたま公衆電話のボックスがあったので、彼はその中へ、急に自分をとじこめたくなった。自分の中の荒々しい力が不安になって、このままほうっておけば、今夜は何をしだすかわからない。いそいで、自分を小さな箱の中へ押し込めてしまいたくなったのである。

電話ボックスには、譲二の大きな体は、丁度スッポリはまり、小さい犬小屋の中の番犬になったみたいな気がした。

譲二の頭の中を、こういう時一心にすがりつく、さまざまな優雅な観念がかけめぐった。

女たちに贈った香水の名。

ボア・ド・ブーローニュの湖の小島にあるレストラン。

そこへゆく渡し舟の座席に沿うて、静かに水の上を辷《すべ》る白鳥。

それから豪奢《ごうしゃ》なレストラン・マキシム。

「マキシムへ行こう」という「メリイ・ウイドウ」のあの逸楽的な歌。

リスボンの古城のホテル「アヴィス」。

あそこの舞踏室での、燭台《しょくだい》にかこまれた晩餐《ばんさん》と、葉巻に火をつけに来る小人の給仕。

ニューヨークのセントラルパーク東のペント・ハウス。

鳥小舎《とりごや》の中までフランス骨董《こっとう》の家具を入れ、鳥の糞《ふん》で埋まったルイ式の机を、お客に自慢する金持のマダム。

それから、それから……。

そういうものを思い出すと、彼の血なまぐさい思い出が遠のいた。そして、冴子の、知的な意地悪も忘れられて、やさしい、優雅な、可愛らしい顔ばかりが浮んできた。

彼は、頭を熱くしながら電話帳を繰った。そして、おそらく、森田冴子という名では出ていないだろうから、森田という名の番号に片っぱしから掛けてみることにした。

「もしもし森田さんですか。冴子さんいらっしゃいますか」

「何ですか、こんな夜中に」

「冴子さんは？」

「家《うち》にそんな人はいませんよ。ガチャン」

次は、

「もしもし森田さんですか、冴子さんいらっしゃいますか」

「こちら森田でございますが、冴子と申す者はおりません。お掛けまちがえでは？」

次々と掛けてゆくうちに、

「ええ、森田ですよ。冴子さん？　いるでしょう。一寸《ちょっと》待って下さい」

というガサツな声がしたときには、譲二の胸は恋しさのために動悸《どうき》がした。

やがて、

「私、冴子よ。どなた？」

という又一段とガサツな声がして、譲二の返事もきかず、

「わかってるわよ。勝ちゃんでしょ。何よ今ごろ。お金のことなら、この電話すぐ切るわよ。お金以外のことなら、一時間でも話してあげる。どこから掛けてんの？まさか赤電話じゃないでしょ。どこかのベッドからだったら承知しないから」

これは譲二のほうからガチャンと切ってしまった。

十五本目ぐらいだったろうか。

電話の呼ぶベルの音が、夜のかなたに遠くきこえるのに何か予感があり、それはあたかも、この都会のひろいひろい夜の野の遠くで、小さな音の松明《たいまつ》が燃えているようで、そこにこそ必ず、冴子がいるような気がした。

「はい、森田でございますが、どちら様でいらっしゃいますか」

「…………」

「どちら様でいらっしゃいますか」

押しつけるようにきかれて、譲二は自分の名を言ったが、冴子の名を言うのがためらわれた。ここにいなかったら、冴子は永久につかまらないという感じがした。

「冴子様ですか？　御在宅かどうかわかりませんが、少々お待ち下さいませ」

それからの永い時間を、譲二はどんなに胸とどろかせて待ったことだろう。相手は十時間も待たせるかと思われた。しかし永く待たせるのは、本人が出てくる兆にちがいない。もし出ないつもりなら、召使にすぐ断わらせれば足りるのだ。

「はい」

やがてその不本意な声が、一語だけ耳を打ったとき、譲二はうれしさのあまり、わが耳を疑った。

「もしもし、冴子さんですね」

「……いいえ」

たしかに冴子の忘れられぬ声が、電話のむこうでたゆたっていた。

「冴子さんじゃないんですか」

「妹でしたら、まだ帰っておりません。何か御伝言でも」

「いや、あなたが冴子さんでしょう。僕は一度きいた声は忘れないんです」

又、向うの声にためらいがあって、

「……いいえ、私、冴子じゃありません。こんな夜中のお電話は、迷惑いたしております。お電話があったことだけ、妹に伝えておきますから」

そこで電話はすげなく切れてしまった。

…………………………。

須賀は深夜の電話には馴《な》れていたが、それもいきなり泣き声で、しかもそれが男の泣き声であるのにはおどろかされた。

「もしもし君は一体誰です」

「僕……僕、譲二です」

「何だって？　泣いているんじゃないか。君が泣くことはないだろう。泣きたいのはこっちだよ」

「でも、……須賀さん、一生のお願いですから」

「男が安っぽく、一生のお願いなんて言うもんじゃないよ。おいおい、電話口で泣くやつがあるか。弱ったな」

その泣き声をきいているうちに、須賀の怒りは解けてきた。

「そんなら、いいから、これから家へ来たまえ。ああ、いいよ。すぐタクシーで来て、早く話を片づけてくれ。こっちは又明日は仕事が朝から早いんだから」

と須賀は少しも仕事のない自分のオフィスを、頭に浮べながら言った。

29

須賀のイギリス人の奥さんは、夜中の不意の訪問客をもよろこんで迎えるので、若い新聞記者たちにも慕われていた。

漬物の匂いただ一つをのぞいては、彼女は完全に日本化していた。もっとも漬物がなくては、ふつうの日本の家庭のように、夜中のお客にお茶漬を出してくれるわけには行かない。その代りに須賀夫人のオープン・サンドウィッチは大そう美味《おい》しく、みんなの好評を得ていた。

しかしその晩の譲二の心境では、オープン・サンドウィッチどころではなかった。

「あの事件のあと」と須賀は、すっかり客観的になっていて、淡々と経過を話した。

「僕もすっかり弱ってね。まるで僕が加害者みたいな立場になって往生した」

「どうもすみませんでした」

「今さら詫《わ》びてもらっても何もならんよ。しかし考えてみると、君と僕が会うたびに、どうしてこんなに事件ばかり起るんだろう。

とにかく冴子にとっては、（あれも甘やかされ放題のお嬢さん育ちだから）人前でホッペタを張られたことなんか、生れてはじめての大事件だろう。しかも女にね。

自分の親戚《しんせき》の娘のことをほめるのも何だが、その後の冴子の冷静さには僕もいささか感心したよ。

ホッペタの打撃そのものは、別に手当の要るほどのものじゃなかったが、彼女がその場から一刻も早く身を隠したくなったのは当然だろう。

僕はあの娘《こ》を抱きかかえるようにしてナイトクラブを出ると、すぐ車を呼んだが、

『このまま、まっすぐ家へかえるより、どこかで少し気分を落着けたい』

と冴子が言うので、僕は夜おそくあいているホテルの最上階へ連れて行った。君もよく知ってるサンフランシスコのトップ・オヴ・ザ・マークを日本的に真似た展望室のバアさ。

そこで柔らかい音楽をきいて、遠い銀座の一《ト》かたまりのネオンのきらめきを見て、僕はようやく落ちついた。

『いや、あんな男になってるとは思わなかった。紹介した僕のミスだよ。僕からも詫びを言わなくちゃならん』

と僕は切り出した。

『いいえ』とあの娘《こ》はそのときはもう冷静で、『伯父《おじ》さまがお詫びになることはないわ。だって、あの方の噂をわざわざ伯父さまにしたのは私ですもの。

それに今夜のことは、考えれば考えるほどバカバカしい事件だけど、みんなにと

ってちょっとした災難と考えるほかはないと思うわ。私を打ったあの女の人にとってさえ。

偽善的にきこえると困るけれど、今夜のことで、本当に悪い人は一人もいなかったと思うの。

それに譲二って方、あんな場合はああする他はなかったと、私も思うわ。よく考えると、打たれた私を見捨てて、打った女の人を庇《かば》いに行ったあの方の態度は、却《かえ》って男らしい態度のような気がするの。だって、私、女だからわかるけど、女同士の喧嘩《けんか》の場合は、打たれた女より、打った女のほうが百倍も可哀想な女なのよ』

これをきいて僕も感心したね。何年女を研究しても、女というものはわからない、女の心の動きというものはわからない、と痛感した」

きいている譲二は感無量で、言葉をさしはさむ余裕もなくしていたが、オードリ夫人は、末摘花《すえつむはな》という仇名《あだな》の赤らんだ高い鼻を会話につっこんで来て、

「サエコはやっぱり日本の女ね。私だったら、そんなわけのわからない女に、こっちがちっとも悪いことをしていないのに、いきなり打たれたら、すぐ打ちかえしてやるわ」

「そうだ、そうだ、そういう君の心理は僕にはとてもわかりやすい」

と須賀は多少皮肉まじりに賛成した。しかし人のよいオードリには、こんな皮肉

は通じなかった。譲二はチラと、この夫婦の仲の好い理由が呑《の》み込めた気がした。それだけ譲二も、さっきのみっともない涙の電話からやや時を経て、落着きを取り戻したらしかった。

30

——譲二が須賀の求めに応じて、金髪のアンとのいきさつ一切を物語ったのち、最後に、須賀に電話をかける前に、冴子に電話をかけて、すげなくあしらわれたことを話すと、須賀は呆《あき》れて、譲二の純情を全面的にみとめてしまった。

「そりゃ又、感情にかられて、まずいことをしたもんだ。それじゃ折角落ちついた冴子の気持が、又悪いほうへ傾くに決ってるじゃないか。呆れた純情の世間知らずだね、君も。君に比べれば、僕のほうがまだ女心を知ってるよ。なぜ、僕のところへ先に電話をかけなかった？」

「もう須賀さんには見捨てられたと思ったものですから」

大男が人に可愛がられるのは、実にこんな瞬間である。須賀はすっかり参ってしまった。

「よっぽど君も……よっぽど君も、冴子に一目《ひとめ》惚《ぼ》れしたもんだな。こんな風来坊に惚れられちゃ冴子も大へんだな」

という須賀の言葉には、もうすっかり仲に立ってやろうという親切気があらわれていた。

――そう言われてみると、譲二も亦《また》、この数時間で、冴子に惚れてしまった自分をみとめざるをえない。

どうしてそんなことになったのか？

もし金髪のアンが彼女の頰を打たなかったら、こんなことにならなかったのは確実である。深夜の電話ボックスで狂的にダイヤルを廻《まわ》したり、その果てに思いがけない涙がこみ上げたり、などというみっともないことにならなかったのだけは確実である。

明日夜八時に乗務員として、羽田の税関へ入ることを告げて、須賀の家を辞してから、その晩、譲二は眠れなかった。

――あくる日の午前中、彼はアパートでひたすら須賀の電話を待った。

そうしてジリジリしていると、ますます自分が冴子に惚れていることがはっきりしてきた。癪《しゃく》にさわるけれど、それは本当だった。

冴子のあの、これと云って特徴はないが、いかにも女らしい、愛らしい目鼻立ち。女雛《めびな》をモダンにしたように、整っていて、唇なども小さくつつましいのに、目の輝きが大胆で射通すような力があり、それに、若い肌のなめらかさ、肌理《きめ》のこまかさには、彼の知っているどんな美人の白人女もかなわない。知らず知らず、彼は西洋人が東洋人を見るような目つきで、東洋の美しさを再発見していたのかもしれない。それにあの黒い髪の、ほとんど誇らしいほどの美しい光沢《つや》。冴子の髪はいやが上にも黒く、赤っぽい髪の女の多いナイト・クラブなどでは、ひときわ目立っていた。譲二は、日本人のくせに髪を赤毛に染めていたりする女を見ると、唾《つば》を引っかけてやりたくなるが、冴子の髪は、指にとって、日の光りの下で、いつまでもその紫紺の反射を眺めていたいような髪だった。

物の言い方にちょっとつっかかるようなところがあるのが気になるけれど、それも初対面で緊張していたせいだろうとも考えられる。あの薄い陶器のような冷たい外皮の下には、やさしい、柔らかな心がかくれているにちがいない。

……そう思うと、譲二は走り出して行って、冴子の家の門前で待伏せ、出てくる冴子をいきなりつかまえて抱きしめてやりたいような心逸《こころはや》りにかられたが、須賀が引受けてくれた以上、もう抜け駈けはできない。

しかも羽田へ行かねばならぬ時間は、九時間後に迫っているのだ。

お午《ひる》ちかくになって、やっと待ちに待った須賀の電話がかかった。

「どうでした？」

と譲二は、結婚を申し込んである女の返事をきくような気持で、息せき切って問いかけた。しかし、考えてみれば、彼はただ、詫びを入れるために一目会いたい、というつつましい要求を出しているにすぎないのである。そう思うと、そんな小さな要求の前に立ちはだかるこんな大きな障害と、こんなにも多量の悩みは、全く不公平な気が譲二にはした。

「忙しいのに、君のおかげで、全くひどい目に会うよ」

と須賀は、譲二の前でも見栄を張って、忙しさを衒《てら》っていた。しかし、譲二のほうも昨夜大恩人に、金髪のアンのエピソードだけしか話していないのだから、アイコのようなものだった。その須賀の言葉に、ほんのかすかな気取りを嗅《か》ぎとった譲二は、昨夜訪れたときも、日本人がめったに着ることのない喫煙服を着てくつろいでいた須賀の、美しい白髪の瀟洒《しょうしゃ》な姿が思い出された。

「それで、冴子さんは何て言っていました」

「今朝は電話口でごきげんで笑っていたよ。しかし今は君に会う気はしないから、カンベンしてくれと言っていた。きのうは、いもしない妹のことにしてごまかしてしまった、と笑っていたが、考えてみると、わざわざ電話口へ出てきたのは、やっぱり君の声がききたかったのじゃないかね」

それをきくと譲二の胸が、又正直に少しゆらめいた。

「とにかく僕は冴子を今日昼飯に呼んで、君のために一肌脱ぐことにした。そこへは絶対に君を呼んでいない、と冴子に明言したから、君には場所を云わない。その結果、冴子が会うと云ったら、君にすぐ連絡するが、アパートへ連絡すればいいのかね」

「ええ、ここでずっと待ってます」

譲二は昼すぎまで、又大切な休暇の時間を、アパートの一室にとじこめられることになった。

当事者というものは、物事の表面にごく見易くあらわれている異常さに、なかなか気がつかないものである。

譲二の詫び言一つを受けるために、冴子もそんなにこだわる必要はなさそうなのに、いつのまにか、譲二も須賀も、冴子がこだわるのは無理もない、という考えにこり固まっていた。冴子のこんな態度こそ、彼女の譲二に対する、並々ならぬ関心を物語っていた筈《はず》なのだが……。

譲二は仕方なく、出前のチキンライスを注文して、アパートの出窓に腰かけて、ぼんやりと、不味《まず》そうに昼飯をすました。

世界一流の酒の注文をきいてまわる颯爽《さっそう》とした面影はどこにもなかった。

初夏の日は今日はとりわけ強く、出窓いっぱいに注いで、譲二のワイシャツの背の内側に薄い汗をにじませたが、彼はキチンとした身じまいが癖になっているのか、一人でいるときもシャツを脱いで行儀のわるい恰好《かっこう》をしているときがない。

それはアパートの三階だったが、すぐむこうに中学校があって、昼休みに校庭でさわいでいる生徒たちの声がやかましくきこえる。大きな公孫樹《いちょう》並木の若葉が美しい。ここは一介のスチュワードには、多少贅沢《ぜいたく》すぎるアパートだが、彼は周囲の緑が気に入って借りたのだ。

そして部屋にはテレビもなければステレオもない。

外国の独身部屋《ギャルソニエール》の形をまねて、彼はなるたけ簡素な、何の飾りもない生活を望んでいた。ここへ遊びに来た女たちが、あまりの殺風景さに、自分の好みで、額画だの人形だの置物だのを持ってくると、彼は一応ていねいに礼を言って、すぐ人にくれてやってしまった。又、彼は女にもらったネクタイなどは一切身に着けず、飛行場の整備員などにやってしまうのだった。おかげで彼の部屋は、いつもガランと片づいていた。

そうしているあいだにも、彼はもっとも待っている電話にあざむかれ、何度も、今全く必要としていない電話に苦しめられた。三人の女からの長い電話。

「きのうはどこへ行っていたの？」

「いつもエムバケーション（出航）前はガツガツしてるくせに、今日は変ね。誰かそこにいるんでしょう？」

「これから行ってもいい？」

「最後の八時間をどうなさってらっしゃるの」

等々。

——そして最後に来たのは、やはり吉報ではなかった。

「あの子も頑固で困るよ」と須賀は本当に困ったような声を出していた。「どうしても今日中には会いたくない、と云うんだ。あしたなら、と云うんだけど、あしたは君がいないんだしね。あの子はゲラゲラ笑いながら、そう言うんで、僕もしまいには腹が立ったが、まあ物事には汐時《しおどき》というものがあるから、今は仕方がない。……とにかく今夜は僕が羽田へ見送りに行くよ」

「いいんです。そんな御迷惑をかけちゃ……」

「まあ、いいじゃないか。僕の好きでやることだから、止めなさんな。今日はどうせ一日仕事がだめになったから、五十歩百歩だよ」

31

夜の羽田。

譲二はステュワードの制服に身を固めて、小さなスーツ・ケースを下げて、税関へ入って行こうとするところで、キチンと夜の服装をした須賀に会った。

「や、どうも、何から何まで……」

「こっちも来なきゃならん用事があったのさ。冴子がこの手紙を、ぜひ空港で君に渡してくれ、と云うんでね」

と須賀は少しも表情を動かさないで、人ごみの中で、小さな白い角封筒を譲二に渡した。譲二は、あわてて封を切ったが、固い上質の便箋《びんせん》は、キッチリと封筒にはまっていて、譲二は封と一緒にその角も破ってしまった。それが何だか、冴子の肌を傷つけてしまったような気に彼をさせた。


………………………。

《きのうのことで、こんなにスネてるみたいで、申訳ございません。でも、もうあのことは、すっかり忘れております。御心配なさらないで。お詫びも要りません。今度いつかお目にかかる時がありましたら、そのときこそ、きっと愉《たの》しくお話できると思います。
女の子というものは面倒なものでございます。どうぞ不悪《あしからず》。
森田冴子
井戸掘様》

…………………。

この「井戸掘様」で譲二はグッと来た。

少しもバカにされているという気はしなかった。

何かポカンと青空へ体を投《ほう》り出されたような気がした。手紙そのものは、一見、実に内容空虚な文面だったけれども。

朗らかになった譲二の顔を見て、須賀も安心したように、

「じゃ、元気で。又帰ったら連絡して下さい。家内もたのしみにしているから」

と尋常な挨拶《あいさつ》をした。

「ありがとうございます。何から何まで」

と譲二も深く頭を下げた。

制服姿の大男が、白髪のどちらかというと小柄な初老の紳士にペコペコしている姿は、人目によくつき、

「なあんだ、外人かと思ったら、日本人か」

などと、きこえよがしに言って通る若者もあった。

——譲二を送り出すと、須賀は少し疲れを感じて、食堂へ冷たいものを飲みに入った。

『若い者にかかずり合うと全く疲れる』

と心に思っていることが、カウンターに坐《すわ》ってヤレヤレと思うと、そのまま独り言になって口から出てきそうになった。

『これはいけない』と須賀は思った。『ロンドンでも、こんな風に、公園のベンチに一人で腰かけて、何か一人で呟《つぶや》いている老人を見かけたものだ。思ってることが、しらない間に独り言になって出るということほど、わびしい老いの兆はないな』

それから彼は忙しいカウンターの上の、皿やコップの往来と引きかえて、一日ほとんど漣《さざなみ》ひとつ立たない閑《ひま》な自分のオフィス机のことを考えた。

『会社は僕がもうやめてゆくことを望んでいるんだろうか。ついに並び大名の重役にさえならずに』

そのとき強く背中を叩《たた》かれて、彼はびっくりして振向いた。

ベージュ色のワンピースの冴子が微笑して立っていた。

「なんだ、君か、どうしてここへ？」

「手紙渡して下さった？」

「渡したよ。しかし何たる人の悪さだ。人をわざわざ羽田まで文つかいに来させといて、自分でコッソリ様子を見に来るなんて」

「あら、伯父《おじ》さまを監視に来たわけじゃないわ」

と冴子はさわやかな声で言った。

「私の言ったこと、あらいざらい彼に言ったりなさらなかったでしょうね」

「もちろんさ。黙って手紙を渡しただけだ。それはそうと、君はどこに隠れていたんだい」

「隠れてなんかいませんわ。ブリッジへ出ていたの」

「何をしに？　夜風に吹かれにか」

「それだけじゃないわ」

「よそながらお見送りか」

「NALはゲート16から出発でしょう。私あそこに立ってたの。お客の乗るのはまだなかなかだけれど、搭乗員がそろそろ乗り出したわ」

「そして彼のうしろ姿はすぐわかったね」

「ええ、すぐわかったわ。振向きもしないで、まっすぐタラップを上って、銀いろの機体に吸い込まれて行ったわ。私ただその背中が見たかったの。今日はそれだけでいいのよ。ただ背中だけ」

32

大体、日本やドイツの飛行機の搭乗員はまじめすぎ、女の子と莫迦話《ばかばなし》をする者も少ないのだが、譲二は例外だった。

いつも軽口ばかり言っていて、スチュワーデスに人気がある。それが又、同僚にそねまれて、悪口を言われるもとにもなる。

その代り、スチュワーデスたちは、譲二の前では安心して、その女らしい本質をさらけ出す。女らしい、と云ったって、いいことばかりとは限らない。

たとえば、一等ではお客の外套《がいとう》をコート・ルームに預かるけれど、大ていのスチュワーデスは、女客の外套の裏側をさっさと素速くしらべて、悪口のタネにする。

「何さ。あのアメリカ女。お金持ぶって威張ってるけど、この外套、サンフランシスコのアイ・マグニンじゃないの」

こんな風に、百貨店の平均的な品物であることは、すぐに見破られてしまう。

それから男にはきかせられないバンド・ジョーク。男性についての露骨な冗談だ。

東京を出たNALのジェット機が、

「ファースン・シート・ベルト」

「ノー・スモーキング」

のサインを消して、安定した気流の上を辷《すべ》り出し、そろそろお客に寝酒を出す時刻になったころ、譲二は月のあかるい窓の外を見ながら、一寸《ちょっと》悲しげに目を伏せた。

「どうしたの。元気ないわね」

彼の一挙一動に敏感なステュワーデスの千鶴子が、彼の肩を叩いて、そう囁《ささや》いた。この女は仔猫《こねこ》みたいに、やたらに俺の体にさわりたがる、と譲二はうるさく感じた。

「ねえ、ホノルルで泳ぎましょうよ」

「僕は泳げないって言ってるだろ」

「へんな人ね。男のくせに」

譲二はプールや海水浴に誘われても、決してついて行ったことがなかった。泳ぐなら、誰も見ていないところで一人で泳ぐのが好きだ。女といちゃつきながら、水際でボチャボチャやるなんて、男のやることじゃない、と思っていた。彼はウエーキ島の環礁《ラグーン》から、白波の立つ外洋へ、色とりどりの珊瑚《さんご》の海を、どこまでも泳いで行ったたのしい記憶を持っている。

千鶴子が出て行ったので、彼は酒の仕度をしながら、又チラと月の窓へ目をやった。

月は冷たく、明晰《めいせき》すぎる形で浮び、機体は月光を反射して、その微妙な銀いろの凹凸をくっきりさせていた。

月があり、ジェット機があり、震動一つなくて、要するに、何も動いていないみたいだった。そして自分の心の空洞みたいに、ドカンとあいた、大きな暗い夜の穴の中に、月とジェット機だけが泛《うか》んでいるのだった。

譲二はなるたけ冴子のことを考えないようにした。こういうときの気晴らしには、気むずかしいお客を、得意の社交的手腕で征服してしまう愉しみを見つけるに限る。ひょっとすると、冴子に対する彼の執着も、こういう万能の社交的手腕の利き目のなさに、自尊心を傷つけられたためかもしれない。

彼は小さい壁鏡の前で、制服の襟元をキュッと正して、胸を張って、ワゴンを押して出た。

――見渡したところ、一等客で、いちばん気むずかしそうなのは、六十恰好《かっこう》のアメリカ人のおばあさんである。一人旅で、地味ななりをしているが、何ものともよくわからない。ただ、気むずかしい顔をしながら、酒だけはよく呑《の》みそうだ、ということが、譲二にはカンでわかる。そして彼女が時と場所を問わず、男みたいに、ドライ・マルティニ一本槍でとおすだろう、ということも。

ドライ・マルティニの好きな顔というのがあるのである。油断のならぬ顔つきの人間にそれが多い。

テキサスあたりの大男で、人のいい顔をした人物が、オールド・ファッションドなんかを呑むのと対蹠《たいしょ》的だ。

日本人でたまに招待で一等に乗り、一番高いやつを只で沢山呑もうとして、呑みつけぬシャンペンばっかり呑みつづけ、気持がわるくなったりするのは、論外だが。

——大体、飛行機でシャンペンの酔い、というのは、あんまり快適なものではない。

おばあさんは比較的空いている一等席の、通路席《アイル・シート》には客がなくて、さなきだにゆったりした窓際席《ウィンドウ・シート》に、傲然《ごうぜん》と腰かけていた。

傲然と、と云っても、小柄で、おっかない顔をして、要するに貫禄があるのである。

「お酒はいかがですか」

と譲二が近づくと、果して、

「マルティニを頂戴《ちょうだい》。ヴェリー・ドライ」

とニコリともせずに言った。

「日本の雨季を、うんと乾燥《ドライ・アップ》させたやつを作りましょう。日本は湿度が高くて、さぞお困りだったでしょう」

「いいえ、たびたび来てるから困らない」

とおばあさんはニベもなく言った。

カクテルを作ると云ったって、飛行機の中では、瓶入りの冷やしたやつを冷蔵庫から持って来るだけのことなのであるが、譲二がマルティニをサーヴして間もなく、お代りの注文を受けた。

想像どおりの呑み助ばあさんだ、と譲二は自分の推測が当ったのでうれしくなった。そればかりではない。おばあさんは真赤に染めた爪に、フィルターもつかない強い煙草をはさんで、ひっきりなしに吸っている。への字に曲げた口をときどき四角にして、そこから無作法に煙を吹き出すのである。

二杯目のマルティニを呑みながら、おばあさんが話しかけてきたので、譲二も、ほかのお客には一応お酒を出しおわったことだし、そばの空席に坐《すわ》って相手になった。

しかしおばあさんは、自分の職業の話をするわけではなし、あいかわらず笑いもせず、鋭い目でじっと譲二を見て、日本の歌舞伎の話なんかするのである。

そのうち譲二は、片手を出して、小指を一本つきだしながら、

「シャワー・ルームの話ですよ。いいですか。これは一人がシャワーを浴びているところです。シャワー・ルームにはまだ一人しかいません。いいですね。じゃ、これは？」

と次に薬指をのばしてみせた。

「二人がシャワーを浴びてるところでしょ」

とおばあさんはつまらなそうに答えた。

「そうです。正解。シャワー・ルームは二人になりました。じゃ、これでは？」

と譲二は、さらに中指を添えて、三本の指を出した。

おばあさんは、ワナにかかるまいとして返事をためらい、冷やしたグラスの水滴の曇りを神経質に、紙ナプキンで拭《ふ》いていた。

「じゃ、これで、シャワー・ルームには今何人いますか？」

「三人に決ってるじゃないの」

「はい、正解。次にこれでは？」

と譲二はさらに人差指も添えて、四本の指をつき出した。

「四人ですよ」

とおばあさんはプンプンして答えた。

「いいえ」

「何故？　四人に決ってるじゃありませんか」

「まちがいです。五人です」

「だって、あなた……」

譲二はおちつき払って、まだ折り曲げたままの親指をさし示して、こう言った。

「ほら、ここの一人は、落ちた石鹼《せっけん》を拾っているところです」

「プッ」

とおばあさんは思わずふきだした。はじめて見せたその笑いが、彼女を急に善良に見せた。

そして、これをキッカケにして、今度は譲二が守勢に立つことになったのである。おばあさんは、いきなり譲二の月給をきき、それではあんまり安い、うちへ来れば、週百ドルやるから、今のシャワー・ルームの芸を見せるだけでいいから、ぜひ来い、と熱心に交渉しだした。

おばあさんはラス・ヴェガスに大きなナイト・クラブを三軒も持っていた。

譲二の芸人としての才能をみとめ、

「永年この商売で苦労して来た私が言うのだから、まちがいがない」

と言い出したら、酒の酔いも手つだってか、あとへ引かない。

譲二はすっかり手こずったが、もちろんラス・ヴェガスで芸人になるという考えは、今の彼にはあまり突飛すぎた。むかしの彼なら、すぐとびついたかもしれないのだが。

——ともあれ、こんな面白い小事件が彼を愉快な気持にさせ、東京国際空港を発ったときの、あの云おうようない淋しさを、幾分か治したのはたしかだった。

33

ホノルルで一泊してから、譲二はサンフランシスコ行きに乗り込んだ。次は向うで二泊することになっている。

サンフランシスコで、ひとりでマーケット・ストリートをぶらぶら歩いていると、向うから一人の日本の女が歩いてきた。

避けようと思ったが、遅かった。

それはルリ子だった。彼女はまだ町を歩く人が思わずふりかえって見るほどに美しかった。鮮明な緑の麻地のノー・スリーヴを着て、南米の乾果のアクセサリーを腕や首にぶら下げ、大きな紙袋を下げている。

「やあ」

と仕方なしに譲二が言った。

「しばらくね」

とルリ子も無感動に言った。

それから、それだけではあんまり無愛想すぎると思ったものか、

「ごらんなさい。買出しのおかみさんスタイルだわ」

と重そうな紙袋をさし出した。

譲二は、アメリカ風の習慣で、それを持ってやることになり、おのずから、肩を並べて歩きだすことになった。そして二人とも何も言わぬまま、どこか、二人で話してお茶も飲めるような場所を、町並に探していた。

譲二には、カンと云おうか、それとも己惚《うぬぼ》れから来る誤算と云おうか、むかしはどんなイキサツがあったにしろ今は結婚している女に会うと、どうもその結婚が不幸な結婚らしいと考える傾きがある。

ルリ子は今でも十分美しいのだが、どこかに肌のシミみたいに、孤独のシミが感じられる。そんなことは余計なお節介なのであるが、譲二はルリ子の結婚が、どうしても失敗だという直感を抱いた。

ルリ子はルリ子で、ずいぶん譲二を憎んでいた筈《はず》なのだが、こうして会ってしまえば、まだこだわっていると思われるのがイヤで、ウソでも自分の結婚生活の幸福をひけらかしてやりたい気持になる。

こんな虚栄心から、譲二を今、引き止めておきたいのだ、と彼女は自分を納得させた。

アメリカの町の特色は喫茶店のないことだ。アングロ・サクソン人種というものの、これは一つの特徴である。

ラテン民族の町には、テラスのあるカフエが必ずたくさんあって、そこでのんびりと時間をつぶすことができるのだが、アメリカ人は、週末をのぞいては、およそのんびりと時間をつぶすことが不得手なのだ。そして週末はというと、彼らは一せいに町から逃げ出してしまう。

二人はやっと、Coffee shoppe という古風な綴りの、昼からうす暗いコーヒー店を見つけて入った。

アメリカではこんな店は全くめずらしい。昼からロウソクを立てて、化物屋敷みたいな雰囲気を作り、音楽だけは日本とちがって、古風なクラヴサンのレコードなんかをかけている。

鼻をつままれてもわからないような奥まった暗いブースに、二人並んで、赤いロウソクを前にして腰かけると、

「占いでもはじまりそうな雰囲気ね」

とルリ子は笑った。

イタリー人の、髭《ひげ》を立てた肥《ふと》った給仕が注文に来たので、二人はカフェ・エスプレッソをたのんだ。まっ黒な濃いイタリー・コーヒーである。

「どうだい。愉《たの》しくやってるかい?」

「やってるわよ。私って、派手な女みたいだけど、やっぱり地味な結婚生活が似合ってるんだわね」

「そりゃよかった」

「主人もとても愛してくれるし……」と言いかけて、ルリ子は横目で譲二の横顔をうかがって、ちょっと言いすぎたと反省した。あんまり誇張しては、却《かえ》ってウソだ

と見破られてしまう。

「主人、主人って、よくそんな日本語がスラスラ出るね。アメリカじゃ、他人にでも、亭主のことは、ファースト・ネームで呼ぶんだろう」

「うるさいわね。じゃ、次郎って言えばいいんでしょ。次郎は、そりゃ仕事熱心なのよ。銀行の仕事だから、日本にいれば、そんなに残業なんかない筈だけど、こっちにいると、その上しょっちゅう日本からお客があるでしょう。その案内もしなくちゃならないし。

……でもいいわ。もう一年ぐらいで日本へかえれると思う。日本へかえれば、今度は支店長だから」

「出世頭ってところだな。僕はちっとも出世したいと思ったことがないんだな。どういうわけかな。サーヴィス業は好きだけど、人の上に立って威張りたいとあんまり思ったことがないんだ」

「男としちゃ、欠点だわね、あなたの。そんなに大きな図体《ずうたい》をして」

とルリ子は、年こそ下なのに、姉さんぶった口調で言って、また亭主の話をつづけた。

「次郎って、どういうのかな。そりゃみんなに尊敬されて好かれてるの。あんまりオベンチャラなんか言わない性質なんだけど、頼もしがられるのね。家《うち》も夜は、しょっちゅう日本人の部下が集って、マージャンだの、ポーカァだのって、私いつも寝不足だわ。昼間はこのとおり暇だけど。

次郎は週末だけは、何とか夫婦で郊外へ行きたいと言ってるんだけど、一ト月に一回行ければいいほうね。日本の大事なお客さまって、どういうものか、土曜か日曜に必ず着くのよ。そのたんびに、夫婦あげての接待でしょう。まったく疲れるわ」

とルリ子ははじめて、「疲れ」を口に出して、目を宙に放って、だるそうな指さきで、前髪をすくい上げた。

「でもいいわ。あんな理想的な旦那様《だんな》はないもの。やさしくて、思いやりがあって」

これはあきらかな誇張であり、挑戦だった。

譲二も、社交的にこれを受けて、

「もうオノロケはたくさんだよ。サンフランシスコまで来て、オノロケをきかされるんじゃ」

と言ったが、彼の心の底には、やっぱり、ちょっと置くと、滴《しずく》がしたたってたまる水のように、冴子のことがたまっている。二、三時間、ほかのことを考えていて、冴子を忘れていられると思っていても、気がつくと、もう「冴子」という、透明な、澄んだ、キラキラした、美しい水が、心の底にたまっているのである。

相手のオノロケをまともに受けるのもバカなことだと思いながら、ルリ子の口調が、そのうちに次第に、イヤ味になってきて、

「やさしくて、思いやりがあって」

などという言葉は、あきらかに亭主のノロケではなく、むかしの譲二の行動に対する当てつけであり、怨《うら》みつらみであり、今の譲二に対する挑戦になって来つつあるのを察した譲二は、危険を感じて、むしろ、自分の胸の中を、洗いざらいこの女にぶちまけてしまったほうがいいような気がした。

「実はね。……僕、今、恋愛中なんだ」

「めずらしくもないお話」

とルリ子は無関心を装って、相槌《あいづち》を打ったけれど、眉《まゆ》がちょっと固くなり、その裏から、押えようのない好奇心がのぞいていた。

「相手は誰なの？　やっぱり飛行機関係？」

「いや、ちがうんだ。お客様だ」

「あら、それじゃ、私とおんなじね」

とルリ子は、スチュワーデス時代、乗客として知り合った今の良人《おっと》のことを思い浮べながら言った。

「どんな人？　若いの？　おばあさん？」

おばあさん、と言われて譲二は、ホノルル行きの機内の、ラス・ヴェガスのおばあさんを思い出して、苦笑したが、

「いや、うんと若いの。君と同い年くらい」

と、できるだけ朗らかに言った。

「あら、そう、どうもありがとう」

とルリ子は「うんと若い」という言葉にお礼を言いながら、ふと、直感にひらめくものがあったが、黙っていた。

「そして、成功してるの？　どうなの？」

「それが今のところ、大失恋なんだ。僕が悪いんだ」

「又、恋愛中、ほかの女に手を出したりしたんでしょう」

「そうじゃないんだ。僕は全く被害者なんだよ。しかし、いくら誤解されても仕方がないんだ」

ひとたび率直になると、率直さの雪崩《なだれ》が一どきに落下するような具合で、譲二は相手かまわず、事こまかに、冴子とのいきさつを話し出した。

きいてみると、いつもの譲二に似合わず、ひどく真剣な恋、それもたった数時間でとりかえしのつかぬ真剣な恋に落ち込んだことが知られて、きいているルリ子の

顔はだんだん険しくなった。

34

譲二の冴子についての話は、ただのオノロケというようなふざけたものではなく、何とも云えぬ真剣味が感じられるのが、ルリ子にとって面白くないことは勿論である。

その上、話したいだけ話してしまうと、譲二は、NALのサンフランシスコ支局への用事を急に思い出して、さっさと電話をかけに立った。その立ち方の現金さに腹を立てながらも、ルリ子は思わず、入口のクローク・ルームの前の電話へ向って、客の少ないテーブルや椅子の間を器用に縫いながら、歩いてゆく譲二のうしろ姿へ、目をとめずにはいられなかった。

街路に面した窓硝子《まどガラス》は真黒に塗りつぶされ、さしものまばゆいカリフォルニアの初夏の光りも入ってこないのだが、ただ

COFFEE SHOPPE

という古い英語の綴字だけが、細く素通しのガラスのまま残されていて、それだけが光りを放ち、あいたテーブルの上に、その字のままの光りが落ちている。

そしてその光りのまわりにだけ、ぼんやりと、たそがれのような、光りとも影ともつかぬものが漂っている。

そこを譲二の薄色の背広の背中が行くのである。

ルリ子はゆくりなくも、はじめて譲二が好きになったのが、自分もステュワーデスとして同じ機内で働いていたとき、酒のサーヴィスに出てゆく譲二の制服の、ひろい背中だったのを思い出した。

その背中のことは言わなかったけれども、

「ホノルルまで、日本人のステュワードで、大男で、すごく洗煉《せんれん》されたのがいたわ。私、日本の男の人で、あんなにお酒のサーヴィスの巧《うま》い人みたことない」

と冴子がサンフランシスコで、はじめて譲二について語った第一声が、それについて、思い当る。

譲二の話をきいているうちに、ルリ子は、彼が名前こそ言わなかったけれども、その恋の相手は冴子にちがいないという確信を抱いたので、自然、そういう冴子の言葉も思い出されたのだが、あのとき冴子の恋心にすこしも気づかなかった自分が迂闊《うかつ》に思われた。

それればかりではない。あのとき、

「ホノルルまで、日本人のステュワードで、大男で、すごく洗煉されたのが……」

と冴子が言った言葉の裏には、(今はっきり思い当るのだが)、譲二のその背中の魅力がはっきり語られていた筈《はず》なのだ。

自分ばかりか冴子まで、譲二の同じ特徴に魅惑され、一方は今のような境涯になり、一方は彼に熱烈に愛されている、と気がつくと、もうルリ子は二度と、おだやかな気持になれなかった。

あの背中……。

わざわいの元はあの背中なのだ。

35

——譲二がケロリとして席《ブース》へ戻ってくると、ルリ子がその大して永くもなかった電話のあいだに、すっかり機嫌がよくなって、ニコニコしているのに譲二は気づいた。

彼女はハンドバッグから、いろいろの色の紙巻に、金の吸口のついた婦人用煙草をとりだして、何だかひどく冴《さ》えた目で、煙草を吹かしていた。

その洒落《しやれ》た細巻の煙草が、彼女のとがった赤い爪のあいだにキュッとはさまれているのを見て、譲二はあの気むずかしい呑《の》み助の、ラス・ヴェガスのおばあさんに、ルリ子の未来の姿を見るような気がした。

「こんな爪してても銀行の仲間じゃ、何やかや取沙汰《とりざた》されるのよ。本当に日本人ってうるさいわね。だから私、一人で外出するときだけ、こういう好みの赤い色にして、ふだんは色なしのマニキュアを使ってるの」

彼女は癖で、胸もとの南米の乾果のアクセサリーをカラカラ揺らしたり、自分で吹いた煙草の煙を、うるさそうに指さきで払ったりしながら、落着きなく話した。

「あのね……さっきからのあなたの話、きいてみて、よく考えてみると、いろいろ思い当ることがあるの。その彼女の名前を、当ててみましょうか。森田冴子でしょう」

とルリ子はサラリと言ってのけた。

譲二の顔には大きな驚愕《きょうがく》があらわれた。男のおどろいた顔って、ほんとうにバカげている、とルリ子は思った。

「どう？　図星でしょう」

「どうしてそれを……」

「きまってるじゃないの。冴子なら大学の同級生だもの。学校時代はちっとも目立たない子だったけれど、このあいだ久しぶりに会って、きれいになったんでおどろいたわ」

「君だな。わかった。僕のことを井戸掘だなんて彼女に教えたのは」

「別に悪意があって教えたわけじゃないわ。ただ冴子があなたにバカに関心を持って、私にいろいろきいたからよ」

それをきいて譲二の顔にうっすらと、希望の喜びがうかぶのを見極めてから、ルリ子はゆっくり相手を料理しはじめた。

「どう？　世界は窄《せま》いわね」

「うん」

「まあ、素直な返事ね。今、後悔してるんじゃない。それと知らないで、冴子の友だちにこんな話をしてしまって」

「今まで黙ってるんだからな。まったく人が悪いや」

「あら、そっちが名前を言わないのが悪いんじゃないの。はじめから森田冴子って言ってれば、すぐクラスメートだって教えてあげるわ」

「それもそうだ」

「ずいぶん大人しいのね。何か心配してるのね」

男の目が危険にきらめきだすのを眺めながら、ルリ子はゆっくり沈黙をたのしんだ。それから煙草と、冷え切ったコーヒーとを。

やがて、レンズの焦点が合って、太陽の光りが一点に収束され、黒地の紙がチリチリと燃え出すように、譲二の心の一点が、きなくさい煙を上げて、焦げはじめるのが感じられた。それをこそルリ子は待っていたのだ。

「君、冴子さんに井戸掘だの何だのって下らない話をしたんだね」

「したわ。だってあなたが自分で、誰にでも自慢そうに話してきた話じゃないの」

「僕が自慢そうに話した話だけだな」

「それだけでも百や二百はあるわ」

「それは自分でもみとめる」

「それで？」

「たしかに自慢話だけなんだな」

「そうよ。当り前じゃない？　私にだって友情はあるもの」

「それ、どういう意味だ？」

「別に深い意味はないわ」

「君も知ってるとおり」と譲二はめずらしく大まじめな、ちょっと刑事みたいな口調になった。「君は僕がＮＡＬで作ったたった一人の恋人だった。僕は原則として、同じ職場の女には手をつけないんだが、君だけは例外だった。日本人の女は、僕の経歴の中じゃとても少ないんだし、その少ない中の、同じ職場の女と云ったら、君だけだ。わかってるな」

「わかってるわよ。そんなに念を押さなくても。今さら、NALに他に恋人がいたって、私、さわぎ立てはしないわよ」

「だからさ」と譲二は額にうっすら汗さえかいて、今は自分の心配だけにかまけていた。「わかってるだろうな、僕のあのことを知ってるのは、NALでは君だけだ」

「あのことって何？」

ルリ子は空ッ恍《とぼ》けた。

「おいおい、そんなにイビルなよ」

「わかったわ。でも私、あれだけあなたと喧嘩《けんか》別れしても、あなたがイヤがってるあのことだけは他の誰にも話してないわ。それぐらいは、一度仲の好かった同士の最低のエチケットだものね。ましてNALの人たちには、パイロットだろうと、パーサーだろうと、ステュワードだろうと、ステュワーデスだろうと、誰にも言ってやしないわ。みんなはあなたの自慢話だけで満腹して、ほかの秘密を探ろうなんて気を起さないのよ。考えてみれば巧い手ね」

「よし。その点は実際感謝してるよ。それで、……ちょっとしつこい質問だけど、冴子さんにはもちろんあのことは話してないだろうね」

「もちろんよ。冴子さん、冴子さん、って、その畏《おそ》れ多いみたいなさんづけが一寸《ちょっと》うるさいけど、とにかく、誓って、そのことは言ってないわ」

「ありがとう！」

譲二が突拍子もない声を出し、壁際の大きなヴィクトリアン風の柱時計のそばにぼんやり立っていたイタリー人の肥った給仕も、びっくりしたような髭《ひげ》を立ててこちらをふりむいた。

「ありがとう」

と譲二はもう一度、今度はひどくやさしい声で言ってルリ子の手をとると、突然ハラハラと涙をこぼした。

自分と附合っている間はただの一度もこぼしたことのないこの男の涙が、ルリ子の心をひどく傷つけた。

36

「お礼を言われちゃ、何だかクスグったいみたいね」

とルリ子はせい一杯ふてぶてしく、横のほうを向いて言った。心はひどく怒っているのに、何だか急にこの大男の涙に、自分の涙も誘い出されるような危険を感じたからだ。

「そんなことはないよ」

という譲二の返事は、譲二らしくもなく鈍感なもので、又もルリ子を怒らせる結果になった。

「だって私がこれから先言わないと約束してるわけじゃないでしょ」

「お前、何を言うんだ」

と譲二の口調が急に凄《すご》くなった。

「おどかしたってダメよ。私、冴子の住所も知ってるわ。今日にだって手紙を出すことができるのよ。

『あなたが関心をお持ちの宮城譲二君の、制服の背中がステキなことには、私も同感です。しかしその裏に何があるか……』

って」

「おい」

「何も書くって言ってやしないわ。書くこともできるって言ってるだけよ」

譲二は、すっと、急に影へ身を隠したように黙ってしまった。しばらくして、低い声でこう言った。

「取引か？」

「ええ、取引よ」

とルリ子はすまして答えた。

「金か」

「お金ならあなたよりも少しは持ってるわよ。バカにしないで頂戴《ちょうだい》ね」

「じゃ……」

「お金のほかには何があるの？　よく考えてみて」

「だって君には……」

「御主人があると言うんでしょう。心配しないでいいのよ。別に愛しているわけじゃないから。さっき愛してるみたいなこと言ったのは、あれはウソ」

譲二は取引の内容が体だけのことだとわかって、安心もし、又ひどく楽天的な例の己惚《うぬぼ》れが頭をもたげて来たが、一抹の不安もないではなかった。

「その取引の結果を冴子に言いつけられちゃ、なおマズいな」

「ばかね。そんな卑怯なことはしないわ。一寸《ちょつと》あなたを盗んでみたいだけ。あんまり冴子冴子ってうるさいから、腹が立ったのよ。どうせ心は東京に行ってるのはわかっているけど、ぬけがらの体だけ、一寸盗めばいいの。それで気がすむの。今さら愛情なんか要らないわ」

せい一杯ガサツな物言いをしているのだが、ルリ子は言っているうちに自分が哀れに見えて来て、胸を張って喋《しゃべ》っているさえ苦しく、言葉に感情がこもって来てしまうのが邪魔だった。

「よし」と譲二はやさしい目色になった。彼は、こんな具合におどかされても、女の一瞬の哀れさに心を搏《う》たれる性分だった。丁度金髪のアンに哀れを感じたように。

「よし」ともう一度ルリ子の手を握って、今度は、気持のよい晴れやかな声で言った。「取引成立だ」


……………………。


三十分後。

二人はサンフランシスコの湾区域《ベイ・エイリア》の、港に向った窓のある小さなホテルにいた。

窓からは汽笛が容赦なく入って来るし、大きな船が入って来たり、又出て行ったりすると、窓の景色は一変するほど、変化の多い眺めなのだが、部屋の中はシミだらけの、いつ貼り代えたかわからない花もようの壁紙と、傾《かし》いでかかったつまらない風景画のほかは、殺風景な鉄製のベッドがあるだけだった。ここは船乗りが女を連れて泊る安直なホテルなのだった。

譲二はこの種のホテルを、世界中に何十となく知っていた。必ずつっけんどんな番頭がいて、部屋の一隅にバカ大《でか》い洗面所があって、ドアの鍵だけがいやにガッチリしていて……。

譲二は、自分で引張って来た場所ながら、

「昼間ほかの男とこんなところへよく来るのかい？」

という質問を、何となく発したくてたまらないのに、我慢していた。

ルリ子はまだ十分美しかったけれど、譲二が知っていたころの新鮮さはなかった。首筋のあたりなど、冴子の同級生ととても思えない衰え方だった。

しかも、西洋人の女のように、彼女は昼間の光りをすこしも怖れなかった。

二人はむかしの肉体的親愛をひとつひとつ思い出しながら、愛情ともちょっとちがう、ひどく濃い親密さで接吻《せっぷん》し合った。

譲二は、こんなことをしていながら、冴子にわるいという気持が少しもしないところが、日本人ばなれのしている点であろう。

むしろルリ子のほうが、口に出さないながら冴子のことをたえず気にしており、譲二がちょっと窓のほうを向いてさえ、非難にちかい視線を投げた。

譲二は身体《からだ》だけで溺《おぼ》れることのできる自分を、不潔と感じる習慣を持たなかった。そして、枕にのうのうとアゴをのせながら、自分の強いひろい背中に、ルリ子がこまやかなキスを浴びせるのを、按摩《あんま》みたいに心安く感じた。

彼はもちろん、取引を忠実に履行するために、ルリ子にも十分のサーヴィスをした。カクテルを作るように、一人一人の女にほろ酔いを与える小さな技術があり、彼はそういうことにかけては天才的なカンの持主だったし、ましてルリ子の好きなカクテルはよくおぼえていた。

やがてルリ子は、彼女が決して家庭の寝室であげないだろうことが確実な、熱帯の小鳥のような歌声を放った。譲二は彼女の良人《おっと》の愛撫の拙《つた》なさがよくわかった。実際、こうして、むかし仲のよかった同士が一旦仇敵《きゅうてき》になり、又こうして、たとえ一時《いっとき》の嘘っ八にもせよ、仲良くしているということは、何という人間のふしぎだろう。

世界状勢もこういう具合に行かぬものだろうか？

譲二は自分が一向白けた気分のして来ないことを怪しみながら、一瞬、又ちょっと冴子の顔を思いうかべた。

『みんな君のせいですよ。君があんなに冷たくあしらったからだ。羽田を発つ前に会っていてくれたら、こんなことにならなかったかもしれない』

と心に呟《つぶや》きながらも、

『今の僕は、冴子に自分をよく見せたいためだけに、冴子の気持を大切にしたいあまりに、こうして義務を履行しているんだ。みんな、あなたのためだよ、冴子』

という押しつけがましい自己弁護も、丁度カーテンを透かしてくる日ざしの縞《しま》のように、自分の心に織り込んでいた。

――そとの日ざしがほのかに暮れかかるころ、ルリ子はあわてて立って身じまいをはじめた。鏡をのぞき込んで、

「いやだわ。髪がこんなに崩れて。もっともうちの人は、私の髪の形なんか注意したことがないんだから、少しぐらい変ってたって、わかりゃしない」

「ずいぶんタカをくったもんだな」

と譲二はなおベッドに寝ころんだまま、煙草を吹かしていた。

今夜の夕食は一人きりになる。いそいで、誰でもいいから、夕食の相手を探さなければならぬ、と思った。ルリ子と別れたら、すぐかけるべき電話の相手を、彼は心の中で思い浮べた。誰か、とびきり愉快な友人で、体の空《あ》いてる奴はいないかしら。

髪の手入れをしているときの女のしめやかな声で、ルリ子が急に、

「これでアイコね」

と言い出した。

「アイコとは？」

「だって取引がすんだでしょう」

「すんでも、秘密を握ってる君が依然有利さ」

「男の理窟《りくつ》って単純ね。そんなことじゃないの。私、あなたに絶対守ってほしい秘密を、今、自分で作ってしまったんだわ」

「御亭主にか？」

「ウソよ。冴子に。このことだけは冴子に絶対に言わないって約束してね」
と、彼女は切実な声で言った。

37

冴子はとうとう面会を断わりつづけて譲二を日本から送り出してから、何かスッキリと自分を貫ぬいた透明な満足感にひたっていた。

少しもわるいことをした気はしなかった。

だって、もとはといえば、罪もないのに、金髪女にホッペタを引っぱたかれたのだもの。

しかし自己満足のたのしみはそんなに永くはつづかない。

彼女の気持はだんだんうつろになって来た。

何故こんなに、砂に水が吸い込まれるように、うつろになってゆくのかわからなかった。

そして、ただ、羽田のブリッジに立ってこっそり見送った譲二の淋しそうな制服の背中だけが、だんだん鮮明に思い出されてきた。

それは、ホッペタの熱い痛みと引きかえにして得られた、何か貴重な贈物であった。

あの淋しさ。それから彼が打明けた「保釈中」という暗い秘密。

あの人は一体ピストル密輸事件にでも関係していたのかしら？

もちろんそんな「保釈中」などという秘密は、須賀には打明けていなかったが、そんなこと一つをとっても、譲二は彼女の生活の周辺に一度もあらわれたことのない種類の男だった。

もちろん冴子の東京の生活には、幾人かのボオイ・フレンドもおり、父は暗黙のうちに彼らの一人との結婚を望んでいるらしい。

調子のよい、育ちのよい、退屈な青年たち。みんなスポーツ・カアを持っており、油壺《あぶらつぼ》にヨットを持っている。同じ種類の冗談、同じ種類の英雄気取、それでいて、大学や会社で、「尊敬する人物は？」などというアンケートに答を書かされると、臆面もなく、

「父」

などと書く飴玉《あめだま》坊やだ。

しかし冴子自身も、しらずしらずのうちに、そういう連中に影響されていることに気づかない。実際彼女も、軽井沢で皇太子様の参加されるテニス試合などというのが、きらいではないのである。

東京の生活では、令夫人格で父と一緒に呼ばれる大使館のパーティーなどというものが、きらいではない。

彼女は生れてからまだ真剣な恋というものをしたことがなく、何でもすぐ忘れてしまう傾きがあり、自分の心を理智的に自分で操れると思っていて、実は感情それ自体に深さがないのだった。

譲二がいつ帰ってくるとも知らず、彼女は譲二のことばかり考えて暮していたわけではなかった。しかし、否応《いやおう》なしに、彼のことを考えざるをえぬような事態が、又むこうからふりかかってきた。

冴子の父の仕事は、アメリカ一辺倒であったのが、近東にも販路ができて、そんな関係で、近東諸国の外交官とも知り合いができ、大使館に招かれることが多くなった。

冴子はそれらの国に、アメリカとはちがったエキゾティシズムを感じることが多く、婦人たちのお国ぶりの服装も面白く、洋服を誂《あつら》えるときデザインの参考にもなるので、あまり行きたがらない父を促して、好んでついて行った。

それはアラブ連合、つまりエジプト大使館のパーティーだった。

冴子はまだエジプトへ行ったことがないが、もちろんピラミッドや、スフィンクス、それからカイロ博物館の目もあやな宝物類には憧《あこが》れを持っていて、写真集や本も集めている。

ヨーロッパへ行く折があったら、ぜひカイロへ立寄らせてくれ、とかねがね父にねだっていた国である。

冴子の父は、むかしは外国ぎらい、外国人ぎらい、西洋料理ぎらいであったのが、商売の慾《よく》はおそろしいもので、少しずつ西洋化してきて、語学のほうはまだ一向ダメだが、少くとも油っこいものを、何でも喜んで喰《た》べるようになっていた。

それと同時に丸いお腹《なか》がせり出してきたので、医者も警告を発し、冴子も心配している。

「今夜大使館へ行っても沢山喰べちゃいけませんよ」

と父の部屋へ行って、冴子は忠告した。

父は会社からかえって、夜の洋服に着かえ、カフ・リンクスを選《よ》っているところだったが、冴子がこれがいいと云うと、すぐ云うことをきいてしまう。

冴子はヒスイのカフ・リンクスを父にすすめ、それに合う渋い緑系統のネクタイをすすめた。父は色が多少浅黒いので、こういう緑がよく似合うのである。緑は顔いろをわるく見せるが、もともとわるい人の顔色はよく見せる、というのが冴子の持論だった。

38

冴子は、見世物みたいな和服をきらって、外国へ行っても、日本で外人の席へ出ても、必ず洋服を着て行ったが、それというのも体の線に自信があるからだった。彼女にはアメリカのハイ・ティーンが、夜会へ着てゆくような服がよく似合った。あんまりパリ好みの凝った服よりも、そのほうが彼女の清潔で健康な個性に合うことをよく知っていて、いたずらに高いオートクチュールの好餌《こうじ》になったりすることはなかった。

冴子は今夜も、背中に飾りの包みボタンが共布《ともぎれ》で並んでいる、象牙《ぞうげ》ピンクの大人しい型のドレスを着て、ピンク・パールの頸飾《くびかざり》をしていた。

むかしはそういう冴子をエスコートして、夜会の席へ入ってゆくのに、何ともいえず照れていた父が、このごろは少しも照れずに堂々と入ってゆくのが、冴子にはうれしかった。

彼女の顔は入ってゆくなり人々の注目を惹《ひ》いた。色は黒いが立派な顔立ちの大使夫妻はもとより、紹介される人々が、みな冴子の美しさに目をそば立てる。彼女はそんなわけで、後進国のパーティーのほうが一そう好きだった。ここでは、まかりまちがっても、彼女のホッペタを張る勇気のある女はいないにちがいない。

大使が片隅にしずかにしている一人の婦人のことを、冴子父子《おやこ》に話しかけた。

「彼女はわが国で十本の指に入る大金持の未亡人です。今一人で日本へ遊びに来ているのですが、大へんやさしいいい人ですから、よかったら友だちになってあげて下さい」

「どこにいらっしゃるの？　その方」

と冴子は目でそのほうを探した。

エジプトの大金持の未亡人といえば、まず白髪の堂々たるおばあさんで、きつい目をして、体じゅうに宝石や貴金属をぶら下げている人が想像されるのであった。ところが片隅には、若い、憂いを帯びた、小柄な、やせた美しい人が坐《すわ》っているだけだ。

「あの人ですよ」と大使は声をひそめた。「あんまり若いのでおどろかれたのでしょう。可哀想に彼女は、十六歳で後家さんになったのです」

その一言で冴子はすっかり好奇心のとりこになってしまった。

「こちらマダム・ザルザール」

と大使が紹介した。

その紹介に女はニッコリしたが、その微笑が実に美しいので、冴子は目をみはった。インド風な理智的な顔をしていて、色が浅黒いものだから、さっきから片隅にいると一そう目立たなかったのだが、白い美しい歯並びで微笑したときに、雲が去ったように、彼女の額に漂っていた憂いは払われ、大きな神秘的な目には、いっぱいに、愛情の潤いがあふれ出た。

冴子は今夜のパーティーで、自分が一番美しいと思っていた己惚《うぬぼ》れを恥じた。こんな人目につかぬところに隠れていた花が、急にその本当の美しさを現わしたのには、太刀打ちできない。それにマダム・ザルザールは、折れそうなほど繊細なくせに、弓のようにしなやかな力を内に秘めている感じがした。

「森田冴子さん」

と大使が紹介したときから、冴子は夫人のきれいな英語に話し易さをおぼえて、すぐその隣りに坐って話しだした。

「私、日本の方、大好きなのよ」

というのが、若いマダム・ザルザールの、ひたむきな第一声だった。

「私もエジプトにあこがれていますの。いつも父につれて行ってくれとねだっているんですけれど」

「実は私はエジプト人ではありません。インドの生れなんです」

「そう？　私もひょっとするとそうではないかと思っていたところですわ」

「十四歳でインドからエジプトへお嫁に来て、十六の年に未亡人になりましたのよ」

とマダム・ザルザールは実に率直に、何のかげりもない口調で言った。

「まあ」

「私もとから日本や日本の方が大好きで、一度来たいと思っていました。いろいろ親戚や何やらがうるさくて、やっとふり切って出て来ました。想像したとおり、すばらしいお国ですわ」

冴子は、これも、日本にあこがれて来る観光外人の一人だと解釈して、歌舞伎だの、生花だの、茶道だのの話をしだした。

もちろんマダム・ザルザールは、歌舞伎も見、生花や茶道も知っていた。

しかしアメリカ人の観光日本きちがいのように、それらを大げさに、「すばらしい芸術」だとか、「言葉につくせぬほどの美」だとか、空疎な言葉で表現するのではなく、万事に控え目なのが冴子の気に入り、東洋風のつつましさを持った人だと思った。

そうしていろいろと話しているうちに、冴子は、実は、それらのことはマダム・ザルザールの関心の他にあって、歌舞伎やお花やお茶には、通り一ぺんの関心しか持っていないことがわかってきた。

一体この人は何に興味を持っているのだろう？　そう思うと、冴子にはますます美しいマダム・ザルザールが、神秘的に見えてくるのだった。

彼女はもっとマダム・ザルザールと話したかったが、ここは大ぜいのパーティーで、親密な話のできる場所ではなかった。

「あしたの晩、うちへ夕食においでにならない？」

とためしに誘ってみると、マダム・ザルザールは、顔じゅうを喜びで一杯にして、すぐ承知した。

「今夜は日本ではめずらしい鳩料理を喰べさせてくれるらしいよ」

と父が大声の日本語で、情報を持ってかえって来たが、冴子が、

「この方、明晩うちの夕食におよびしたのよ」

と言ったので、いつもながらの娘の気紛れに呆《あき》れた顔をした。

39

森田家には、洋風の食堂と別に、腰かけ式の和風の食堂があって、みんなが料理屋みたいだとからかうのだが、それは森田氏が外人をもてなすための工夫で、冴子

は、この和風の食事のためにも大はたらきをし、ぬかみそ桶《おけ》にまで手をつっこむのだった。

冴子は京都風の、季節季節のヴァラエティに富んだ漬物を、何とか自分の家で出したいと思って、研究を重ねたのであった。

そして彼女のこんな質実な一面は、花やかなものを好む浅い感情の一面と、おもしろいコントラストをなしていて、彼女も自分でも、どっちが本物の自分かよくわからなかった。

漬物の仕度をするたびに、彼女は、今度のは実においしく漬ったから、須賀の伯《お》父《じ》様へもって行ってあげたい、とすぐ考えた。何しろ家の父には、ものの味などはまるきりわからないのである。

肝腎《かんじん》のむつかしい料理は、むかしからたのんでいる料理屋が仕出しに来たが、マダム・ザルザールは、どの皿も大そう喜んで喰《た》べ、きょう着てきた明るい色の服のせいもあって、きのうとは見ちがえるぐらい朗らかに見えた。

「どこにお住いですの」

「カイロよ」

「本当に行ってみたいわ」

「いらしたら、ぜひ家《うち》へ泊って頂戴《ちょうだい》。ホテルでは、ナイル・ヒルトンがいいホテルですけれど、やっぱりアメリカ趣味で、満足なさらないと思うわ」

そんな話をするぐらいに二人は親しくなり、食後の会話で、マダム・ザルザールは、自分の身の上話をはじめるのが、少しも不自然でない雰囲気になった。

それはもちろん、冴子のもっとも聞きたい話であった。

「きのう、私が十四歳のときインドからお嫁に来て、十六歳で未亡人になったお話はしましたわね」とマダム・ザルザールは語りだした。「三十歳も年のちがう主人が、突然心臓病で死んでから、私には莫大《ばくだい》な遺産が渡りましたけれど、後見人もきびしく、親戚の目もうるさくて、私はさびしい不自由な日々を送っていました。

そのうちに、執事の老人が私に同情して、お寺へゆくようなふりをして私を散歩につれ出したり、夜、家じゅうが寝静まってからこっそり遊びにつれて行ってくれたりするようになりました。

そうして十七歳のとき、ようやく私は、この世の中にはいろいろさまざまな人がいること、人生にはいろんなたのしみが溢《あふ》れていること、人間はお金や贅沢《ぜいたく》よりも魅力のある存在であること、などがわかりかけて来たのです。

ある晩、(もちろんヴェールをかけてでしたが)私は執事の老人と一緒に、沙漠《さばく》の中にあるナイト・クラブへ行きました。

御承知のとおり、沙漠は昼間は灼《や》けるようなのに、夜になると急に気温が下って、足のほうから冷気がしみわたって来ます。殊にそのクラブは、アラビアの族長の住居を真似した天幕づくりで、すぐ外は自動車道路のほかは、見わたすかぎりの沙漠なのです。夏だというのに、中はしんしんとした寒さでした。お酒を呑《の》んでいる人たちは、体が燃えて、名物のショウのベリー・ダンスに打ち興じていました。

御存知でしょうけれど、エジプトのベリー・ダンスは、大きく凹《くぼ》んだ美しい形のお臍《へそ》をまともに見せて、薄衣のスカートと乳当てだけを着けた踊り子が、音楽にあわせて、おそろしい勢いで、腰を廻転《かいてん》させ、お腹《なか》を動かしてみせるエロティックな踊りです。

踊り手の腕輪や足輪の金属のふれ合う音が、笛や胡弓《こきゅう》の音楽につれて、なおお客の心にスリルをよびおこします。

私と執事は人目を避けて、天幕をすぐ背にする席から、見物していましたが、やがて、一人のお客が案内されてきて、私たちのすぐ前の席に坐《すわ》りました。

それはここらあたりでは見馴れぬ人種で、大へん若いらしいのですが、大男で、入ってくるとき少しビッコを引いていました。

そして、ベリー・ダンスにはあまり興味を持たぬ風に、たった一人で、憂鬱《ゆううつ》そう

に お酒を呑んでいました。

彼が入って来たとき、私は何となく心を惹《ひ》かれたのをおぼえていますが、それより、その大きな人の、何となく孤独で憂わしげな様子や、軽く引いている跛《びっこ》が、私の胸をしめつけるような気がしたのでした。

『あれはどこの国の人でしょう』

と私は執事にききました。

『はい、しらべてまいりましょう』

と忠実な執事はすぐ立って、ボオイにききに行きました。その返事は、どうやら日本人らしい、というのでした」

冴子はそこまできくと、思わず、相手の話の腰を折ってまで、その男の名前をききたい気がしたが、「大男」ときくと、何でも譲二にむすびつけて考える自分の軽率さを恥じて、危うく思い止《とど》まった。それにその「大男」は軽いビッコを引いているというではないか。譲二は決してビッコではない。鼻は多少曲っているけれども。

マダム・ザルザールは、そんな冴子の反応には気づかずに語りつづけた。

「いつまでも、私にはその人のことが気になりました。それに、その人の大きな背中で、ベリー・ダンスがほとんど隠れてしまったので、一そうその人のことばかり考えるようになったのでしょう。

私の様子を気づかって、老執事は、

『マダム、どうかなさいましたか』

ときました。

『いいえ』

『御気分がすぐれなかったら、早くおかえりになったほうがよろしゅうございます』

『いいえ』

『では、御気分はよろしいのですね』

私がうるさくなって、返事をしないでいますと、執事のやさしい微笑の目の中に、神秘な光りが通りすぎました。この年寄りは、超人間的な直感に恵まれているのです。

彼は急に声をひそめて、

『ああ、前の席の、若い外国人のことでございますね。よろしゅうございます。お委《まか》せ下さいませ』

と言うと、私が止めるひまもなく、席を立って、その日本人の青年へ近づきました。

見知らぬ白髪のアラビア人が近づいてきて、丁寧にお辞儀をして語りかけるのに、青年は、警戒して、身構えをしたのが、背中からもわかりました」

40

……マダム・ザルザールの話はなおつづく。

「丁度ベリー・ダンスがすんで、音楽は、もの悲しい笛の音《ね》だけになったところでしたので、私の耳にも、執事が若い外国人に話しかけている言葉がきこえました。

私は執事の出すぎた振舞にびっくりしましたが、彼はこう言っていたのです。

『私の女主人が、ぜひあなた様とお話をしたいと申しておられますが、まことに差出たお願いながら、女主人のお席へお移り下さって、一献お汲《く》み交わし下さるわけにはまいりますまいか』

こんな古風な口上を、いきなりわかりにくい英語で並べられたのですから、青年がびっくりしたのも無理はありません。

『どこの席ですか？』

と青年がきいたらしく、老執事はにこにこして、臆面もなく、私の席のほうを指さしました。青年は体ごとふりかえって、無遠慮にこちらを見ましたが、私は黒いヴェールで顔の半ばまで隠していなかったら、恥かしさのあまり、卒倒してしまっただろうと思います。

青年の顔に急にあどけない微笑がうかび、私は彼の年を思いちがえていたのではないか、と心配になりました。なりこそ大きくても、彼は十七歳の私と、あまりちがわない年恰好《としかっこう》の少年かもしれないのです。

彼は立上ると、又ビッコを引いて近づいて来て、うやうやしくお辞儀をして、執事のすすめた革のスツールに腰かけました。

『こんな不自由な体で申訳ありません。実は』と、彼が流暢《りゅうちょう》な英国風の英語を話すので、私は安心しました。これで第一の障碍《しょうがい》、つまり言葉の障碍は除かれたのです。

『……実は、これはあなたのお国の駱駝《らくだ》のせいなのです』

『駱駝ですって?』

『ええ、カイロで折角駱駝に乗ったのはいいけれど、乗る時もバクシーシ(アラビア語でチップの意味)を要求され、乗っている間中もうるさくバクシーシを要求されつづけ、さて降りようとすると、又バクシーシを出さなければ、駱駝の足を折ってくれないでしょう。駱駝が坐ってくれなければ、あの高い背中から下りるわけに行きませんから、旅行者は癪《しゃく》にさわりながら、又バクシーシを出すんです。僕はあんまり癪で、それ以上お金を出すのがイヤになりましたから、思い切って、駱駝の背中から、自分で飛び降りてしまったんです。そうしたら、このとおり右足を挫《くじ》いちゃって……』

こんな少年らしい快活な話しぶりに、私も執事も思わず笑いを誘われました。人の不具を笑うのはいけないことですけれど、こんなビッコなら、安心して笑うことができます。それは本当に久しぶりで私の洩《も》らした笑いで、老執事が、どんなにそんな私の心の融け方を喜んでいるかがわかりました。

『どこのお国からいらしたの？』

と私はききました。

『日本です。僕は日本人です』

と彼は誇らしげに答えました。

『お仕事の御旅行ですか？』

ときいてみると、

『ええ、まあ』

と彼は言葉を濁したので、私はそれ以上きかれたくない事情があるのだろうと思って、控えました。

私はその晩、指に八カラットの大粒のダイヤの指環《ゆびわ》をはめていました。いうまでもなく死んだ良人《おっと》にもらったものですが、八カラットの大きさでしかもキズ一つなく、青白く光る貴重な石でした。青年がそのダイヤをびっくりして見ていたので、私はそんな物質的な豊かさが、青年を安心させたのを見てとりました。それから青年が、若くても、そういうものに目が利くことも。

お酒や摘み物《つまもの》が運ばれ、音楽はあいかわらず、もの悲しい笛の音の独奏がつづき、ショウがすんだので、お客の数も少なくなり、寒気がますます膝《ひざ》から昇ってきました。

『寒いですね。カイロの夜がこんなに寒いとはおどろきました』

『早くお酒の燃料をお焚《た》きなさい』

と、すすめ上手の白髪の執事が、どんどんお酒をすすめました。

寒さの話から、雪の話になり、私が生れてから雪のふる地方へ行ったことがないと申しますと、彼は日本の雪のこと、二階の窓から出入りする雪国の冬のことなどを話しました。

そういう他愛のない話をしながら、私はあまり愉《たの》しくて、こんなに愉しいのがふしぎで、涙が目ににじんで来ました。彼は、ちらと私の目に気づいて、たしかに涙をみとめたらしいのですが、何も言いませんでした。

老執事がこんなことを、ニコニコしながら言い出しました。

『マダム、もうこの方との間には、言葉が要らなくなりましたね。あなた方は言葉以上のもので話しておいでです』

私も思わず甘いお酒をすごし、それからあとのことは、すべて執事が運んだことです。執事は、ワゴンに乗せてにこやかに食事を運び込むように、私たちをなめらかに、私の邸《やしき》へ、私の部屋の中へ運び込んだのです。

夜中のことですから、私の使う旧式のパッカードは、車の音がせぬように裏庭へ入れ、執事は青年を案内して、美しい花の咲き乱れた裏庭をとおって、裏口から裏階段をとおって、私の部屋へ無事に戻らせてくれたのでした。

それがどんなに日本の青年にロマンチックな思いをさせたか想像できますが、私も彼以上にロマンチックな気分でした。それは良人が亡くなってから、最初に知った異性であり、しかも生れてはじめて、私が自分で選んだ異性だったのです。部屋の暗闇の中で、私は戒律もおそれずに、顔から黒いヴェールを外しました。……

それはすばらしい一夜でした。十七歳の私は、彼のほかには、何もかも要らなくなってしまいました。

一夜の語らいで、私は彼が、日本船のボオイであること、明日はその船がアレキサンドリアを出帆するので、それに乗り込まなければならないこと、彼がまだ十七歳であること、名前は、

ミヤギ・ジョージ

ということ等を知ったのです」

――そこまできいたとき、冴子は、話の途中で、何度も胸さわぎがしていたから、今さら卒倒するほどおどろきはしなかったが、とうとう出るべき名が出たと思った。しかし何というロマンチックな夢物語の只中に、彼は突然姿を現わしたことだろう！

彼は世界中のあらゆるところ、あらゆる職業、あらゆる階級に存在してきたのだから、この調子では、彼が急に中世の騎士になったり、日本のむかしの股旅物《またたびもの》に出て来たりしても、少しもおどろくには足りないような気がした。

冴子は、マダム・ザルザールに会ったときから、自分がふしぎな直感によって、彼女の背後に、見えない譲二の影を透かし見ていたのかもしれない、と思った。

そしてルリ子といい、マダム・ザルザールといい、それからもう一人、あのヒステリックな金髪女を入れてもよいが、この短かい間にパタパタと会った三人の女、いずれも譲二の影を負った三人の女には、みんな共通して美しいのと同時に、別の共通点があるような気がした。どこか憂鬱《ゆううつ》な、すがれた、疲れたような共通した感じ……。

『私だけはそんな風になりたくない。まだ大丈夫だわ、身を護っていれば』

と考えながら冴子は、無意識のうちに、一つの護身術を放棄していた。すなわち、今すぐマダム・ザルザールに、自分が譲二を知っていることを告げ、自分の仲立ちで、譲二をすっかりマダム・ザルザールに預けてしまう、という護身術を。

41

さて、マダム・ザルザールは、冴子の表情の変化には少しも気づかずに語りつづけた。

「……夜のしらしら明けに、庭の放し飼いの鸚鵡《おうむ》たちがやかましく啼《な》くのを耳にしながら、二人は結婚の約束をしました。何が何でも今すぐ結婚しよう、と二人は話し合いました。私は自分の八カラットのダイヤの指環をとって、彼にプレゼントしましたが、辛うじて彼の小指のさきにだけはまるので、彼は困って、頸《くび》にかけた金鎖に通しました。

でも、この場では結婚することはできない、一緒に港へ来てくれ、男の約束だから、どうしても船へかえらなければならない、船長に身柄をあずけてあるから、船長にたのんで、船の中で式をあげてもらえばいい、と彼はキッパリ言いましたので、私もその男らしい考えに従って、今の生活のすべてを捨て、彼について日本へ行こうと決心しました。そして、手もとの宝石類をかきあつめて身につけ、老執事を呼んで、アレキサンドリアへのドライヴを命じました。

執事には詳しいことは何も言いませんでしたが、私の淋しさを慰めるつもりでやったことが大事《おおごと》になった気配を察して、この気のいい老人は顔を固くしていました。でも、どうやら彼のおかげで、ジョージと二人でうまく邸を脱け出し、まっすぐにアレキサンドリアへ向ったのです。

今も私の目には、あの朝の美しいドライヴ、あの日のさわやかな朝風、私の一生のいちばん幸福だった朝の景色が泛《うか》んで来ます。

椰子《やし》の並木、ナイル、屋根がなくて椰子の葉を日覆にしただけの、貧しい人たちの泥の家々、沙漠《さばく》の光りを背景に、子供一人をのせてじっと佇《たたず》んでいる駱駝《らくだ》、そして形の崩れた、半ば砂に埋もれた小さな無名のピラミッド、……そういう見馴《みな》れた景色も、ジョージと一緒に見たために、まるで天国の景色のように見え、もう今日かぎりで二度とここへ帰ってくることがないのだ、と思えば、今まで憎んでいたのに、いちばん愛着のこもった景色のように思えました。

車を飛ばして、お昼すぎにアレキサンドリアに着くと、私たちは、港に泊っている日本の大きな黒い貨物船の下で車を止めました。

その黒い大きな船を見ると、私は何だか不吉な予感がしたのをおぼえています。

船は今正に出帆の準備をしていました。

丁度タラップから下りて来た高級船員が、ジョージを見て、自分の腕時計を指さして、何か怒鳴りました。日本語ですからわかりませんけれど、ジョージの帰船がおくれたので、叱られたのだと思います。ジョージが私を指さして何か言うと、士官は呆《あき》れた顔をして、私をも案内して、船へ上げてくれました。執事は車で待っていました。

船長室へ入ってゆくと、船長は怖い顔をして、ジョージに何か一言二言言い、私には、お愛想に、やさしく笑って、椅子をすすめました。

船長はゆったりした肥った色の黒い人で、顔は怖いけれども、親しみの持てる感じがしました。

ジョージが勢い込んで何か言ったとたん、船長は私の顔をチラと見てから、二人を見比べて、目を丸くしましたが、私はジョージがそのとき、私たちの結婚の決意を宣言したのだと思います。

私はジョージの袖《そで》を引いて、

『英語で話して頂戴《ちょうだい》。私にはわからないから』

とたのみました。

そこで三人の会話は英語になりましたが、船長の英語がいちばん下手で、思う言葉が出て来ないので、顔を赤くしたり黒くしたりして、たびたび口ごもりました。

『この人と僕は今朝結婚の約束をしたのです』

『何だって？　君はまだ十七歳じゃないか』

『この人も同じです』

『冗談じゃない。君は今の自分の立場を忘れたのか。ただのボオイなら別のこと、私が君をお父上から預って、日本へ大事に送り返すところじゃないか』

これで私には彼の特別の身分がわかりました。

『ですから僕は船長さんを、今、自分の父親と思っています』

『そうだ。今私は父親としての全責任を負っている』

『それなら結婚を今すぐ許して下さい。僕の父のところへ問い合すまでもないでしょう。船長さんに父親の全権があるんですから。――お願いします』

これには船長も一本参ったようでしたが、却《かえ》って怒り出して、私のいることも忘れて、怒鳴りはじめました。それがわかりにくい英語でしたが、大体こんなことを言っていたようです。

『君がロッテルダムで、ふらりとこの船へやって来て、何と言ったかおぼえているか？

一人ぼっちで町から港を見ていたら、なつかしい日本の船が見えたので、たまらなくなってやって来た。どうか日本へつれて帰ってほしい、と言ったのじゃないか。みんなで君の年をきいて、ナリに似合わず若いのにおどろき、同情して、食堂で味《み》噌《そ》汁《しる》を喰《く》わせてやった。君は涙を流して味噌汁を飲んだじゃないか。

ともかく船に乗せて、丁度船長附のボオイが盲腸炎で下船したから、代りに君をお茶汲《く》みのボオイにしてやった。

それというのも、君のパスポートを見て、偶然にも、昔お世話になった君のお父さんの名前をそこに見たからだった。私は早速日本へ電報を打ち、すぐお父さんから返電をうけとった。

それによると、ある事情で、息子がロンドンから失踪《しっそう》し、探しあぐねていたが、幸運にもあなたの船で保護してくれているそうで、感謝に堪えない、年少で、向うみずで、何をやらかすかわからないから、どうか、そのままそっと日本へ連れ帰ってくれ、というお父さんの意志だった。

実に長い長い電文だったよ。親心のありがたさがしみじみわかったね。

しかし私にもミスがあった。君がピラミッドを見たいというし、海路ではゆっくり上陸のひまもないから、信頼できる船員を一人つけて、下ろしてやり、陸路でカイロへ行って、アレキサンドリアから乗船しろ、と言っておいたわけだな。

これが私のミスだった。

君はまんまとその船員をマイて、一人でカイロの町へさまよい出て、そこでこの女性に会ってしまって、一晩で結婚の約束をしてしまった、というわけだ。

しかし、これでは何とも君のお父さんに対して私が顔向けできない。結婚なんて以《もっ》ての外だぞ』

そうして二人の口論がだんだん激しくなり、とうとう日本語に戻ってしまって、船長は私に一言『失礼』と言うと、譲二を引き立てて、隣りの部屋へとじこもってしまいました。

一人のこされた私は、途方に暮れて、船長室の窓から外をのぞいていましたが、甲板にはいそがしく人々が働らき、出帆の時刻が迫っている様子です。

気が気ではない私の耳に、隣りの部屋の口論がきこえ、おしまいに、パシッと殴る音がきこえて、譲二の泣き声がきこえて来ました。私はドアに駈け寄って一生けんめいノックしましたが、ドアは鍵《かぎ》がかかっていて、開けばこそ。

そのうちに静かになったと思うと、船長が別のドアから入って来ました。してみると、隣りの部屋からも廊下へ抜けられるので、ジョージは、どこかの部屋へ連れられて、監禁されたのではないかと思われます。

私は船長の目をにらんで、

『ジョージに会わせて下さい』

と言いました。

船長は黙っていましたが、

『とにかくあなたは下船して下さい。手続上もあなたをこのままお乗せするわけには行きません』

『いやです。私はこのまま船に残ります。早くジョージに会わせて下さい』

それから出帆までのゴタゴタは、申上げても退屈なさるばかりでしょうから、申しません。困った船長は、さっきジョージに怒鳴った高級船員を、私の車へやって、老執事に一切の事情を話させたらしいのです。

はじめて事情を知ってびっくりした老執事は、自分の責任になるのを怖れて、あたふたと船に乗り込んで来て、泣いたりすかしたりして私にすがりつき、何とか船を下りてくれ、いつか又きっとジョージに会わせてやるから、と私をだましました。私も子供でしたから、おしまいには大人たちの力に押されて、仕方なく船を下りました。

下りがけに、船長が、

『ジョージからお返ししてくれとたのまれたから』

と言って、八カラットのダイヤの指環《ゆびわ》を私に渡しました。これでジョージとの縁が切れたことがはっきりわかりましたが、それ以後ジョージが忘れられないのは、ひとつには、八カラットのダイヤを一度もらいながら、きれいに返してよこした、日本人の心のきれいさのためもあるのです。ヨーロッパには、こんな男は決していません。一度もらった八カラットのダイヤは、死んでも手離さないでしょう。ああ、あの船の出帆！　あんな悲しい、たまらない出帆を見送ることは、私の一生にも二度とないでしょう。老執事は泣いている私の肩に手をかけて、自分も貰《もら》い泣きをしていましたが、遠ざかる船の甲板に、ついにジョージの姿は二度と現われませんでした」

42

……長い物語を語りおわったマダム・ザルザールは、ほっと溜息《ためいき》をついて、目に涙をにじませた。

「それが私の短かい青春の最後、つかのまの花のさかりだったんです。その後私には二度と青春は帰って来ません。十七歳で、私の夢も若さも、みんな涸《か》れ果ててしまいました。

でも、日本と日本人だけは、その後ずっと、私の一番大切な夢だったんです。

その日本にこうして来ていて、やさしい日本の女性にこうして話をきいていただくなんて、私にとって、これ以上の幸福があるでしょうか」

マダム・ザルザールは、そこまで打明けながら、決して日本で譲二に会いたいとか、彼に会うために日本へ来たとか、そういう直接的な希望は一切口にしなかった。はしたない、と思ったのか。それともむかしの十七歳の譲二は、もう夢の人になったことを賢明にも知っているのか。

――マダム・ザルザールが何度もお礼を言って帰って行ったあと、冴子は一種複雑な感慨に襲われた。

冴子はとうとう、譲二が自分の交際範囲にいることを喋《しゃべ》らずにしまった。

それにはいろんな思惑があって、ただの意地悪からしたことではない。マダム・ザルザールのほうも、何も訊《き》かなかったことだし、あるいは彼女自身、譲二の居所を知っていて日本へ来たのかもしれない。そして彼女はむかしの少年時代の彼しか知らず、冴子は今の彼しか知らないとすれば、お互いに知っているのは、二人の全然ちがった人物だと思ってよいのかもしれない。

しかし冴子は、とうとう自分のなかに、どうしても自分で見たくない感情、あの小さな嫉妬《しっと》を発見せずにはいられなかった。

それは、直接の嫉妬というよりも、ザルザール夫人と自分とが、時と場所と立場とを交換していたらどんなによかったろう、というような感情なのである。十六歳で未亡人になり、老執事に附添われ、沙漠《さばく》の夜のクラブで、十七歳の譲二と会ったら、どんなによかったろう、という不可能な夢だ。

が、現実のほうは、この現代の日本で会って、金髪女にホッペタを引っぱたかれただけのことなのだ。冴子はいかにも分が悪いような気がして、マダム・ザルザールを羨《うらや》んだ。

母の死にこそ会いはしても、何不自由なく育った冴子にとっては、今まで、嫉妬や羨望《せんぼう》は遠い感情だった。それをはじめて味わった原因が、譲二にあると思うと、やはり冴子は無関心ではいられなくなった。

そして、自然に彼の帰国を待ち遠しがっている自分を、みとめざるをえなくなった。

『でもかまわないわ。とにかく、帰ったら会う、とはっきり約束したんだから』

43

——その譲二がかえってきた。

「今、羽田に着いたところです。着いてすぐお電話しているんですが、会っていただけますか」

という電話の声は、朗らかで、アッケラカンとして、押しが強くて、冴子はつくづく彼が日本人離れしていると思った。

しかし、彼女がふたたび彼の、すまなそうな、いいわけするような、哀れっぽい声を期待していたか、というと、そうではない。そんな声を出されたら、また彼女は幻滅を感じたにちがいない。

「今夜はおひまですか？」

冴子は暇だったけれど、すぐ飛びつくようにして会うのも憚《はばか》られて、

「ごめんなさい。今日は先約でダメなのよ。今度はいつお発ちになるの？」

「あさっての晩なんですが……」

「あしたの晩ならお目にかかれるわ」

「どうしても今日はダメですか。すぐお目にかかりたいんですが。今日は五分間でもいいんですが……」

「これからお客様も見えるし、どうしてもダメなの。その代り明日でしたら、必ずうかがいますわ」

押問答の末、二人は明日の晩の六時に、ホテルのロビーで待合せることになった。

電話を切ってからすぐ、冴子は自分の頑張りがイヤになった。ここまで来たら、今日すぐ会ってしまえばよかったのだ。明日の晩までの三十時間が、果てしもなく長いような気がした。待つことは苦痛である。苦しむのは彼女自身である。しらずしらず、苦しむほうの役を引受けている自分に、冴子はイヤ気がさしていた。

――一方、譲二はガッカリして自分のアパートへかえり、明日の晩まで冴子に会えないとなると、今日一日の空しさにゾッとした。

自分勝手な考えで、彼は日本の土を踏むと同時に冴子に会い、冴子に会うと同時に彼女を抱きしめたいと夢みていたのだった。

今では、却《かえ》って冴子が「会えない」とキッパリ断わってくれたほうがよかった気がした。それなら今日は、せい一杯、荒れ放題に荒れることができる。……

実際、飛行機の仕事から地上へ下り立ったときの、何だか独楽《こま》がまだまわって止りきらぬような気持は、何とか早く始末をつけてしまわないと危険すぎる。頭の芯《しん》が疲れているのに、しらじらとして熱い竜巻が頭の中をまわっているようで、どんなに飛行機の仕事に馴《な》れても、これだけは治らない。

空中と地上では、人間の生理と心理をちがう法則が左右してしまうのは、やむをえない。女の体の規則正しい循環をも、空の長旅は容易に狂わせてしまうのだ。

今夜を愉快に共にすごしてくれる女の名なら、彼の手帖《てちょう》のAからZまでをギッシリ埋めていると云っても、大して誇張にはならなかった。その中の大部分は御用済みだが、彼はいそいでそれらのあいまいな記憶の森をかけめぐり、もっとも自分をたのしませてくれた女、全く肉体でだけたのしませてくれた女を探した。

話していれば、十五分で死ぬほど退屈するが、ベッドのなかでは十五時間一緒にいても退屈しない女。

……そういう女はたしかにいることはいる。

すてきに頭がわるい上に、一言口をきけば全部嘘ばかりで、何一つ真実味がないくせに、ベッドの中では、全身これ誠実の固まりと化する女。

……そういう女はたしかにいることはいる。

いることはいるけれど、今夜、一方に冴子のことが頭にあると、譲二はきっと自分が溺《おぼ》れることができず、今よりもっと白けた気分になってしまいはせぬかという危惧《きぐ》がある。

又、妙に自分に向って純情ぶるのもいただけないが、サンフランシスコのルリ子との事件は、一種の色にからんだ脅迫事件としてゆるしてもらうとして、日本の土の上では、少くとも冴子以外の女に体を与えたくない気がする。

『いっそボクシングの試合でも見に行くか』

と彼はまるで反対のほうへ頭をもって行った。

しかし今夜いいカードの試合があるかどうか、そのために拳闘家《けんとうか》の友だちに電話をかけてきくのも億劫《おっくう》だった。

『それともどこかのジムへふらりととび込んで、何年ぶりかにパンチング・ボールに自分の汗をふりかけて来ようか』

それも億劫だった。

まるで七十歳の老人のように、何もかも億劫だった。心が一つことにとらわれているので、まるで言うことをきかない馬が、厩舎《きゅうしゃ》へばかり帰りたがるのを、どんな騎手もなだめようがないように、彼は冴子に会いたいとむずかる気持を、自分でどうしてもなだめようがなかった。

……あまつさえ、空は空梅雨の、どんよりとむしあつい日であった。

窓をあければ緑がいっぱい見え、授業中の中学校の校庭には人影がない。

『冴子って女は、何という女だろう。僕をいつも、この小さな牢屋《ろうや》に閉じこめるのだ。おかげで、自分の故郷の日本は、僕にとって、苦痛に充ちた土地になってしまった』

と彼は考えた。

急に、義絶同様になっていて久しく会わない両親の顔がちらと浮んできたが、子供ではあるまいし、気分の沈んだときに親に甘えにゆくような気持は、もう譲二にはなかった。

——そのとき、ドアが、二三度、ためらいがちにノックされた。

44

冴子が突然やって来たのではないか？　彼を喜ばせようと思って？

これほど的を射た、これほど時宜を得た訪問はない筈《はず》だ。

こんなありえない予測に飛びついて、彼は身を弾ませてドアをあけた。

一人の、痩《や》せた小柄の、顔いろのわるい男が立っていた。

今どきめずらしい風俗だが、白い開襟シャツの襟を、背広の襟の外側に重ねて、片手に古くさい折鞄を持っている。

その顔を忘れるわけがない。

それは彼が一審で有罪を宣告されたとき面会に来て、キッパリ断わったのに、有力な弁護士をつけてくれて、控訴審で彼を救ってくれた、あの「ふしぎな男」だった。

この男には、いくら住所が変ろうと、職業が変ろうと、何も知らせてやる必要がなかった。第一、相手の住所もわからないのだが、必ず男のほうで、譲二の居所をしらべているからである。

「やあ」

と男は言った。

「やあ、しばらくです」

「入ってもいいかね？」

と男はいつも礼儀正しかった。

「どうぞ」

と譲二は何だか救われたような思いで言った。

冴子と会えない空白を救うには、このくらいドギツい相手でないと、どうにもならない。

「むし暑いね」

と男が言ったので、譲二は扇風器のスイッチを入れて、

「すみません。気がつきませんで」

そして冷蔵庫へ氷を出しにいった。

「ああ、構わんで下さいよ」

と男は礼儀正しく言った。

ときどき譲二は、この男の正体がわからなくなる。

男が自分でほのめかしたところでは、戦争中満洲の木山チェンバーで有名だった木山良之助の舎弟だというのだが、もしかすると、その逆の、国家警察の秘密要員

じゃないかという気もしてくるのである。とにかく、ちっぽけな暴力団の人間ではないことは確かで、そんな人間がこんなに鷹揚《おうよう》である筈もないのである。

あれだけの弁護士をつけて譲二を救ってくれたからには、何百万円の金を出してくれていることは確かだが、譲二のどこへ目をつけて、そんな金を出してくれたのか一切不明である。

それからずいぶん時がたつのに、ちっともあせらないで、譲二を悠々と口説いている態度もわからない。

「どうだね。仕事のほうは……」

「まあまあですね」

「例のことは会社にはバレていないのか？」

「ええ、お蔭《かげ》様で……」

実際、譲二が執行猶予中なのも知らないでステュワードに採用した航空会社もんきなものだが、こういう会話の手ざわりで、譲二には何となく想像されることがある。

つまり、このふしぎな男は、

「例のことは会社にはバレていないのか？」

と訊《き》くときに、別にイヤ味や恐喝で言っているわけではなさそうなのだ。「俺がバラしたら会社はすぐクビだぞ」と恫喝《どうかつ》しているわけではなくて、あれだけの航空会社が、譲二の前歴を知りもせずに簡単に採用するわけはないし、第一考えてみると、規定の体格検査も免除されて、スルリと入社させてくれたところをみると、そこに木山良之助の力が働らいていた、と考えるほうが自然である。今でも木山良之助の力は大したもので、その気になれば、大臣の首のスゲカエも即座にできる男が、航空会社に一スチュワードを採用させるぐらい、煙草に火をつけるぐらいの手間でできるであろう。

譲二が氷を入れて出したコカコーラを、うまそうに呑《の》みながら、

「あんたはあいかわらず金はほしくないのかい?」

「ええ、別に」

「地位はほしくないのかい?」

「ええ、偉くなったってつまりません。行動が不自由になって、自分で自分を縛るだけですから」

「うむ」

男はいつもながら感に堪えた表情をした。

そういうとき、この年齢のさっぱりわからない、冴《さ》えない顔いろの小男は、上唇を歯で口のなかへ巻き込んで、じっと考えている癖がある。

譲二には大体想像がつくのであるが、自分はウソも何もなく、自然に、思ったとおりのことを言っているのに、相手の目には、「名も要らない、金も要らない、正義一徹の、男の中の男一匹」という風に映っているのではあるまいか、と思って、くすぐったくなるのである。

なるほど自分は大男だし、実際に名も要らず、金も要らないのだが、もう少し複雑な人間のつもりなのだ。第一、日本人という自信は強烈に持っている一方、外国をよく見て来ているので、せまいファナティックな考えにはなれない。身を護《まも》るためには暴力もふるうが、少年時代のように無鉄砲な喧嘩《けんか》はもうする気がない。

そんなことを譲二があれこれ考えていると、男は、

「いや、まったく君のような青年に会うと、一服の清涼剤を呑んだような心地になる。ちかごろの日本の青年は、情ない奴ばっかりだ。そう思わんかね。金がほしい。できれば名もほしい。そのためには犬畜生に劣る振舞でも平気でやる。十代の少年を見ても、非行少年には義理も人情もないし、よく勉強するいわゆる優秀な少年は、自分のことだけ考えている器の小さい連中ばかりだ。こんなことで、日本の将来を託すべき青少年はどうなるのだ。それから考えると、君のような人がいてくれただけでも、心がゆたかになる」

「しかし僕は女好きですからね。大ていの失敗はそれがモトなんです」

「女好き、結構じゃないか。健康な青年が、女が好きにならんでどうする。どんどんおやんなさい。何十人でも、何百人でも、好きなだけおやんなさい。そのうち飽きるときが来る」

「しかし僕は十六歳からつづけていて、まだ一向……」

「結構じゃないか。大いに結構……」

と男は一人でうなずいていた。

言葉づかいに古風なところがあって、たしかにただのヤクザとはちがう。しかし妙に日本主義みたいなことを言い出すと思うと、その場限りで、大して思想的に深いわけでもないらしい。

共産党の悪口をいうわけではないし、政府の悪口をいうわけでもない。話題はごく常識的な線をこえないのである。

「どうだね、近ごろのアメリカは」

「近ごろのアメリカって、……何しろあの国はメチャに広いですからねえ」

「そうかね。サンフランシスコは今は暑いかね」

「そうですね。梅雨がありませんから。飛行機が下降してゆくと、サンフランシスコ湾は今とりどりのヨットでとてもきれいです。僕も二三度あそこでヨットに乗りましたが、何しろ潮流がむずかしくて、ヨットマンはロスあたりで修業してからサンフランシスコへ来るんですね。あそこの潮流と来たら……、あそこの湾内のアルカトラスという小島に、重罪人の監獄があるでしょう。アル・カポネもずっとそこにいた……」

「ほほう」

監獄の話になると、ふしぎな男は急に興味を示した。

「岸までわずかなんですが、脱獄して、その海を泳ぎ切ったやつはまだ一人もいないんですよ。うまいところへ監獄を作ったもんですね」

……話の末に、男はやっと帰りかける気配を示して、

「そこでだ」と半ば独り言のように言った。「まだ決心はつかんかね」

「決心って？」

「君を助けるときに言ったろう。『俺が救ってやったら、俺に体をあずけるか』って」

「ええ、しかし、僕はそのときキッパリお断わりした筈《はず》です」

「たしかに君は断わった。しかし私は救うことは救った」

「そりゃ御恩は感じています。でも、お断わりしたのはたしかで、救って下さったのは、あなたの一方的な意志ですからね」

「そりゃそうだ。だから私も強制はしない。こうして気長く君の気の変るのを待っ

てるわけだ。そのうち気も変るだろう。どう考えても、君くらいの男が、スチュワードなんかしてるのは惜しいよ」

「僕はともかくこれが好きなんですから」

「いいよ。いいよ。又いつか来るから……」

ふしぎな男は手を振って出て行った。

45

ふしぎな男の来訪で、さすがの譲二も毒気を抜かれて、それまでのイライラも消え、ごくふつうのサラリーマンのように、その日一日の余暇をたのしもうという気になったのは、全く何が幸いになるかわからない。

あくる晩の冴子の約束には、譲二は、(奇蹟《きせき》的なことだが)、今度日本の土を踏んでから、まだ清浄そのものの体で出かけてゆくことができた。

譲二はインタナショナル・ライセンスしか持っていなかったので、知り合いの二世の、顔がやや似た男の免許証と、デカいサンダーバードのオープン・カアを借りて、せい一杯おめかしをして出かけた。交通巡査は外人ナムバーに弱いことを知っているので、イザとなれば、日本語がわからないふりをして、英語で押し通せばいいと思った。

その日はきのうに変るすばらしい晴天で、都内のプールは満員だったが、前にもいうとおり、譲二は人中で泳ぐのはきらいである。

彼は自室でシャワーを浴びると、ローマのスペイン広場の角のシャツ屋で誂《あつら》えた上等のワイシャツを素肌に着た。これは、胸の部分が完全な二枚張りになっていて、どう体をひねっても、胸に縦縞《たてじま》が寄らないのである。

そしてドイツ製の金のカフ・リンクスをはめ、濃紺のサマア・ウーステッドのスーツに、ローマのコンドッチ通りで買ったタイを締め、ピエール・カルダンのデザインのスリッポンを穿《は》いた。彼は今でも英国風に胸のハンカチは、キチンと畳んで入れる流儀だった。

譲二は決してオー・デ・コローニュは使わなかった。あれは不潔で体臭のつよい外国人が使うもので、日本人の清浄な体に使えば、男らしさを減殺する効果しかないことを知っていたからである。

ホテルのロビイへ定刻の五分前に入って、彼はゆっくり、女を待つたのしみを味わおうと心に決めた。

ブラジルでは、女と待ち合せたら女が一時間は遅刻するのがふつうだが、幸いにして日本ではそんなことはない。しかし女というものは、定刻どおりに来る善意があっても、いざ玄関を出るときになって思い直して、洋服を着かえ、それに合せてアクセサリーから靴まで、万事万端とりかえたりして、遅れてしまうものなのである。いわば良心的な小説家の原稿が、いつも〆切に間に合わないようなものであろう。

ところが冴子は、ちゃんと定刻にやってきた。彼女はもう、自分であらゆる掛引に疲れてしまって、もし譲二が遅れて来ても、女のほうが先に来て待つという不利を犯してまで、めんどうくさい自分を罰したい気になっていたのである。

冴子の夜の装いは、いかにもお嬢さん風で新鮮なものだった。スリーヴレスのカクテルに、肱《ひじ》までの白い手袋をしていたが、服は、薄い絵絹のようなフランス製のシャーを、いろいろのニュアンスの青を濃淡とりまぜて重ねることによって、木目の感じを出し、内側から駝鳥《だちょう》の羽根を張ってスカートをふくらませ、胸にはトルコ玉のネックレスをゆらめかせていた。

譲二は冴子がニッコリして現われたとき、喜びに気も狂わんばかりであった。あんまり冴子がにこやかに現われたので、あとで不吉なしらせ、たとえば今日は十五分でお暇《いとま》しなければならない、などという不吉なしらせが待っているのではないか、と気に病んだりした。彼がこんなに自信を失っているのは生れてはじめてだった。

　しかし冴子の態度はあくまで柔らかで、譲二もことごとしく、

「いつかは御免なさい」

　などと、詫《わ》び言をむしかえすのは、野暮な振舞だと思って控えた。

　譲二は、相手がお嬢さんであれ、奥さんであれ、商売女であれ、そういう「体の柔らかさ」が一目でわかるのである。柔道ではないけれども、心が平らかで柔らかになっているから、それが体にあらわれて、体の動きも柔らかく自然になる。

　もちろんそれは、恋の情熱に燃えている女のすがたではない。恋に燃え、しかも人目を憚《はばか》っているときの女は、体からして、コチンコチンに硬く、しかも脆《もろ》くて、折れやすい。いわば削りすぎた2Hの鉛筆の芯《しん》みたいになっているのだ。

　しかし、すべては柔らかい心と柔らかい体からはじまらなければならない。

　そこが出発点なのだ。

　目を見交わし、自然に微笑がうかび、やわらかい羽毛の上を歩くような心地がし、この世の不幸も煩わしさもすべて忘れ、幸福感に充ちあふれ、……すべてはそこからはじまるのだ。

　思えば、冴子との最初の出会のとき、二人とも、喧嘩《けんか》をする小動物のように、逆毛を立てて、体をコチコチにしていたのがよくなかったのである。

46

譲二は人にたのんで、五井《いつい》クラブの小パーティー・ルームをとってあった。本当は会員制なのだが、譲二が会員の外人にたのんで、特に予約してもらったのである。それは五井系の実業家が、数人のランチョンやディナーをする場所で、明治風の本館から一寸《ちよつと》離れた庭のなかの小館である。

譲二が冴子を助手台に乗せて、オープン・カアで、高台の閑静な場所にある五井クラブの、赤坂離宮によく似た第二帝政期スタイルの優雅な鉄門を入ってゆくと、タイヤが玉砂利を踏むしめやかな音と共に、門内の緑のかぐわしさが鼻を打った。正面の車廻《まわ》しのむこうには、三階建の古いルネサンス様式の本館が見える。まだ六時半で、夏の日は長く、本館の二階の窓々は、西日をまともに受けてかがやいていた。

東京のまんなかというのに、蟬の声が降るようだった。

左のほうに車の入れる木深《こぶか》い小径があって、

PAVILLON《パビヨン》（離れ屋）

とフランス語で書いて矢印がしてある。

その立札がいかにも古くて、それさえ明治のフランス趣味を思わせる。

パビョンは木立のなかにある小さな平家の西洋館で、庭へ向ってテラスをせり出し、そのテラスの上にはガラスの卓と、二つの白塗りの鉄の小椅子があって、お客を待っているさまが外からうかがわれた。

玄関のベルを鳴らすと、白髪の老給仕が出てきて、譲二が紹介者の名を言うか言わぬに、丁寧に二人を奥へ案内した。

「お暑うございますから、テラスで食前酒《アペリチフ》を差上げる用意がしてございます」

と老給仕は、暗い居間を通りぬけて、目のさめるほど明るいテラスへ二人を導きながら言った。テラスの前には、夏の花々が咲き乱れ、多少の植込みのむこうに、ひろい芝生の庭が西日に燃えていた。

冴子の父は、実業家と云っても、五井家のような古い由緒のある財閥とは縁がなかったから、父は招かれてここへ来たことがあるかもしれないが、自分ははじめてだった。そして、黙ってついて来てみると、ここは開放的な西洋館ではあるにしても、ともかく二人きりになれる離れ屋であって、警戒心が頭をもたげたが、そういう点については、彼女には妙な自信があった。

キチンとした服装で、キチンとした附合をしている以上、なまじな隙は見せない自信はある。それに譲二がどんな悪党でも、詫びの意味の招待という名目がある以上、ここで不埒《ふらち》な振舞に及ぶことはあるまい。まして彼は、井戸掘りはやったかしれないが、野暮な粗野な振舞を女にする男ではないという、一種の直感的信頼が冴子にはある。

そのくらいの自信や信頼がなければ、こんなにスキャンダルの多い危険な男の招待を、みすみす受けるわけがないではないか。冴子はそういう点については、自分というものに、かなり理智的な判断ができるつもりなのである。

老給仕がテラスの椅子に、ワゴン一杯のさまざまな酒壜《さかびん》を運んで来た。シェリー、デュボネ、ベルモット、その他の食前酒の数々。譲二はシェリーをたのみ、冴子はチンザノ・オン・ザ・ロックスをたのんだ。これならまず酔う心配はないのである。

「きのうの晩は、お友だちの家へ御飯に呼ばれていたの」と冴子が語りだした。

「もう結婚してて、とても仲のいい御夫婦なんだけれど、呆《あき》れたわ」

「何が呆れたんです」

「まず結婚して間もなく、二人で相談したんですって。子供をいそいで作っちゃおうか、それとも……」

「それとも？」

「金魚を飼おうか、って」

「金魚？」

「二人とも、どういうものか、金魚が大好きなの。それで二人で、一生けんめい計算したんですって。子供を作るのと、金魚を飼うのと、どっちがお金がかかるか。金魚と一口に言っても、本式の水槽に、高い熱帯魚を沢山飼う話だから、ふつうの金魚とはちがうのよ。そうしたら、金魚のほうがいくらか安い、という答が出たんですって。だから、今、彼ら、子供は持たずに、家じゅう一ぱい熱帯魚を飼ってるわ。玄関を入ったところに熱帯魚、お客間に熱帯魚、寝室に熱帯魚、お台所にまで……」

「そりゃ又ずいぶん不謹慎な話だな」

と譲二は笑った。

「僕のほうも、飛行機の友だちに面白い話をききましたよ。これも不謹慎な話だけど……」

「どんなお話でも平気よ」

「でも、お嬢さんの前じゃなア……」

「なおききたくなるわ」

「友だちでね、革命直後のハバナへ行った奴があるんです。そいつ、商社の人間で、カストロに何万台日本のミシンを売りつけて、代金を払ってくれないので、カストロのところへ直談判《じかだんぱん》に行ったんですね。

御存知かと思うけど、革命前のハバナはものすごい町だったでしょう。プロスティテューション（売春）の本場みたいな町で、ハバナの子供たちは、親がはじめから、女の子はみんな売笑婦になるように、男の子はみんな男妾《だんしょう》になるように教育した、と云われているくらいですからね。

しかしそのプロスティテューションの相手のアメリカ人がゴッソリいなくなった今では、町は火が消えたようだろう、とその友だちは覚悟して行ったわけです。そいつは革命前のハバナをよく知っていて、よく遊んでいた男ですからね。

町の中央の一流ホテルに泊ったけれど、一応、覚悟していたとおり、昔とちがって、火が消えたみたいだったそうです。そういう点にかけちゃヴェテランの男ですから、二、三日うちには、だんだん遊びのコネもつくだろう、今夜は大人しく寝てしまおう、と思って、一人でベッドに入ったんですって」

冴子はこういう話にあまりはしたない興味を示してはいけない、と思いながらも、自然に興味をそそられて、譲二については、彼の隠している側面をいろいろと知り、譲二も亦《また》、知られていることに勘づいている仲だからかまうまい、強いてお嬢さんぶったってはじまらない、という気がしだすと、目がいきいきと好奇の色を帯びてきた。彼女のグラスの中では、赤いお酒に浸っている氷が、融けかけて、ぶつかって、音を立てていた。

譲二は、冴子がいよいよ持ち前の、いきいきとした目になってきたのを喜びながら、

「……そこでね。

夜中の二時ごろに、ぐっすり寝込んでいたところを、ドアのノックで目がさめて、あわててガウンを羽織って出てゆくと、かなり荒っぽいノックがまだつづくんだそうです。

おそるおそるあけてみると、一人の兵隊が立っていました。兵隊と云ったって、女の兵隊なんです。革命軍の女兵士ですね。

カーキいろのよれよれの軍服に、肩からは何だか、頭陀袋《ずだぶくろ》みたいなのをぶら下げて、腰のまわりのバンドには弾丸をいっぱいつけて、ピストルを両わきに提げている。二挺《ちょう》ピストルの女兵さん、というわけですね。

僕の友だちは、これはテッキリ、夜中に勾引《こういん》されて、どこかでひそかに処分されてしまうのかもしれない、と思って、ガタガタ全身に慄《ふる》えが来たそうです。

ところが女兵士は、斜めにかぶった軍帽の庇《ひさし》に指をあてて、敬礼すると、浅黒い顔でニッコリ笑って、(事実あの国の、スペイン人と黒人のあいのこのムラトというのは、実にきれいですからね)、僕の友だちを押しのけて、すまして部屋へ入って来て、うしろ手にドアを閉めたそうです。

　友だちはドギマギしていると、女兵士はいきなり胸元のボタンを外して、友だちの手を引っぱって、そこへ入れさせ、

『いくらいくらでどう？』

　と値段を言ったそうです。何ペソと云ったか、僕は忘れてしまいましたが、友だちは二度びっくり、今度は又、腰を抜かさんばかりにおどろいたが、とにかくお金を払って、買うものは買ったそうです。

　兵隊兼売春婦というのは、世界歴史にもめずらしいんじゃないかな。僕はまだ少くともきいたことがない」

　二人はこの話に大笑いしたが、笑いが納まるとすぐ、冴子は、

「あら、そのお友達って、本当はあなたのことじゃないの？」

「僕のことって？」

「白ばっくれてもダメ。あなたの体験談じゃないの？」

「冗談でしょう。僕は自分のやったことはちゃんと自分でやったと言いますよ。人のせいになんかしませんよ」

　彼は多少色を作《な》したが、こんな怒り方はいかにも子供っぽくて、冴子は彼のまだ知らなかった一面に触れたような気がした。

「でも、男でも女でも、少し謎があったほうが得だと思うわ」

「僕は、でも、謎のある分だけ損をして来たんです」と譲二は、何か言いかけようとする冴子をすばやく手で遮《さえぎ》って、「いや、本当なんだ。僕は子供のころから、自然に、思うままに生きて来たんです。自分に忠実だったという点では、僕ぐらいの男はそういないだろうと己惚《うぬぼ》れていますね。もっともこれで、ヒットラーみたいな男が、自分に忠実に生きたとしたら、おしまいには何百万の人間を殺す始末になるんだろうが、僕みたいな当り前な男が、自分に忠実に生きたって、大して社会に害を及ぼすようなことはないんです。むしろ何人かの人間を、確実に幸福にしてやったという自信を持ってますね。

でも、僕のやったことが、みんな僕の謎になっちゃうんだから、困るんです。僕の半生には全然つながりがなくて、玩具函《おもちゃばこ》をひっくり返したみたいなことになっちゃってる。それで、過去の謎みたいなことが噂されると、みんなそれが、現在の僕の気持を、わかりにくい、へんてこりんな、桁外《けたはず》れのもののように想像させるんです。僕だって、実際、困りますよ」

譲二が本当に困ったように見えるので、身勝手な困り方もあるものだと思いながら、冴子はおかしくなってしまったが、エジプトのマダム・ザルザールのことを、喋《しゃべ》ろうか喋るまいかと、ひとり心の中で考えていた。

あれも譲二の過去の謎にはちがいない。しかしそれは明らかに、愛らしい、美しい謎なのだ。

冴子は自分の心にけんめいに反抗していた。喋りたくない、という気持は、明らかに、自分の自信のなさに基づいているような気がする。

喋れば、忽《たちま》ち譲二が、むかしの美しい思い出に酔い、沙漠《さばく》の夜に会ったヴェールの美女に思いをはせて、目前の冴子のことなんか急に忘れてしまい、心はひたすらマダム・ザルザールのところへ飛んで行ってしまいそうな気がする。

もし冴子が譲二を愛していないなら、そうなったって一向構わないようなものだが、彼女自身、きのうからの自分の心の経過を見て、ただの自尊心の突ッ張りかと思われたものが、何だか譲二への愛の変形らしいと、自分でも少々みとめかかっているのである。

それだけにマダム・ザルザールのことは口に出しにくいのだが、一方では、そんな弱気を叱る声を、たえず自分の中にきいている。

『そんなことでどうするの？　今こそ譲二の心を試す絶好の機会じゃないの？　そんな過去の亡霊ぐらいで、彼の心がぐらつくのがわかれば、今日限りでさっさと逃げ出せばいいんだし、もしその反対なら、彼の情熱をもう少し素直にみとめて上げればいいんだわ』

『でも、それは危険な賭《かけ》だわ』

と、もう一人の冴子が反論する。

『弱虫ね。そんなことだから金髪女にバカにされて、ホッペタを叩《たた》かれるんだわ』

――そのとき、老給仕が、食事の仕度のできたことを知らせて来たので、二人は戸内へ入った。

外はもう暮れかけていて、木々の葉末の空にだけ、夕空の金が残っている。

「私、この間、マダム・ザルザールという方にお目にかかったわ」

と、冴子は、とうとう、食卓について、ナプキンを手にとってひらくやいなや、言ってしまった。

47

円い食卓は、イギリス風の檞材《かしざい》を張った食堂の中央に、まことに美しく飾られていた。

どこまでも古風にできていて、冷房を使わず、網戸を入ってくる微風に委《まか》せているのだが、東京のまんなかとも思えぬすがすがしい緑の風が、木立や芝生を伝わって入って来て、夕蟬の声がときどき軽い通り雨のようにすぎた。

ここから木の間がくれに本館の窓々の灯が見えるのだが、そこでも宴会がひらかれているらしく、窓々に人影が動いていた。

円い食卓に二人が向い合せに坐るように、椅子が配置してあるのだが、オークの壁からは葡萄《ぶどう》いろのシェードのブラケットがいくつか光りを投げかけ、卓上には一対の銀の燭台《しょくだい》に蠟燭《ろうそく》の火が揺れている。

その燭台の純銀の彫りのこまやかさは、とても今出来のものではなく、中央の銀の花器には黄薔薇《きばら》が活けられ、銀のナイフやフォークも、手描きらしい狩猟の絵のある飾り皿の上に、ナプキンが置かれた風情も、いかにも、気品のある晩餐《ばんさん》のはじまるという感じがあった。

椅子について、そのナプキンを手にとったとき、冴子は、思わず、マダム・ザルザールの話をしだしたのである。

「え？」

と譲二はさすがにおどろいて、彼らしくもなく、カフ・リンクスとフォークとをぶつけて耳ざわりな金属音を立てた。

「大使館で偶然お目にかかって、仲よしになって、家《うち》へお招きしたの。そうしたら、あなたのお話が出たのよ。長い長い、ロマンチックなお話。私、でも、本当に聴き惚《ほ》れたわ。あなたに関するお話のなかで、あれがいちばんきれいね。最高ね」

「それで彼女は日本にいるんですか」

「まだいらっしゃる筈《はず》だわ」

冴子はじっと相手の様子をうかがい、かたがた、自分のそういう探偵的素質をイヤに思った。

「そうですか。こいつはおどろいた。それで……彼女はどうですか？　ひどくおばあさんになっていましたか？」

「冗談じゃないわ。若くて、とてもおきれい」

「へえ……」

譲二は正直に感慨無量という顔をした。そこへスープが運ばれてきた。

それで一寸《ちよつと》の間、会話が途切れ、譲二はいそいで自分の感情を整理する風だったが、冴子のほうは、その余裕を与えまいとしていた。

「どう？　お会いになりたい？」

「そうだな。考えちゃうなあ。あの事件は少年時代の思い出にして、そっとしといたほうがいいと思うなあ」

「それで辛抱していられる？」

「いられますね」と今度は彼は、スプーンを休めてキッパリ言った。「僕はこう見えても、わりに節度のある人間なんです」

「節度って、何に対して？　愛情に対して？　思い出に対して？」

と冴子の追及は急である。

「さあ、思い出に対して、ですね。あんな思い出を壊すのは、僕にとっても、彼女にとっても、悲惨なことだと思いますよ」

「もしお会いになって、壊れなかったら？」

「壊れないということは絶対にありません」

そう言う譲二の断言には、一種ヒヤリとする調子があった。

「どうしてそんなことが言えるのかしら？」

「失礼ですが、あなたにはまだわからない、と思いますよ。僕の経験から、絶対にそう言えるんです。一例が、とても面白いと思って見た映画は、二度見てはいけないんです」

「でも、人生と映画はちがうわ」

明らかに「同じですよ」と言おうとして、譲二は口をつぐんだ。

冴子はこれ以上同じ問題をつっついて行くと、又仲違《なかたが》いのタネになるような気がしたので、少し方角を変えて、攻勢に出た。

「でも、男の方って、そんなに過去に対してサッパリ割り切れるなんてうらやましいわ」

「あなたにも『過去』があるんですか？」

「そんなに子供扱いをなさるもんじゃないわ」

「これは失礼しました」

「でも、あなたのお相手のほうは、いつもそんなにサッパリ割り切れるものかしら？　女から見たら、そんなあなたが、不誠実に見えるんじゃないかしら？」

「どうして？　僕は誠実なつもりですよ。さっき、僕が節度のある人間だと云ったら、あなたは、愛情に対してか？　思い出に対してか？　と訊《き》きましたね」

「ええ」

「その二つは、全然別のものなんですね。愛情に対しては、僕は節度のない人間かもしれません。カッとなりますから。でも、思い出に対しては、節度もあり、誠実そのものの男だと思っています」

「それはどういうこと？」

「それはつまりね、思い出というのは、もう固まった美術品みたいなものなんです。もう誰も手を加えることのできない、完成品の美なんです。ミロのヴィーナスと、美しい思い出とは同格なんです。

それをみんな思いちがえているんですよ。ミロのヴィーナスに十年ぶりで会ったって、欠けた腕が、いつのまにか生えているということはありえないでしょう。ところが思い出に十年ぶりで会うと、心の中でいろんな風に修正していて、欠けていた腕も生えそろっているわけだから、現実の思い出の腕が欠けているのを見て、『おや、片輪になった』と錯覚を起すんです。人間は必ずこういう錯覚を起すようにできている。バカな話じゃありませんか。

だから、僕が思い出に対して節度があるというのは、第一に、その昔の人に対して会わないようにすることです。

それから、僕が思い出に対して誠実だというのは、又会って好きになったら、全く新らしい意味で好きになるので、思い出とは別個なものだと考えることです。つまりそうなったら、思い出のほうをさっさと殺してしまうんですよ。それがどんなに美しい思い出でも」

48

なるほどそれは、すばらしい理論だった。

冴子はきいていて、思わず同感しそうになった。

よく考えてみれば、ずいぶん身勝手な理窟《りくつ》だけれども、そこには人間が未来へ向ってともかく「生きて」ゆく、その秘訣のようなものが語られていた。

食事はすでに、メイン・ディッシュへ進んでいたが、冴子は伊セ海老《えび》をたのんでおり、譲二はシャトーブリアンを喰べていた。魚と肉の間をとって、酒はロゼエが冷やされていた。美しい白い、苦味のあるアンディーヴのサラダが、脇にすでに供されていた。それは何か、幼女の脛《すね》のように光って、なまめかしかった。

「あなたの仰言《おつしや》ること、少しわかってきたわ。とても徹底してるのね。私なんか追いついて行けそうもないわ」

「いや、ちょっと理窟をこねてみただけですよ。あなたは理窟が好きらしいから」

「私って、本当に、めんどうくさい女って印象をはじめからあなたに与えてしまったらしいのね」

「そりゃそうですよ。初対面からあんなにカラむんだから」

「ごめんなさい」

冴子は目だけで笑ってみせた。

詫《わ》びられるべき立場の自分が、こんなに素直に「ごめんなさい」と口に出せたのが、われながら、何だかいい気持だった。

譲二がニッと笑った。その白い歯に蠟燭の焔《ほのお》がチラと映った。

彼にしても、「ごめんなさい」と言われて照れているのが、冴子にもよくわかった。彼でも照れることがある、というのは面白い発見だった。

「でも困った立場ね、私って。あなたについて、どうしてだか、『知りすぎた女』

になってしまったんだもの」

「まだ知りすぎてはいませんよ」

「いやな方」

食事はおわりに近づきつつあった。二人は何か「過去」に関係のない話題を探して、ニューヨークの話をしだした。サンフランシスコの話は、何となく両方から避けていた。

「ニューヨークって、私、本当に好きだわ」

「芝居なんかよく見ましたか？」

「セリフがわからないから、ミュージカルばっかり」

そこで二人は新らしいミュージカルの話などをはじめたが、これは安全な話題で、譲二の知識もおどろくべきものがあり、主題歌をすぐ口ずさんで見せたりした。

「コーヒーは又テラスでお出しいたしましょうか？」

と老給仕がきいた。

「そうして下さい。蚊はいませんか？」

「蚊取線香をお出ししてあります」

この古風な気のきいた配慮に二人は笑った。そういえば、二人とも、そのはなはだ世帯じみた陰気な香りが、どこからともなく漂ってくるのを嗅《か》いでいたのである。

「女の人はね……」と譲二は言いかけて、「どうするのかなあ」

「どうするって？」

「いや、ストッキングの上から蚊に刺されたら、ストッキングの上から掻《か》くんでしょうか？」

「ばかね」

「それじゃ、やっぱり物足りないんじゃないでしょうか」

「ばかね。お黙りなさい」

と冴子ははじめて朗らかに、寛大に笑った。

49

二人が食事をすませて又テラスへ出ると、テラスにはほのぐらい外灯が一つ、光りを及ぼしてくるだけだった。

室内とは比較にならぬ涼しさで、草から湿った冷たい気配が昇ってきて、高原にいるような感じがした。

庭の距離感は闇の中に失われ、まだ宴のつづいている本館の窓々の灯が、芝生の上にまだらに落ちているのが、ずっと近く眺められた。本館の庭むきのテラスにも、涼を求める人がいっぱい出ているらしく、その笑いさざめく声も、すぐ近くにきこえ、音楽がたえずそこから流れていた。

「音楽はむこうのテラスでやっているんでしょうか?」

「よく見えないけど、家の中らしいわ」

「何だか川むこうの景色みたいですね」

「ええ、湖みたい。その暗い芝生が水で」

二人は運ばれてきたコーヒーを前にして黙った。

二人の間に運ばれてくるものが、はっきり邪魔だと感じられたのは、冴子にとって、今夜最初だった。

何だか自分たちのまわりにだけ闇があり、自分たちのまわりにだけ濃い沈黙があるようで、風の加減かして、音楽が薄れると、冴子は、譲二がコーヒー茶碗の中で角砂糖をつぶす、そんなかすかな音まで、はっきりと不安にきいた。

「夜みたいに真黒なコーヒーだな」

「ニューヨークで、夜の町の壁にもたれていた黒人が、急に壁から離れて、歩き出して、ニヤッと笑ったとき、白い歯ではじめて人がいたことがわかって、あんなに怖いと思ったことはなかったわ。黒人って、完全に夜に融け込んでしまえるのね」

冴子はそんなさりげない話をしだして、少しずつ、しめつけられるように、身を固くしていた。

「湖の向うの連中はこっちに好奇心を持ってるでしょうね」

「私が、向うにいたら、絶対持つわ」

「気の毒だから、姿を見せてやりましょうか」

譲二は立上って、おどけて、植込みの外れまで歩いて行って、向うへむかって手を振ってみせた。そして笑って振向いた。

「反応はあって？」

「僕だけじゃダメらしいですよ」

冴子は、実にらくらくと立上った。

「二人なら……」

と言いかけて歩きだしたとき、もう譲二に手をとられていた。

「二人でわざわざ見せに行くの？」

「いや、こっちも偵察するんだ」

二人は、テラスから庭の遊歩路の上へ下りた。

そして植込みのかげまで来たとき、譲二の腕が、冴子の背を軽く抱いた。

そのとき冴子は、彼の腕をよけてみっともない猫背になるよりも、シャンとしていたほうがいいと思った。

すると、譲二の顔がすぐ前に来て、見下ろしていた。

「あなたって……」

と冴子は呆《あき》れたように言いかけた。

「図々《ずうずう》しいですか？」

冴子は返事の代りに思い切り強く睨《にら》みつけたつもりだったが、そのときはもう接吻《せっぷん》されていた。

50

冴子は、本当は、今日はどんなことがあっても、接吻まではゆるすまい、と固く心に決めていたのだった。

しかしそう思うことは、彼女の脳裡《のうり》に、

『もしかしたら接吻されるかもしれない』

という可能性が、思い描かれていたことに他ならなかった。

冴子は、とても彼のような大男を押しのける自信はなかったけれど、いかにも力ずくという接吻はされたくなかった。

譲二のデリカシーは、そういうことをよく弁《わきま》えていた。

彼が非力な男だったら彼女をいきなり羽交い締めにしたろうに、彼はやわらかく、温かく、大きく抱いて、目薬をさすみたいに、接吻の一滴を、冴子の唇に落してきたのである。

この微妙な、柔らかい、力の節度を心得た感じが、冴子には、何だかひどく意外で、そうして感動的であった。

彼の唇は少しずつ重みを加えてきて、冴子の離れようとする唇に、少しずつ押しを加えてきた。

冴子はどこまでも逃げることができるような錯覚の中で、いつのまにか、自分のほうから接吻を返すような形になっていた。

そして、キチンと洋服を着ているとわからないが、こうして抱かれてみると、彼の肉体の幅広い、大きな、しかも熱い鋼鉄のような感じが迫ってきた。彼女ははじめて、腕をまわして、彼の「背中」にちょっと触れた。

はじめてあの背中を見てから、こうして現実に背中に触れるまで、無限の時が経ったような気がした。

彼は熱い頬を、冴子の頰に寄せていた。

「会いたかった。会いたかったよ。僕、どうしたんだろう。君に又会えなければ、自分がめちゃくちゃになるような気がして、怖かったんだ。自分が全然ダメになるような気がした」

冴子は黙っていた。

すぐ耳もとにきく彼の囁《ささや》きは、すごい、深みのある甘さを持っていた。それは実に男らしい甘さだった。

……やがて彼がみちびいて、二人は又テラスの椅子に戻った。

コーヒーは冷えていたので、もう飲む気がしなかった。

冴子はうなだれて殊勝げにしているのが、田舎娘みたいでイヤだったから、無理にも昂然《こうぜん》としていたいのだが、やはり彼の目をまともに見るのは憚《はばか》られる。

しかし彼はすでに椅子を寄せて、片腕を冴子の椅子の背にかけて、目《ま》ばたき一つせず、一心に彼女を見つめつづけているのである。

そのうちに彼の指が、冴子の髪のはじを軽くまさぐりはじめた。

冴子はするがままにさせておいたが、そのうち急に、寒気のような不安に襲われた。

「私もう失礼するわ。送って下さる?」

「もう帰るの?」

「ええ……」

譲二は「怒ったの?」とも何とも言わずにアッサリ立上った。

「残念だな。じゃ、お送りしましょう」

　このアッサリした態度は、彼女が急激に感じた不安に対する、見事なシッペ返しと云ってよかった。冴子は軽い侮辱を感じて、言わでものことを言ってしまった。

「あしたお発ちなの？」

「そうです」

「もう一度お目にかかるわ」

「ぜひ」

「私、小学生みたいに復習するくせがあるの。今日のことを復習するだけで、きっととても時間がかかるわ」

「僕の授業だって言いたいんでしょう？」

「むつかしい先生だもの。授業だけじゃ、よくわからないの」

「ひどくむつかしい生徒なんだな」

　譲二ははじめて落胆の色を見せた。

　彼が老給仕のところへ支払に立ったとき、冴子はあかりの下へ行って、コンパクトをとり出した。その顔に泣きそうな真剣なものがあるのを見つけて、腹を立てて、白粉《おしろい》で鏡を曇らせた。

　譲二がかえって来た。

「行きましょうか」

「ええ」

しかし冴子は立上らなかった。そして譲二を固苦しく立たせておいたまま、暗い芝生のほうを向いて、小さな声で言った。

「好きよ」

51

——冴子が家へかえると、意外なことに、父が先にかえって来ていて、いらいらしながら冴子を待っていた。

こういうことはめったにないことであった。冴子と同伴で外人の附合へゆくほかは、父には大てい二つも三つも宴会の約束があり、冴子より先にかえって待っているなどということは、異例中の異例だった。

冴子は今や脛《すね》に傷もつ身だから、父が先にかえっているというだけで、いい加減おそれをなしたが、事態はもっと悪かった。

居間へ入って行ってすぐ気のついたことだが、いつものんきな父の態度が、まるで変っている。まさか今さっきの出来事が父の耳に届いている筈《はず》はない、と思うにつけ、冴子はますます父の不機嫌が不可解で、気が滅入った。人生のもっともたのしい高所から、いきなりどん底へつき落されたような気がした。ひろい居間に、冷房装置の音だけが低く唸《うな》っていた。

「どこへ行っていた？」

と父はいきなりきいた。

「須賀さんの伯父さまに晩ごはんを御馳走《ごちそう》になっていたわ」

父を安心させようと思って咄嗟《とっさ》についた嘘がいけなかった。

「嘘だ。須賀さんのところへは電話をかけた。彼はずっと家にいる」

思えば冴子には一つ、重大な手落ちがあった。

出かけるときに、家の者に、須賀さんの伯父さまに呼ばれて夕食に行く、と言って出ながら、須賀には何の連絡もしていなかったのである。

しかし須賀も須賀で、父が電話をかけたら、それらしい返事をしておいてくれたらよさそうなものである。

冴子は窮して、返事ができなくなった。父の声がちょっと神経質にやさしくなった。父がそういう声を出すのも、冴子にははじめての経験だった。

「はじめてパパに嘘をついたね。まあ、いい。お前ももう十分、自分で自分に責任を持てる年ごろだ。無茶はやるまい。少くともパパはお前を信じているよ。

まだ婚期におくれたというほどでもないが、お前の同級生でもう結婚した人は沢山いるだろう。パパが仕事でお前を使って、お前をたよりにしているうちに、いつのまにかお前が売れ残りになっていたとしたら、こりゃ大変だし、明らかにパパの責任だ。

今まで須賀の伯父さんなんかに任せっきりで、ちっともパパが面倒を見てやれなかったのは悪かった。

たまに男友達と遊びに行くのもいいだろう。田中君かね。渡辺君かね。それとも山崎君かね」

それはみな父が知っている冴子の避暑地附合の男友達の名であった。

「いいえ」

「おやおや、私の知らない名か。こりゃおどろいた」

父がそれ以上訊《き》かないのが歯痒《はがゆ》く思われて、冴子はすんでのところで、宮城譲二の名を出そうとしたが、早まってはいけないと思い返した。

しかし冴子は、ふだんは鈍感そうに見える肥った父が、こんなときに示すやさしさは、決して口には出さぬながらも、母親を失った娘に対する悲しいいたわりから出ていることを、感ぜずにはいられなかった。もし母が生きていたら、娘が明らかに嘘をついたこんな場合、父は遠慮なく、烈火の如く怒ったにちがいない。

父を怒りに踏み切らせないもの、それを思うと、冴子は胸苦しい。

彼女は今日、自分が非常に悪いことをしたような気がした。

洋間でも、家へかえるとすぐ和服に着かえる父は、安楽椅子の上で、あぐらをかいていることがよくあったが、今までめずらしくキチンと腰かけていた父は、ここまで喋《しゃべ》ってやっと落着きを取り戻したのだろう、はじめてあぐらをかいて、太い象牙《ぞうげ》のホールダアに煙草を挿して、吹かしはじめた。

「実はね、今日早くかえったのは、お前をつかまえて、いそぎの相談をしなければならなかったからだよ。この話は、今のお叱言《こごと》とは何の関係もない話だから、そのつもりできいてもらいたい。

仕事の話だが、今度急にブラジルのリオ・デ・ジャネイロの会議に出ることになったんだ。足もとから鳥の立つような話でね、私が業界代表に推されて、どうしても受けなければならん立場になったんだ。そこで又、お前にお供をしてもらわなけりゃならん」

「あら、リオへ？」

冴子は目がさめたように、爽《さわ》やかな声で言った。

「だが、急な話でね、四日先に発たなけりゃ間に合わないんだ」

「そしてどのくらい？」

「四日後に発って、そうだな、少くとも一ヶ月はむこうにいなくちゃ」

「そう」

冴子は胸算用をして、急にあることに思い当った。

譲二は明日発つ。そして一週間後に又日本へかえるだろう。しかしそのときもはや冴子は日本にいず、一ヶ月は少くとも二人は会うことができないのだ。

……その間にどんなことが起るだろう。

彼女の頭はすばやく廻転《かいてん》し、想像力がえがくあらゆる絵のあいだを駈けめぐった。折角二人は、さまざまの迂《う》路《ろ》を歩いたのち、同じ一つの花の咲く丘の頂きまで来たのだ。そこで彼が冴子を、突然見失ったら、どういうことになるだろう。

彼はもちろん一時は、気も狂わんばかりになって彼女を探すだろう。しかし、彼女を追うすべもないと知ったとき、彼ははっきり裏切られたと思うだろう。一度そう思い込んだ心には、手紙の弁解などは何の利目もないだろう。

そして彼は、傷ついた心で、又別の女を探しに出かけるだろう。相手の心をたしかめるために、一ト月も待てる男でないことは、冴子がよく知っている。

右はかなりロマンチックな、花で飾り立てた空想である。現実はこれから何割か差引かねばならない。

……多分、彼は、日本へかえってきたとき、冴子がブラジルへ行ったときいて、いかにも彼の留守を狙って逃げたと考えて、「去る者は追わずさ」と、軽くうそぶくにちがいない。心の中では幾分腹を立てながら、「あのおぼこ娘は、接吻《せっぷん》だけで怖くなったにちがいない」と彼女をむしろ軽蔑して、口笛を吹きながら、他の女に会いにゆくだろう。……

どちらでも結論は同じことだ。

今冴子が、この段階で日本を去れば、もう一度同じ情熱の水準にまで達することは、甚だ覚束《おぼつか》ないのである。……

52

「私、でも、ポルトガル語なんかできないわ」

と冴子は、急に思いついて言い出した。

「通訳は別につけるさ。お前はついていてくれればいいんだ。むこうの連中のなかには、もちろん英語の達者なやつもいるだろうしね。何にしろ、社交は大切だ」

「だって言葉が通じなくちゃ、却《かえ》ってパパのお荷物になるばっかりよ。ラテン・アメリカは、自分の国以外の言葉だったら、英語よりもフランス語のほうが普及してるっていうわ」

「いや、お前がいてくれるだけで頼りになるんだよ」

そうまで言われると、冴子は言葉の返しようがなかった。なるほど今までは英語圏ばかりの旅行で、冴子の語学力が実際の役にも立ち、そのうちに父が、一歩外国へ出ると娘を杖とも柱ともたのむようになったのだが、ポルトガル語国のブラジルへ行くときも、父には、娘がいないと、旅行そのものが失敗するような迷信が生じたのであろう。

娘の沈黙を推しはからって、父はやがて、しんみりした口調で言い出した。

「こうしていつまでも、お前を私の仕事の犠牲にするつもりはないよ。今度の旅からかえったら、放免してあげようと思っている。放免するとは、つまり、……そうだな、パパは約束しよう。今度の旅からかえったら、パパは本腰を据えて、お前のお婿さん探しをはじめよう。

それが親のなすべき務めだもんな。

いいかね。だから、今度こそ父子《おやこ》の最後の旅だと思って、無理をきいてくれないかね。

それにブラジルは南半球だから、こっちの夏は丁度むこうの冬で、実にいい避暑になりそうだ。ヨーロッパのオペラ歌手などは、丁度ヨーロッパのオフ・シーズンが、南米のシーズンに当るので、一流どころが大挙やって来るらしいよ」

冴子は、その父の言葉をききながら、死んだ母の面影を心にうかべ、やさしい娘になった。

「じゃ、行ってあげるわ。その代り、ほしいものを何でも買って頂戴《ちょうだい》ね」

「おやおや、足許《あしもと》を見られたな」

と父は嬉《うれ》しそうに言った。

冴子は決心しながら、一方ではまだ一つの問題に悩んでいた。

あした譲二に会うとき、このブラジル旅行のことを打明けるべきか、打明けるべきではないか。

もし彼女がまじめに彼との交際の永続をのぞむなら、結果はどうあれ、あした打明けるのが本当だろう。

しかしもし、彼女が恋愛で勝利者になろうとのぞむなら、これも結果はどうあれ、あしたは打明けずに、黙ってブラジルへ発ったほうが得策である。

あとは彼女が、さきほどの接吻のときの自分の気持を、どう評価するかにかかっていた。

53

——その晩、一人部屋にこもってから、冴子はいつまでも眠れなかった。

これがあの接吻がうれしさに眠れないだけのことなら、どんなによかったろう。あの喜びと陶酔のすぐあとに、急に重い決断を迫られることになったのだ。

あの接吻のあと、冴子はほんとうは、すべてをあの酔い心地のままに、漂わせておきたかった。時間がそこで停ってしまって、進みもせず、退きもせず、永久に雲の上を歩くようでありたかった。夏の午後の花園の上に、微風もなくて、花の香りが重たく漂っていて、蜂の羽の顫動《せんどう》だけが、わずかにそれを揺《ゆす》るような状態、……そんな状態のままにすべてをしておきたかった。

しかし、恋愛においてそんなことを望むのは、あたかも、子供が可愛いからと云って、永久に子供でいることを望むようなものである。

冴子は部屋を暗くし、枕に頭を落して、目を閉じた。冷房をつけっ放しにして寝てはいけないと思って、ずっと前に止めてしまったので、枕はもう火のように熱い。

闇の中に近づいてくるのは、譲二の唇だった。

「図々《ずうずう》しいですか?」

とその唇が言う。

その声まではっきりとおぼえている。

するともう唇は、冴子の唇に触れている。

その唇の重み、熱さ、湿度、すべてがまだありありと冴子の唇に感じられる。

冴子ははね起きて、寝室の電気をみんなつけ、クーラーをつけて、その前へ顔をさし出して、ようやく息をついた。

『私は自分に嘘をついている。私は本当に譲二さんを愛しているんだわ。今ブラジルへ行ってはいけないわ』

『いいえ、愛していればいるほど、今ブラジルへ飛ぶのが何よりの好機よ。それ以外にあの浮気者の心をしっかり握っておく方法はないわ』

二つの声はいつまでも争い、自分のほうに有利な証拠をあげて、それがどこまでも五分五分なのだ。

冴子は眠ろうと思うとますます目が冴《さ》え、しかも明日は譲二とお昼を一緒にする約束をしているのに、不眠の顔をさらすのが辛《つら》い。少しでも眠っておかなければ、白粉《おしろい》のツキもわるく、殊にあからさまな昼の光りの下で、彼にひどい幻滅を与えることになるだろう。

冴子は、あんなスキャンダラスな男に、こうまで惹《ひ》かれる自分を、何か宿命的なものと考えることを好んだが、それもあんまり少女らしい考えのような気がした。

譲二のような男はいくらもいる。ただ彼のあの神秘的な夜空みたいに広大な背中に惹かれただけなら、万事は無事にすんでいたのだ。それは旅のつかのまの感情の思い出にすぎなかったろう。

それからあと、次々と耳に入るいろんなエピソードが、彼女の好奇心を強め、最後のマダム・ザルザールの一撃で、すっかり彼の影像を、ロマンチックに染め上げてしまったのではないか？

そう思えば事は簡単だが、冴子は、もうあのたった一度の接吻を堺《さかい》にして、自分で自分がわからない霧のなかへ迷い込んでしまった。

こういうとき人に相談をもちかけるのはよくやることだが、今、相談をもちかけるべき人とては、須賀しかいない。

須賀はどう言ってくれるだろう？

ブラジルへ行けというだろうか？

行ってはいけないというだろうか？

それとも、父を説得して、冴子のブラジル行きを止めてくれるだろうか？

……そこまで考えたとき、冴子は須賀に相談しようという自分の気持をしっかり抑えつけてしまった。もう冴子は子供ではなかった。

54

あくる日はすばらしい快晴だった。

暁にほんの短かい間とろとろしただけなのに、何か冴子の頭は、起きると却《かえ》って冴え、新らしい勇気が湧いて来るような気がした。

十二時の約束まで、彼女は、何度も鏡と対話をした。

『今日、私はきれいかしら？』

『寝不足が目に出ているかしら？』

『白粉のツキはどうかしら？』

すべては、案じていたほど悪い状態ではなかった。

待ち合わせたレストランは、オフィスの重役たちの中食《ちゅうじき》で混んでいるらしく、プルニエのほうが賑《にぎ》やかで、グリル・ロッシニのほうは閑散だから、譲二がそっちへ連れて行ってくれればいいと思った。

そんなところでまで、彼女は自分の意志をとおすことを忘れていた。

待ち合せの時間が来たのに、譲二はまだ現われない。

二分すぎた。まだ現われない。

『きのうのことで、きっと自信を持ってしまったんだわ』

と想像すると、いやな気持がした。

五分すぎて現われた彼は、白っぽい変り上着に、目のさめるような紫と白と緑と黄の縞《しま》の、ドイツものらしい鮮やかな染めのネクタイをして、遠くからそれとわかるくらい、上機嫌だった。

「やあ、お待せしました。ごめん、遅れて」

五分ぐらいの遅刻なら、怒るにも当らないから、冴子は怒らずに迎えようと努力した。そのかすかな顔の緊張が、敏感な目ならとらえられない筈《はず》はないのだが、今日の譲二の上機嫌は、そんなものが目に入らぬらしかった。

「ごめん、実は三十分前に来ちゃって、時間つぶしに近所を歩いていたら、今度はおくれちゃったんだ」

と譲二は無邪気に言った。

しかし一方、彼のやさしさも無類だった。昼なお暗いグリル・ロッシニの、ひときわ暗い奥のテーブルへ彼女をみちびくあいだも、やさしく心をくばり、食事の注文をしてしまうと、食後のドライヴの相談をしかけてきた。

「平日だから、どこでも空いてるな。深大寺《じんだいじ》へでも行きましょうか？　それとも、もっと先へ行って、多磨墓地のほうが洒落《しゃれ》てるかな」

「お墓って好き？」

と冴子は真顔できいた。

「お墓はいいですよ。こっちがふだんの二倍も生きてる気がする。そして若さのさかりの精神的エネルギーをふりまいてくれるのは、仏さまたちにとっても、ありがたい栄養になるんだと思うな」

それから彼は「エフェソスの寡婦《かふ》」の話をした。有名なローマの伝説で、良人《おっと》の死を悲しんで、墓のなかで喪に服していた妻が、たまたま墓地を護衛する兵士と知り合って、急激に恋し合い、たまたま兵士が護っていた死刑囚の屍体《したい》が盗まれて、処罰をおそれる兵士に、良人の屍《しかばね》を惜しげもなくやってしまう、という話である。

死とエロスとは、すぐ近くに、ごく仲好く住んでいるんだ、というのが譲二の、誰かの受け売りらしい学説だったが、そんなにいきなり不吉な話ばかりして笑うほどに、いかに彼が、絶対にこわれない幸福感をわがものにしているかを冴子は察した。

そしてそういう彼を羨《うらや》んだ。

短かい沈黙のあとで、冴子はふと、

「あの、私ね……」

と改まって言い出した。

「え？」

と譲二は不審そうな顔を向けた。

55

あとになって冴子はつくづく思うのだが、このとき、「あの、私ね……」と言いかけて、「え？」と譲二に訊《き》き返され、冴子が言おうと思っていたことを言ってしまうか、言わないでしまうかに、（もし恋愛を純然たる勝負事と仮定すれば）、彼女の勝敗の分れ目があったのである。

しかし、冴子は言ってしまった。

「あのね、急に私、ブラジルへ行くことになったの。父がリオの会議に出るんで、どうしてもついて来てくれって言うの」

「へえ、そりゃすてきだ。サンフランシスコまでＮＡＬに乗りませんか？　僕がお父さんにうんと上手に酒のサーヴィスをしますよ」

楽天的な譲二は、はじめから自分に不利な結果など考えてもみないらしかった。

「それがね、四日先に発って、一ト月も日本へ帰れないらしいのよ」

「そんなに永く？」

「四日先というと？」

「弱ったな。そのころ僕はどこにいるかよくわからない」

「今度かえっていらっしゃる時は会えないわね」

「それどころじゃありませんよ。その次も、その次もだ。一ト月なんて、僕は一体どうすればいいんだ」

暗い室内でも、譲二の顔がサッと紅潮したのがわかるくらい、彼が怒りに襲われたのがわかった。思うようにならなかった若い獣の、歯をむき出した怒り。……それこそ冴子の見たかった顔で、この怒りの顔以上に、彼女を幸福にするものはなかったろう。それを思えば、旅の出発を言い出した不利など、物の数ではなくなったようなものだった。

「それじゃ、今日からもう一ヶ月会えないということを言いに、君はここへやって来たのか。いい加減にしろよ。……そうだ、ゆうべから君はそれを言わないでいたんだな」

それは思いもかけない誤解であった。

冴子はあわてて弁解した。

「ちがうわ、それは……」

おかげで彼女は昨夜かえってからのいきさつから、自分の気持、父の気持まで、逐一話してきかせなければならなかった。もとよりそういう家庭内の話をするのは彼女の本意ではなかったが、その上、自分の気持の移りゆきまで、譲二に察しられるのは辛《つら》かった。しかし彼の誤解を解くためには、そこまで言わなければならなかった。

「そうか……」と彼はやっと納得が行ったらしく、腕を組んだ。「今度日本へかえるときを、今からたのしみにしていたのに」

テーブルの上では、ブロイルド・チキンが手をつけられずに、もう冷えかけていた。

冴子もだんだん、滅入った気分になってきた。昨夜の幸福と、こんな淋しさとを引比べ、はじめて父を怨《うら》めしく感じた。

考えてみれば、どうせ今夜は一旦《いったん》別れなければならない二人なのであり、そのことには変りはない。今は、一ヶ月会えないという未来への不安が、二人の心を暗雲に閉ざしているのだが、どうせ一週間や十日会えないことは、前から決っていたのである。

しかし、なかなかそう理窟《りくつ》どおりには行かないもので、譲二の暗い顔を見つめているうちに、冴子もこれが一生の別れになるような気持がしてきた。そして、決して安全な職業とは云えない彼の飛行機の勤務が、急におそろしい不安で胸に迫ってきた。

『もし、今夜発つ飛行機が落ちでもしたら、この人をこんな暗い気持で発たせたことは、私の一生の心の傷になる筈だわ』

そう思うと、冴子も目の前の食事が全然咽喉《のど》を通らなくなった。

56

ろくに手をつけぬ食事を見て、給仕はきっと別れ話と思ったにちがいない。

二人はその巨《おお》きなレストランの十九世紀風なロビーを通って戸外へ出ると、残酷なほど強く明るい夏の光りだった。

お濠《ほり》の水はギラギラとかがやき、目の前を行き交う自動車の屋根は、手を触れれば火傷《やけど》をしそうなほど、灼《や》けているのが感じられた。

「今、車を廻《まわ》してきますから、ここで待っていて」

「いいわ。パークしてあるところまで歩くわ」

冴子のそう言う心に、このまま譲二のそばを離れたら、彼が忽《たちま》ちどこかへ消えてしまいそうだという不安があったことは否めない。

二人は駐車の場所まで、黙って、夏の日ざしがクッキリと明暗を分けている、ビル街の歩道を歩いた。

二人は食後、多磨墓地へドライヴに出かける筈だった。

しかし譲二の運転するオープン・カアは、日よけに幌《ほろ》を暗くとざして、どうしてもそっちへ向うとは思えなかった。黄色く歪《ゆが》むセルロイドの窓の向うの景色は、むしろ青山方面へ向っていた。

冴子はここでつまらない口出しをすべきではないと思った。

今の譲二の暗い心境としては、暗い場所へ行きたがらぬのも無理はない。さっきはあんなに昂揚《こうよう》した幸福感があったればこそ、墓地へのドライヴなどということを考えだしたのだろう。

「どこへ行くの？」などと冴子が今口をはさめば、ひょっとすると、彼に冷たい微笑で報いられるだけかもしれない。

車は青山口から外苑《がいえん》へ入る、緑濃い大銀杏《おおいちょう》の並木の木かげに突然止った。

冴子はおどろいたけれども、黙っていた。

譲二もハンドルに腕をゆだね、黙って前方を眺めていた。

遠い木立のかなたに絵画館の白い円屋根が見え、ウイーク・デイの午後のことと て、人のゆききはそれほど激しくなかったが、外苑全体に、夏の活気とよろこびがあふれているように感じられた。

　ふいに、譲二は、崩折《くずお》れるようにハンドルに頭を伏せてしまった。

　冴子は、思わずその肩に手をかけた。ひろい大きな肩に、冴子の白い小さな手が、蝶々《ちょうちょ》のように止った。

「どうしたの？」

　冴子が言うや言わずに、譲二ははげしい勢いで身を起し、冴子を横抱きに抱きすくめて接吻《せっぷん》した。おしのける暇もなく、はじめの一瞬、冴子は目のはじで、窓のそとを通る人かげを警戒したけれど、次の一瞬はその余裕も失くしてしまった。

　接吻しながら、それも唇から頬、頸筋《くびすじ》まで接吻しながら、譲二はうわ言のように言いつづけた。

「ひどいや。ひどいや。一ト月も会えないなんて」

「私だって……私だって苦しいのよ」

「ひどいや。……ひどいや」

　そう言うひまに、冴子が何か言おうとする口が、又唇でふさがれた。

　譲二の「ひどいや、ひどいや」が、いつ次のような言葉に移って行ったか、冴子はあとで考えると、どうしても辿《たど》ることができない。その駄々ッ子みたいな「ひどいや」が、次の言葉に移ってゆく、その継目のところがどうもはっきりしない。少くとも冴子は、次の言葉が出てくるときに、半分意味もわからずに、半分夢見心地でそれをみとめ、ひょっとしたら、無意識に、何度かその言葉にうなずいていたのではないかと思う。その言葉を、予知し、警戒し、制止し、抑止するような心理状態に、彼女がいなかったことは確かである。

譲二の次の言葉はこうだった。

「ひどいや。……一ヶ月も会えないなんて。そう思ったら、僕はもうこのままじゃ済ませないよ。ひどいな。これから、二人で近くの静かな、二人きりになれる場所へ行こう。誰も見ていない、本当に二人きりになれる場所へ行こう。……僕ももうどうなってもかまわない。君ももう、どうなってもかまわないだろう？　え？　そうだろう？」

そこで冴子は、思わず、小さく、素直に、うなずいていたかもしれないのである。

しかし突然、冴子は目ざめた。

譲二の言葉は、婉曲《えんきょく》な表現ではあるが、たった一つのことしか暗示していなかった。

冴子には今それがはっきりわかった。はっきりわかったのに、少しも怒りの湧かないのがふしぎだった。

彼の重い体を強く押しのける代りに、冴子はやさしく彼の髪を撫《な》でた。髪の先まで熱くなっているような感じがした。

「だめよ」

と冴子は言った。

もう一度言った。

「だめよ。そんなこと」

そして、さっき目をつけていた、幌《ほろ》をあけるボタンを押した。幌は音を立てて退いた。

急に空がひらけ、夜明けが来たように、二人の上に明るい外光と、銀杏の美しい緑がひろがった。

二人の追いつめられた心が、それで救われたような気がした。

しばらくの沈黙ののち、譲二も、顔を上げて、その銀杏のみどりにふちどられた輝かしい空をふり仰いだ。

そして大きなクシャミをした。

そしてこう言った。

「やあ、こいつは参ったな。僕の負けだ」

57

心というものは地図に似ている。

高低がある。山がある。川がある。等高線がある。

山の高みに達すると、のびやかな平野の眺めがひらけ、今までの苦しい登り道を忘れさせるような、愉《たの》しい下り坂がはじまる。

そこに又、湖がある。池がある。川がある。あるいは谷間がある。

少くとも今の一瞬で、二人の心は平野へ出たのだった。

「じゃ、予定どおりお墓へピクニックと洒落《しゃれ》ますか」

「はい。お墓へなら、喜んでついて行くわ」

「いやなことをいう人だなあ、つくづく」

二人の口からはそんな冗談も出るようになった。

平日のこととて、多磨墓地へのドライヴは快適に進んだ。

陽に顔をさらし、風に体をさらすのもたのしかった。

多磨墓地。

そこでは空はひろく、人はまばらで、美しい木立の緑と墓石が、死というものを、すばらしい平和と休息という風に、いやでも思わせるようにできていた。殊にこの季節には。

蟬の声に包まれて、広大な墓域はしんとしていて、ほうぼうの竹筒で、夏の花が萎《しお》れていた。

いろいろな墓があり、二人の家の墓はどちらもこの墓地にはなかったから、無責任にそれぞれの墓を批評して歩いた。

「あんなのはイカさないな。どういうつもりで肖像写真なんかはめ込んだんだろう」

「あれもイヤだわ。金なんか入れて、ああいう人、きっと生きてるときは、金歯をはめてたんだわ」

「すごい想像力だな」

「あれ、つつましくていいわね。本当に苔蒸《こけむ》してる、って感じ」

「こうして歩いてると……」

と譲二が言いかけて止めた。

「何？」

「二人でアパート探ししてるみたいだ、って言おうとしたんだよ」

「永久に住める分譲アパートね」

ふと冴子は目を上げて、空にうかぶ一ひらの小さな雲を見た。するとと心に悲しみが流れた。二人とも、同じ町に永久に住んで、いつも顔を合わせていられる恋人同士にはなれそうもない。いつもあの空の遠くのどこかに、離れ離れになっていそうな気がする。

そのとき爆音がして、一台のジェット機が、すばらしい勢いで、空の一角から姿をあらわし、墓地の上でだんだんに下降しながら、森のかなたへ消えた。

「あれ、あなたの会社の飛行機？」

「それもわからないの？　おどろいたな。米軍の軍用機じゃないか」

「あら、そう」

冴子は咽喉《のど》が乾いたが、近くに飲み物を売っているところもなさそうだったので、譲二が水呑み場を探してきて、そこへ案内した。

冴子は噴水孔に口をつけて、おいしく呑んだ。

こんなところから水を呑んだのは、小学校の時以来だったろう。水はそうして渇して、犬のように、野蛮に呑むのが、いちばんおいしいのだ、と冴子は知った。世の中のことは、すべてそうかもしれない。思えば、彼女の環境には、そういうものが一つもなかった。テニスで咽喉が乾けば、冷やしたコカコーラを呑んでいた。

「呑んでごらんなさい。おいしいから」

と、冴子は、濡《ぬ》れた髪をハンカチで叩《たた》くようにして拭《ふ》きながら、さえざえとした顔を譲二へ向けて言った。

「よし」

と譲二は、大きな体を折り曲げて、水呑みに口をつけた。彼はすでに上着を脱いで腕にかけ、ネクタイも外して、襟をひらいていたから、水をゴクゴクと呑む、太い浅黒い咽喉のうごきがはっきりと見えた。

それを見ていると、何だか、冴子は息苦しくなった。

「おいしかった？」

「そうだな。飛行機の水みたいな味だ」

彼の心が半ばもう機上にあるような気がして、冴子は少し淋しくなった。

「どこかで休まない？」

「百万長者のひろいお墓を借りるかな。ペント・ハウス（屋上庭園つき高級フラット）みたいなお墓はないかな」

二人は又そういう恰好《かっこう》なお墓を探して歩いた。

蜻蛉《とんぼ》が二人の間をとび抜けてゆくときに、金の羽根をひらめかせた。

一つの堂々たるお墓があり、青銅の門が閉っており、その前に玉砂利を敷いた前庭があって、どういうつもりか、御影石《みかげいし》の小さなベンチまでついていた。

「ここがいいや」

と譲二はポケットから、大きな純白のハンカチを出して、それをひろげて、冴子のためにベンチの上に敷いた。

「原弁一之墓」

冴子はまだ立ったまま、巨大な墓石のその字を読んだ。

「この人知ってる？」

「知らねえな」

「きっと有名な人よ。政治家かしら？　実業家かしら？」

「でも、かなり古い墓だな。ちょっと新らしそうに見えるけど」

「きっと私たちが生れるずっと前に死んだ人ね」

「生きてる時は、きっと好き放題のことをやった人だよ」と譲二は、坐《すわ》った冴子の肩にかるく指をかけながら、「妾《めかけ》が五人いたり、奥さんを泣かしたり……」

「あら、まるであなたみたいね」

譲二は、木の間を洩《も》れる光りに眉《まゆ》を輝やかせて苦笑した。

「すぐこれだからな。油断ならないよ」

「ふふ」

冴子は、『私が奥さんだったら、きっと、たえず皮肉ばかり言って、うるさいわよ』と言おうとしたのだが、その言葉を呑み込んでいた。

たった一度や二度接吻《せっぷん》されたばかりで、無神経に、たとえ冗談でも、

『私が奥さんだったら』

などと言い出す女は、彼女の考える洗煉《せんれん》から、もっとも遠い種類の女だった。

二人は今度は、しずかに、平和に、お互いの肩に手をかけ合って、接吻した。

さっきの水呑み場の水のような、おいしい、清冽な接吻だ、と冴子は思った。

——「もう時間だ」

と譲二がやがて、腕時計を見て立上った。そして冴子を見下ろしながら、少年のような率直さをこめて言った。

「さっき、外苑《がいえん》のときは、ごめんね」

「いいのよ。……飛行場へは送って行くわ」

「うん」

譲二はことごとしく、「ありがとう」などとは言わなかった。

「荷物はないの？」

ときいてから、冴子は、又、女房気取みたいな気がして、軽い自己嫌悪にとらわれた。

「荷物はもうみんな車のトランクに入れてあるんだ。時間一杯たのしめるように」

おちつかない気持で夕食をとるよりも、羽田で何か軽いものを喰《た》べて別れようと譲二が言うので、冴子はそのまま彼の車で羽田へ行った。

さわがしい空気のなかで、カウンターでサンドウィッチを喰べ、ジンジャー・エールで別れの乾杯をした。

「手紙はNAL気付でくれれば届くよ。リオのホテルから手紙をくれるね」

「着いたらすぐ出すわ」

——二人は税関入口で、軽く手を振って、さわやかに別れた。

58

譲二の発ったその晩から、冴子はもうブラジル行の支度に忙しかった。

父はみんな冴子がやってくれるものと思っているから悠々としているが、冴子は冴子で、南半球の冬というと、どんな支度をしていいのか見当もつかない。冬だって泳げるくらいだ、という人もいれば、冬は日本の秋ぐらいで、結構寒いですよ、という人もいる。

冴子は冬物やら夏物やら間着《あいぎ》やらを、いろいろ並べてみても、判断がつかず、そうかと云って、新らしい服を誂《あつら》える暇もなかった。

そんなこんなで鞄はむしょうに膨れてしまったが、父はその点鷹揚《おうよう》で、いくら重量制限をオーヴァーしても、あんまり文句を言わないのである。

もう一つ冴子の心配していることは、国産品愛用の父が、どうしてもNALでサンフランシスコまでゆき、そこからアメリカのエア・ラインに乗りかえて、ブラジルへ行きたい、と主張して、切符もすでに手配してしまったことである。

まさかースチュワードの勤務日程をしらべて、それによって旅程を立てるわけには行かないが、その日の飛行機に譲二が乗組んでいるかどうかということは、冴子にとっては大問題だった。

はじめ譲二が朗らかに予想したように、冴子の父に、手なれた酒のサーヴィスにやってくる、というような事態は、冴子のよく耐えるところではない。

しかし譲二が同じ飛行機に乗っているということは、たとえそんな風に顔を合せなくとも、冴子にどんなに信頼感と、温かい大きなものに包まれている感じを与えるか、はかり知れない。

つまり譲二が乗組んでいても困り、乗組んでいなくても困るのである。

とはいえ、急な旅支度はいかにも忙しく、旅行社との打合せやら、注射やら、父の会社の人はもちろん何かにつけて助けてくれるけれど、私設秘書としてやらなければならぬことは山ほどあって、冴子もおかげで、恋の悩みも忘れていられた。

いよいよ出発となって、冴子は、にこやかに機内で迎えてくれるスチュワーデスやスチュワードの顔を瞥見《べっけん》したが、その中に譲二の顔の見えないことに、半ば安心し、半ば失望した。

ホノルルまでは日付変更線があり、その間で昼食も出る。殊に一等は酒がいくらでも無料で呑《の》める。日本人のスチュワードがワゴンを押して来たが、それはカマキリのように痩《や》せた、理窟《りくつ》っぽそうな顔に、むりにサーヴィス用の微笑をうかべた青年で、譲二とは似ても似つかなかった。

ホノルルからサンフランシスコまでの間でも、一等のスチュワードは譲二ではなかった。

やがて、いつものとおり父がイビキをかいて寝込んでしまうと、スチュワーデスがにこやかにやって来て、冴子の耳もとに口を寄せ、「お手紙でございます」と言いざま、畳んだ紙片を冴子の掌《てのひら》に落して去った。

「この飛行機に乗っています。

特にたのんでツーリスト・クラスのほうに変えてもらいました。

御都合のよいとき、ツーリスト・クラスの後部化粧室の前までおいで下さい。

ジョージ」

と書いてある。

冴子の胸は早鐘を打った。

ちらと眠っている父の顔を見る。

窓の外を見る。ホノルルを発ってからすでに三時間、ホノルルの地方時間《ローカル・タイム》では丑《うし》満時《みつどき》だから、外はほのかな月の光りのほかは、いちめんの星空だった。

機内の灯も消し、ほとんどの乗客は、毛布を胸まで引き上げ、小さい枕に頭を委《ゆだ》ねて眠っていた。

冴子は自分が正に、最初の接吻のあとでのぞんだように、雲の上、天空の只中で、譲二と一緒に泛《うか》んでいるのを感じた。自分の足の下には、沢山の雲がある。そういう状態でしか、譲二と自分は、完全な幸福に酔えない気がする。……

彼女は意を決して、座席から立上った。

59

おもしろいことに、冴子は、一等とツーリスト・クラスの堺目《さかいめ》のところまで行って、又引返して、一等の前部化粧室へ入った。

譲二に会う前に自分の顔をたしかめておきたかったのである。

せまい化粧室の中は、蛍光灯がギラギラ光って、壁いちめんの鏡に、冴子の上半身を映し出した。

それはシックな葡萄紫の旅行着だった。鏡のなかの彼女は、まず満足できる程度に美しかった。何も小細工を加えないほうがいいと冴子は思った。

そして化粧室を出ると、又、一等を通りぬけて、父の寝顔をちょっとのぞいてから、ツーリスト・クラスとの堺目のドアを押した。

一等は閑散だったが、ツーリストもそんなに満員ではなかった。うしろのほうの座席がかなり空いていた。

そして同じように天井の灯を消し、ほとんどの人が寝苦しそうに身をちぢめて眠り、なかに、眠れないで本を読んでいる人は、小さなライトの下に、明るい白いページをひろげて、顔は闇の中にひたしていた。

飛行機はほんのすこし揺れだしていた。

冴子がようやく後部まで辿《たど》りついたときは、ずいぶん永い道を歩いたような気がした。

乗務員たちのいるカーテンの中もしんとしていて、冴子は化粧室の前に立って、あたりを見まわした。

さっきの手紙はステュワーデスのいたずらだったのではないかと思った。

そのときカーテンの端がゆらいで、制服姿の譲二が姿を現わした。

「あら」

「又会えたね」

二人は暗いなかで目を見交わしたが、二人きりになって話せる場所はどこにもなかった。すると譲二が壁際に体を押しつけて、そのひろい体で冴子を隠すようにして、すばやい接吻《せっぷん》をした。

「勤務中だから、これだけしかできない」

「サンフランシスコまで」

「そう、サンフランシスコまで」

「どこかで話せないの？」

「そう……空席があるから、あそこで」

これらの会話は実にひそひそ声で交わされた。

空席はあったが、すぐ前の席には、やかましそうなアメリカ人のおばさんが眠っており、乗組員がお客の女性と喋《しゃべ》っている声で目をさましたりしたら、どんなひどい投書をしてくるかわからなかった。

二人は三つ並んだ席の窓寄りに掛け、譲二が目立たぬように、座席の下でそっと手を握った。

「あんまり永く話していても、すぐ何か言われる。辛《つら》いな」

「だってスチュワーデスに手紙を託したりして、大胆じゃない？」

「あいつはいちばん口の固い女なんだ」

「あなたがそう仕込んだのね」

「会って匆々喧嘩《そうそうけんか》はよそうよ」

ひそひそ声で話しながら、譲二は咎《とが》めるように、冴子の指を強く握った。

「うれしいわ」

と冴子は窓へ目を遊ばせながら、言った。

「僕らはどうせ又会う運命にあるんだ」

二人は、四日前に羽田で別れてから、そのあと、どんな気持だったかを囁《ささや》き合った。

こうして人目を憚《はばか》り、声を忍んで話していると、何だか二人の間柄が、無限に天空の清浄なものへ近づいてゆくような気が冴子にはした。

それは少年少女の恋みたいで、新鮮で、ういういしくて、やさしい鼓動に充ちていた。

「あなたって、制服のときがいちばんすてきだわ」

と冴子も思うままを言った。

はじめて彼を見たときもこの制服の姿で、そのとき彼女は、こうして同じ飛行機の中で、彼に手を握られていることになろうとは、想像もしていなかったのだ。

「パッセンジャーの名簿に君の名を見つけて、自分の勤務時間に当っていたことを知ったときは、正直、どうしようかと思ったよ。一等の係りのままでいたら、君と自由に話もできなくて、ひどく苦しむだろうと思ったんだ。それで、たのんで、この航路だけ、ツーリストに変えてもらったんだ。変えてもらったところで、こうして、短かい間話していられるだけだけどね。

それも深夜の時間だけがチャンスだと思っていた。もう間もなく夜が明けると、こんなことはしていられない。朝食《ブレックファースト》の準備で忙しくもなるしな」

「でも、あなたの職場で会えたのはうれしいわ」

「うん、そしてサンフランシスコからは？」

「すぐLPAに乗りかえて、ニュー・オルリーンズへ行くの。そこで一晩泊って、それから、カラカス、リオ、というわけ」

「じゃ、サンフランシスコで、お父さんの目を盗んで遊ぶわけには行かないね」

「残念だわ」

言っていることは、ただの親しい友だちのようだったが、心の中は、お互いに狂おしいほどに燃えていた。あたりを見まわしてから、冴子のほうから唇をさし出した。

60

二人が会うことができたのは、この十五分ばかりの間だった。たとえば、以前パーサーと一等のラウンジで話したように、あくまでお客と乗組員の柵を隔てての対話なら、何を話そうが、誰にきかれようが構わぬわけだが、冴子も譲二も、そんな誰に妨げられてもいい状態で、誰にきかれてもいい話をしたところで、仕様がないのである。

サンフランシスコに着いたときも、別れの言葉を交わす暇もなかった。冴子は、そこからLPAでニュー・オルリーンズまで飛ぶあいだ、ずっと心に譲二の名を呼んでいた。

しかしニュー・オルリーンズに下りると、はじめて訪れるこの町のめずらしさが、彼女の心の淋しさを慰めた。

それはミシシッピー河の河口にある港町で、わけても名高いのは、ヴィウ・カレとも、フレンチ・クォータァとも呼ばれる、あの、「欲望という名の電車」で有名な、古い仏領植民地時代の面影を残している一劃《いっかく》である。

彼女の希望で、そのヴィウ・カレのまんなかにあるホテルに部屋をとってあったので、父子《おやこ》は、昼は、美しい繊細なレエス・バルコニーをめぐらした古い家々のあいだを散歩し、夜はレストラン・アントワヌで、有名な、番号入りの牡蠣《かき》料理オイスター・ロックフェラーを喰《た》べ、そのあとで、まさか父子連れでストリップ見物とも行くまいから、冴子が父に進言して、本場のディキシーランド・ジャズで有名な、「フェイマス・ドア」へ行ってみた。

トランペット吹きが、カウンターの上に乗って吹き鳴らし、又、お客のグラスのすぐ前で足を踏み鳴らしながら、歌を歌った。

「ジャスト・ア・ジゴロ」

という古い歌だった。

ワイン・カラーのタキシードを着たその大柄な、イタリー系アメリカ人らしい若い歌手。まだ若くて美男なのに、つまらなそうな表情をして、目のどこかに、頽廃《たいはい》的な生活の澱《おり》がたまっていて、しかも体の活力はみなぎった歌い方に、又、冴子は譲二を思い出した。

メキシコ湾を越えてしまえば、このしつこい譲二の記憶は、少しは遠ざかって、冴子の心を休めてくれるかもしれない。

――それにしてもカラカスからリオは遠く、日の暮れてゆく大ジャングルが、雲のあいだから、ときどき見渡されたが、いつまでたってもジャングルの上を飛んでいた。

「いやはや遠いね」

とさすがに父は音《ね》を上げた。

「南の果てですものね。東京の裏側だもの」

「この丁度裏で、東京の人間が、みんな倒立ちして歩いてるわけだな」

「パパも引力を信じる他ないでしょ」

「人間同士の引力はあまり信じないね」

と父がちょっと引っかかることを言った。

「あら、どういう意味？」

「つまり、人間もだな、男と女ははじめから引合うように出来てるんだが、縁というものはこれは別だよ。

縁は引力よりも偉大かもしれん。これは、もう決められていることで、ほとんど引力を感じないでも、すこぶる深い縁というものもあるんだから」

「パパはやっぱり見合結婚論者なのね」

と敏感な娘は、すぐ応じた。

喧嘩になるべきところも、母の死後、この父子は、うまいところでスルリと身を交わし合って、決して口争いをしない習慣ができていた。

「あながち、そうしたものでもないがね」

と父は、冴子の顔色を見て、すぐ話題を転換する用意をしていた。

永い永い飛行機旅行の疲れは、若い冴子をさえ参らすほどだから、父にはかなりこたえていることはたしかだった。

それはスポーツの快い疲れなどとはまるでちがって、金属の箱にとじこめられて空を飛んでいるという不自然な状況、不自然な食事時間、十分とれない睡眠、しじゅう耳のなかにうなっているジェット機の爆音などのおかげで、体中に鉛やアルミや、へんな金属の砕片を一杯はめ込まれたような疲労だった。

しかしその旅も終りに近づいていた。

「もうあと二時間だわ」

「そろそろアマゾンの河口だろうが、暗くなって来たからおそらく見えまい」

「あの河口のひろさだけで、東京大阪間ぐらいあるんですってね」

父子の間でさえ、話のタネはすっかり尽き、もう目的地への焦躁《しょうそう》しか残っていないのだが、さすがにあと二時間と思うと、疲労にもめげぬ旅の新鮮な昂奮《こうふん》がよみがえってきた。

61

……機内アナウンスが、

「間もなくリオ・デ・ジャネイロ到着でございます。座席《シート》ベルトを締め、禁煙におねがいいたします」

と歯切れのいいアメリカ英語でしらせたとき、リオはすでに夜に包まれ、機が旋回し、機体を左右へ傾けながら、乗客にえこひいきなく見せてくれるリオの夜景は、息を呑《の》むほど美しかった。

海岸線の灯のつらなり、夜目にも鮮やかなコルコバードの白い大キリスト像、そしてリオの町は、いかにも南の国の歓楽にあふれていそうな、宝石箱をひっくりかえしたような灯の氾濫《はんらん》であった。

そこではいつもサンバが湧き立ち、マラカスが振られ、人々が踊りつづけ、恋しつづけているようなイメージを与える町。

冴子は、譲二とのことがなくてリオへ来たのだったら、どんなにこの瞬間を、うれしく思うだろう、と感じた。

そこはもう南半球の、椰子《やし》と鰐《わに》と牧牛の国、コーヒーとサンバの国だった。

あの雑然とした東京の町のそこかしこに、中南米音楽をきかせる喫茶店があり、埃《ほこり》をかぶったゴムの木などを暗い店内にならべて、いわゆる「ブラジル・コーヒー」を売り物にしている。

ああいうところに巣喰《すく》っている小さな夢、南の国の音楽と情熱への、はるかな、貧しい、哀れな夢の志向するところ、その根拠地へ今こそ冴子は来たのだ。そこにはあらゆる夢が、ゆたかに、南国の果実のように、熟れ切っているにちがいない。

——飛行機から下りると、冬とはいえ、地上はムーッとする暑さで、よろめく足にその暑さがこたえた。

「これで冬かね」

と父はもう苦情を言っていた。

十数人の出迎えは、日系人とブラジル人と半々で、父子《おやこ》はうやうやしく、コパカバナ海岸のエレガントなホテル、コパカバナ・ホテル・パラセへ案内された。

そこへ行くまでの車の窓からのぞける、鬱蒼《うっそう》とした熱帯樹の公園のまわりでは、つまらないネオンの青さへ潤んで、ひどく誘惑的な光りを放っているようだった。

彼女はいっしんに、子供のように窓に目をあてて、リオの町をながめていた。

建物には古いスペイン風の石造建築もあれば、突拍子もないモダンな建築もあったが、すぐ目につくのは、町の歩道がみな黒白のモザイクで、しかも街路によって、あるいは波形、あるいはこまかい碁盤縞《じま》の、さまざまなデザインを持っていることだった。

ジョッキイ・クラブの前には、馬と騎手とのモザイク模様があり、ヨット・クラブの前には、帆や操舵輪や怪魚の模様があった。

そしてその上を、鮮やかな色彩の服を着た、浅黒い肌の美しい強《きつ》そうな女たちと、少年でさえ鼻下髭《ムスターシュ》を蓄えている男たちとが、何だか誰もかれも酔っているように、危うくぶつかり合いそうになって歩いていたり、あるいは男ばかり町角に屯《たむろ》して、女たちに目を向けていたりする。

『ここの人はみんな恋をしているみたい』

それが冴子のリオの第一印象だった。

62

コパカバナ・ホテル・パラセは、海ぞいの壮大な上品なホテルだった。ゆるりと半円をえがくコパカバナ・ビーチのほぼ中央にあり、ビーチ、例のモザイクの波形もようの遊歩路、車道、歩道、ホテル、という順に海から遠ざかっているわけだ。

しかし日本の海岸からは想像しにくい偉観は、大波の打ち寄せるビーチをめぐって、美しい一本の黒白モザイクの三マイル半の遊歩路が走り、その内側の車道アヴェニーダ・アトランチコ（大西洋通り）に添うて、十階以上の高層建築群がギッシリと壮麗に並んでいる点だろう。しかも、それらの高層建築のうしろからは、いかにもブラジルらしい奇怪な南画風の岩山が、ぬっと顔をのぞかせているのである。

——もっとも冴子がはじめてそれを見たのは、飛行機の疲れにすぐベッドに入り、旅馴《な》れた者の習慣で、あとは何にも煩わされず、ただひたすら眠りに眠って、あくる朝、ブレックファーストの時間ギリギリに目をさまし、ブラジルの芳醇《ほうじゅん》なオレンジやコーヒーや固いパンの朝食をとってから、父を促して部屋を出、ロビーから海に臨む壮麗な大理石のテラスへ出たときだった。

その目の前にひろがる朝のコパカバナ・ビーチの雄大な海岸線。右方の岬の鼻の禿山《はげやま》まで、バラいろにかがやいてつづく白い建築群。沖の小島と押しよせる大西洋の大波。その砕ける豪快なひびき。シーズンではないからビーチ・パラソルはそんなに見られないが、浜で日光浴をしている人たちの姿は多い。

こちらの真冬の日光は、日本で云えば晩春の暖かさを持っているが、日かげにはひんやりと乾いた、薄荷《はっか》のような空気がこもっている。

『これが熱帯なんだわ』

と冴子は感動しながら、子供のように父の腕にぶら下ってはしゃぎたいと思ったが、もう父の前では、それほど子供っぽくなれない自分を知った。それに、今の自分はむしろ父を助けてゆかねばならぬ役目なのだ。子供みたいにぶら下って甘えられる腕はただ一本、それは遠い北半球の空を飛んでいるのだった。

『飛んでいるのならまだいいけれど……』

と冴子は又思った。

もしかしたらその腕は、今ごろ、冴子の知らない女を抱いているのかもしれないのだ。あるいは冴子の知っている、たとえばマダム・ザルザールを。彼女の目から、急にかがやかしいコパカバナ・ビーチの風景が消え、彼女はキュッと眉《まゆ》を引きしめた。

「どうしたんだ。頭痛でもするのかね」

と父がおずおずと訊《き》いた。

以前はむしろ鈍感なくらいだった父が、今度の旅行では、妙に敏感に反応し、娘の顔色をうかがうようになっていた。冴子はそんな父に急激な老いを感じ、同時に、ずいぶん冷たい感情だとわれながら反省したが、ますます自分の自由を奪ってゆく重荷を感じた。

こんな咄嗟《とっさ》の良心の咎《とが》めから、冴子はやさしい笑顔を向けた。

「いいえ。眩《まぶ》しかっただけ。何か海岸で、キラッと急に目を射たものがあるの」

「どれどれ」

「いいえ、パパの位置からは見えないわ。……あら、消えちゃった。あれ何だったんでしょう」

それは嘘だったのだから、たとえば遠い砂に置かれた葡萄酒《ぶどうしゅ》の瓶が太陽を反射して、宝石のように目を射たのでもよかったのだ。しかしそう言ってみると、冴子自身も、今しがた、自分が本当に、砂の上に立った譲二のキラキラ光る姿、それが突然あらわれて突然消えるのを見たような気がした。

幽霊？

たしかに、他の黒ずんだ日光浴の人たちの間に、真白に光る制服を着て立っていた譲二の姿があったとすれば、それは幽霊にちがいない。

それなら彼の身に何か異変が？

――冴子は急に心臓がドキドキしてくるのと同時に、リオへ来てまで、そんなに譲二のことばかり考えている自分がイヤになった。これでは遠くへ来れば来るだけ、彼に敗けているようなものである。

「パパ、今日の予定は、一時から午餐会《ランチヨン》ね。十二時半にお迎えが来るそうだから、まだ一時間以上あるわ。どうなさる？」

「まあ、部屋でブラブラしているさ。散歩なんかいつでもできる。……いや、しかし、ブラジルじゃ、女一人で散歩してると、男が声をかけて大へんだというから、お前が散歩したいんなら、附合ってやってもいいがね」

「いいわ。……それより私、ライティング・ルームで手紙でも書いていますから」

「そうかい。それじゃそうおし」

父はそこでロビーで娘と別れて、一人でエレヴェーターに乗った。

63

一人のこされた冴子は、薄暗いライティング・ルームへ行って、一つのライティング・デスクにとびついた。浮出したホテルの名入りの便箋《びんせん》を前に置いた。彼女は、友だちに絵ハガキなんか書く気はなかった。

冴子は大いそぎで書いた。

これだけ、北半球と南半球に離れていると、何でも言える気がした。胸のなかには、言葉があふれていて、躊躇《ちゅうちょ》も羞恥《しゅうち》もどこかへ消えてしまった。手紙の中でだけ、ありのままの自分が出せると思い、又それを出したところで、譲二がここへ来る筈《はず》もないのだから、顔を合せて恥かしい思いをすることもないわけだ。

彼女は古風なペン先を、何度もいそがしく澱《よど》んだインクの壺《つぼ》にひたしながら、透かし入りの固いレター・ペーパーの上に書きつづけた。

「譲二さま。

今日あなたの幽霊を見たわ。

丁度写真の陽画と陰画みたいに、北半球のあなたの黒い冬の制服が、ここコパカバナの浜では、突然、純白のキラキラかがやく制服になって、浜の日光浴の人々の間に、チラとあらわれて消えてしまいました。

私は素直に、そのときあなたが、私のことを想っていて下さったからだ、と信じました。だってそのとき、私も強くあなたのことを考えていたのですもの。

ここコパカバナ・ホテル・パラセにずっと滞在の予定で、着いたあくる朝、すぐこれを書いています。

五井《いつい》クラブのディナーと、多磨墓地の散歩は本当にステキでした。生れてから、あんなに仕合せを感じたことはありませんでした。私って、意地ッ張りの負けずぎらいですから、そのときは平気な顔をしていたかもしれませんけれど、自分の中でどんどん激しくなってゆく気持と、しばらくのお別れが近づく悲しさとで、その仕合せも、十分嚙《か》みしめることができないくらいでした。

『ひどいや。ひどいや。一ト月も会えないなんて』

って、あなたは言って下さったわね。

あのときの私の気持は、あなた以上だったと思います。宿命なんてある筈もないけれど、私たちって、こうして離れた空で想っているときに、一番純粋になれるのかもしれない。でも、それも、現実にわざと目をつぶった考えだということが、ここへ来てよくわかりました。着いたあくる朝から、こんなにあなたのお顔を見たいのですもの。

ラヴ・レターって、退屈でしょう。書くほうは、ちっとも退屈しないで、百ページだって書けるけれど。（こんなことを言うのが、私の悪い癖なんだナ。自分でもよくわかっているの。）

行きの飛行機の中で、人目を忍んで、二人きりでいた短かい時間のことを、何度も思い出しています。あなたのいる筈のないLPAラインで、ニュー・オルリーンズへ行く間も、何度も又、悪戯《いたずら》好きなあなたがヒョコッと顔をお出しになりそうな気がして、ステュワードが通るたびに顔を見てしまうので、むこうはずいぶんへんな日本の女だと思ったかもしれません。

ニュー・オルリーンズのフェイマス・ドアの歌い手も、あなたによく似ているような気がしました。

いくら地球の裏側まで逃げ出してきても、あなたの国際警察みたいな力からはのがれられないのだと思います。

子供のように書きますから、笑わないでね。大好きな、大好きな、大好きな譲二様。

冴子」


書きおわって読み返し読み返ししているうちに、だんだん冴子は投函《とうかん》するのがイヤになってきた。

正直そのものの手紙にはちがいないが、こんなに手放しな手紙を書いては、女としての特権をみんな失ってしまいそうな気がする。

でも、そう考える理性が、すでにもう一種の打算のように思われてイヤなのだ。

『自分に忠実であるほかはないんだわ』

と冴子は、とうとう諦《あきら》めの心境に達して、封筒を閉じ、NAL気付の上書を書いて、フロントの郵便係へ持って行った。

64

リオの生活は快適に運んだ。

父と一緒に午餐に呼ばれ、そのあとは南国特有の昼寝《シエスタ》の時間で、どこのオフィスも商店もすっかり眠りこけて、時間をもてあまし、夕方おそくからカクテルに呼ばれ、夜九時すぎから夕食がはじまる。オペラのはじまるのも、東京なら映画がおわって灯を消した映画館から人がぞろぞろ出てくる午後の十時すぎだった。

会議は大てい午前中にひらかれ、リオの人は朝のうちは、わりに早起きの上よく働らいた。前の晩あんなにおそくまで遊んで、よく朝早くから働らけるとおどろくのだが、それはすべてシエスタの効用だった。

それに気づくと、父も冴子も、シエスタの時間をいそがしく見物などに当てないで、ここの人たち同様、窓のブラインドを下ろして、ベッドにもぐり込むことにした。

習慣というのはおそろしいもので、冴子も子供のように、毎日グッスリお昼寝ができるようになった。そうすると、夜の社交生活にも元気が出、はじめのように、アクビをこらえて散会を待つということもなくなった。

ブラジル人はたしかに親切で、ここの言葉でいうシンパチコなのだが、独特のネバリとしつこさには閉口した。

時間の約束は全般にすこぶるルーズで、ここではランデブーすれば、男同士の約束なら三十分の遅刻はふつう、御婦人相手なら、一時間は待たされるという不文律がある。冴子父子《おやこ》は、東京の習慣で、いつも時間どおりに行ってイライラさせられた。

冴子がまずびっくりしたのは、譲二に手紙を書いた日の夕方、父とホテルの裏の、この町の流行の中心であるアヴェニーダ・コパカバナを散歩したときだった。

日が落ちかかると、風が俄《にわ》かに冷たくなるので、毛皮のコートの婦人たちが歩いていたが、冴子が父にエスコートされて行くと、何人も人が立止るのである。

そして口髭《くちひげ》を生やした口で、何かわからぬことを呟《つぶや》きながら、目を大仰に丸くさせ、冴子の姿を上から下まで眺めて見送ったり、帽子をとって丁寧にお辞儀をしたり、今まで何か男同士商談でもしながら歩いてきたのが、ハタと立止り、ハタと話をやめて、二人そろって、ジロジロと眺めだす有様は、まるで自動車事故でも起ったかのようだ。

冴子ははじめ、自分の顔に何かついているのかと思ったが、次第にそれがこの国の人の、女性に対する大仰な讃美の表現だと知ると、バカバカしくなってしまった。

父もはじめは体を固くして、

「キチガイじゃないかな」

「ヨタモノじゃないかな」

「大丈夫かね。警察へ駈け込もうか」

などとビクビクしていたが、次第に、それほどブラジル人たちの讃嘆を集める娘が誇らしくなった。

「こりゃ大へんだね。話にはきいていたが、何たるオーバアな表現だろう」

と父は満更でもなさそうに言う。

「でも、イヤだわ。何だか気味がわるいわ。あのまんまるな目と、ポカンとあけた口髭の口でみつめられると、きちがい病院へ行ったみたい」

少しずつポルトガル語が耳馴《みみな》れるにつれ、冴子は彼らが発する言葉が、

「ああ、美しい！」

「何とマドンナのようじゃないか」

「蝶々《ちょうちょ》の精じゃないのか」

「魅惑の女王だ」

「東洋の真珠よ」

「夢の国のお姫様よ、何と美しい」

「神々しいような美しさだ！」

等々、今では化粧品の宣伝文句にだって恥かしくて使えないような、最大級の、歯の浮くような文句を、大まじめで呟いてるらしいのである。

町を歩いてさえこうなのだから、社交界での評判は大へんなものだった。

国際会議だから、会議場にはイタリー人もいれば、フランス人もいる。イギリス

人もいれば、ドイツ人もいる、という調子だが、夜の社交は奥さん同伴で、その奥さんが大ていい中年すぎの肥りすぎ夫人か、筋張ったおばさんばかりなので、いきおい冴子ばかりが目立つことになり、みんなは内心面白くないらしいのだが、そこはソツがなくて、なるたけ冴子を自分たちの仲間へ引き入れて、男たちから離してやろうとする。

冴子もそのほうが気が楽なのだが、問題はブラジル人の男たちである。

どこのパーティーでも、自然に、蟻がお砂糖にたかるように、冴子のまわりには、同じように口髭を生やした、同じように無邪気な目をしたブラジル人の青年たちが集まって来る。ふと気がついてまわりを見まわすと、いつも人垣ができてるという具合なのだ。

それも日本の青年が、これだけ大ぜいで一人の女を争えば、相互牽制《けんせい》でムッツリ黙り込むか、険悪な気配が漂いだすかしがちなのに、ブラジル人たちは、仲良くスクラムを組んで、コーラスでも歌いながら、どこまでもついてくる、という感じなのだ。

そしてライヴァル意識もさわがしく、口々に、

「一緒にオペラへ行きませんか」

「五分間でいいから二人きりで散歩をしてほしい」

「霧の夜のコルコバードへドライヴしませんか」

などと誘いをかけ、ホテルには毎日、少くとも七つの花束が届き、ホテルの部屋は花だらけで、息苦しくて眠れないほどになってしまった。

こんなプリマ・ドンナ扱いは、女なら、誰だって嬉《うれ》しくない筈《はず》はないが、冴子の心境は、いつのまにかすっかり変っていた。

日本でも、小規模ながら、こういう浮薄なもてはやされ方はして来たのだし、その時はその時なりにたのしんで来たのだが、今はうとましさとうるささが先に立った。

ブラジルの男から一言でも言葉をかけられるたびに、

『これが譲二だったら』

と思わずにはいられない。

かつては現在をたのしむことが、冴子の生甲斐だったのに、今は現在から目をそむけようとばかりしている。

『同じ言葉を譲二の口からききたいわ』

と冴子は、ブラジル人の青年から大袈裟《おおげさ》な讃辞をきくたびに、そう思う。

そのくせ、もし譲二が、そんな歯の浮くようなキザなお世辞を言ったら、彼女はたちまち彼をきらいになったことだろう。

――そんなこんなで、リオの町の見物も十分しないうちに、冴子は外出ぎらいになり、頭痛や歯痛を口実に、夜の宴会に出るのをことわるようになった。

「ほんとに歯痛にならないのがふしぎだわ。あんなに歯の浮くようなことばかり言われていて」

「全く同情するよ」と父も言った。「お世辞もいいが、これじゃあんまりだ。すべてにもう一寸《ちょっと》適度にできないものかね。まあ、今日は休むのもいいだろう。体が参ってしまうからね」

そんなやりとりがあって、父が一人（と云っても通訳と一緒に）カクテルへ出て行ったあとだった。冴子は部屋に残り、窓のカーテンをあけて、コパカバナの浜を眺めながら、まだ譲二の手紙が来ないのは何故かと考えていた。ひたすらこちらの出方を待ってじらしているのだとしたら、こんなに効果的な復讐《ふくしゅう》はないだろう。とにかく彼の意志に反して、彼女は旅へ出てしまったのだ。

夕かげの迫ってくる浜には、だんだん人影が少なくなり、むこうから紺いろの腹を見せて大波が砕けかかっていた。あれは譲二の制服の色だわ、と冴子は思った。すると無性に悲しくなった。

ルイ式の調度の、白地に金線の入ったベッドや抽斗《ひきだし》ばかりの部屋は、迫ってくる夕影を敏感に映していた。

そのとき電話のベルが鳴った。フロントの英語の声だった。

「もしもし、ミス・モリタですか？　フロントで面会のお客がお待ちです」

「お名前は？」

冴子はききかえしながら、急に故しれぬ動悸《どうき》がしてきた。

65

フロントが名前を答えるより先に、受話機が別の手にとられたらしく、

「僕だよ」

というまぎれもない日本語がきこえた。

それは譲二の声だった。

瞬間、冴子は錯覚を起して、

「あら、国際電話？」

と言いかけたが、

「何言ってるの。僕がフロントにいるんだ」

「え？」

「上って行ってもいいだろう」

──恋愛というものはふしぎなもので、すべてはこの瞬間の冴子の理性の働きにかかっていたと云えるのである。もし冴子が、感情の命ずるまま、「ええ」と答えていたら、譲二は部屋へ上って来、二人きりの部屋で、たちどころに、起るべきことが起った筈だ。それは百パーセント確実だった。

冴子にそこまでの計算が咄嗟《とっさ》に働らいたかどうかはわからない。もし、一瞬間にそこまで計算できたら、彼女はいやらしい女と云われても仕方がなかったろう。

これほど愛していて、会いたいと思っていた男の声を、あやまたず、耳にとらえながら、冴子の処女の本能も、同時に、はっきりと危機をとらえていた。

冴子の中の二つのものが、一刹那《いっせつな》に、同じ声に対して、正反対の反応を示したのだ。片方が片方を説得したのではない。秤《はかり》が一方に傾いて、又他方へ傾いたのではない。第一そんな暇はなかったし、彼女はわざとらしく返事を渋ったわけでもなかった。

「私、すぐ下へ下りるわ。ロビーで待っていらして」

「いいじゃないか」と譲二の声は、今度は明らかに落胆して、あせっていた。「パパが出てゆくところは、ちゃんとたしかめたんだ。君一人なんだろう?」

このとき冴子の理性ははっきり目ざめて、独自の存在を主張していた。もう当面の危機を避けるほうへ頭が行っていた。

「でも、今すぐ下りるから。待っていらしてね」

冴子は電話をこちらから切って、呆然《ぼうぜん》と鏡の前に坐り込んだ。全身の力が脱けたみたいだった。

譲二が来た！　ここまでやって来た！　会ってみるまでは事情がわからないが、まさか彼がここへ来るとは、想像もしていなかった。

想像の中では、彼がもし夢のようにここへ現われたら、首っ玉にしがみつき、物を言う代りに、接吻《せっぷん》と涙だけで答えた筈だった。

しかし現実はちがっていた。

電話とは何と呪《のろ》わしいものだろう。この電話のおかげで、あれほどの愛にもかかわらず、彼女は咄嗟に、身を守る体勢をとってしまったのだ。

考えてみると、自分自身が死ぬほどイヤになるが、そうさせてしまった譲二も悪い。

殊に、父の外出を見届けてから電話をかけてきた計画性も悪い。

そう思ううちにも、情熱にかられた譲二が、断られるのを承知で部屋へ上ってきて、今にもドアをノックしはしないかと気が気ではない。一度や二度のノックならいい。しかし三度目のノックまで、拒みとおすことができるだろうか？

こうなったら一刻も早く部屋を出るのがいいのだが、少しでも美しい顔を譲二に見せたいし、昼寝《シエスタ》のあとで、お風呂に入って、一応顔は作ったけれど、瞼《まぶた》がやや腫《は》れぼったいのが気になる。

孤立無援の気持と、わくわくする嬉《うれ》しさとが錯綜《さくそう》して、しかもやたらに気がせいて、彼女は鏡をのぞき込んでは、ドアのほうを見、又鏡を見て、髪型が気に入らなくなって櫛《くし》を入れ、結構永い時間、譲二を待たせてしまった。

66

ロビーへ下りてゆくと、大人しく待たされて、海を見ている譲二のうしろ姿が、まだシャンデリヤの灯がつかず、夕闇の迫るほの暗い人気のないロビーの、テラスへ出るフランス窓のところに見えた。

やっぱり彼は、守るべき礼儀は守る紳士だった。断わりなしに部屋まで上って来るような男ではなかった、と冴子は自分の思い過しが恥かしかった。

譲二はグレイの背広を着ていたが、暮れゆく海を背景にしたそのひろい背中、遠くからもすぐ彼とわかる肩幅のひろいすばらしい背中は、はじめて彼を見たときのことを瞬時に思い出させた。そこに彼の孤独と情熱の量がぎっしり押し詰っているようなその背中。

冴子は椅子のあいだを、こっそり足音をしのばせて近寄り、リオでは何のふしぎもない動作であるから、いきなり彼の背中へ抱きついた。

「やあ」

と振向いた彼は大きな体を、笑いながら一寸《ちょっと》ゆすぶると、冴子を抱きかかえて、いきなり接吻した。ロビーのあちこちには、ベル・ボオイやページ・ボオイがうろうろしていたが、こんなことはリオではもっとも自然な動作だった。

二人は立ったまま、暮れゆく海を背に接吻をつづけた。

冴子はどうしても唇を離したくなかった。地球の両側から、二つの唇が飛んできて、合さったのだ。この唇の感覚に、冴子は自分の存在のすべてがかかっていると感じた。

「一体どうして来られたの？」

とやっとロビーの椅子におちつくと、冴子はたずねた。

譲二はボーイを呼んで、この国の名物の冷たい飲物グワラナを注文すると、

「どうしても会いたかったからだよ。会いたければ来られるさ」

「だってNALのほうは？」

「一週間強引に休暇をとったんだ。それでね、僕、外人の友だちが多いだろう、L

ＰＡの奴にたのみこんで、ブラジル迄《まで》の往復切符を只でせしめちゃったんだ。いい腕だろう。それも君がさ……」と譲二は大きな掌《てのひら》で、冴子のスカートの膝《ひざ》を軽く押えた。「……あんな手紙をよこすからさ。あれを読んだら、矢も楯《たて》もたまらなくなったんだ」

「そう」

冴子は、急に嬉しさがこみ上げてきて、彼の胸に顔を伏せると、涙が出て来たので、自分でもあわてた。こんな女じゃない筈《はず》だった。

譲二はいさぎよく、純白の胸のハンカチを引き抜いて、冴子に渡した。

彼は嬉し涙と悲しい涙の区別なんか、即座にわかる男だった。

涙がそのあとのあらゆる感情の説明を不要にした。

「会いたかったわ」

としばらくして、十分涙が納まってから、冴子はポツリと言った。

「こっちの生活はどう？」

「もうクタクタ。歓迎はしてくれるんだけれど……」

「そうだろうな。想像はついてた」

と譲二はニヤニヤした。

二人はそれからすぐ実際的な相談に入った。

第一、冴子は半ば公用の旅だから、いつまでも頭痛や歯痛の口実ばかり使ってもいられない。本来、父に随伴して、父と全部行動を共にしなければならないのである。

そこから何とか譲二と会う時間を捻出《ねんしゅつ》しなければならないのだが、これはかなりむずかしい。

ふつうなら、適当な女友達をこしらえて、彼女によく言いふくめて、女同士で出かける擬装を作ってもらえばいいわけだが、ブラジルではそうは行かない。何故かというと、この旧教国《カトリック》では、いまだに、日没以後に女だけで歩いていれば、商売女と見做《みな》されても仕方がないという風習があるからである。良家のお嬢さんは、決してそういう振舞をしない。日没以後の外出には、必ず男が騎士《ナイト》としてエスコートしなければならないのだ。

どうせ男と出かけるなら、父に堂々と譲二をこの際、紹介してしまうのも一つの手だが、そこで二人の意見は微妙に喰《く》いちがった。

冴子の頭には、譲二とのデイトのあと、父に嘘を見抜かれた思い出が、にがくしみ込んでいる。それがブラジル行きを断わりにくくさせた直接の理由でもあるし、そのあと父の言った言葉が、わけても重くのしかかっている。父はこう言ったのだ。

「こうしていつまでも、お前を私の仕事の犠牲にするつもりはないよ。今度の旅からかえったら、放免してあげようと思っている。放免するとは、つまり、……そうだな、パパは約束しよう。今度の旅からかえったら、パパは本腰を据えて、お前のお婿さん探しをはじめよう。それが親のなすべき務めだもんな」

その言葉のなかの「お婿さん」に、父が、今夜娘がこっそりあいびきをした男を含めていないことは明白である。

含めていたら、わざわざ「お婿さん探し」などと言うわけはないだろう。

しかし一つ安心なことは、父が冴子の相手を知らないことで、もちろん初対面の譲二を、誰だとわかるわけもない。それならいっそ、……

と冴子の論理は飛躍するのだが、そこのところで、譲二の気持と微妙なズレが生ずるのだ。

何とかフィクションの筋書を作って、冴子が昔の男友だちと偶然リオで会ったことにして、正式に父に紹介すれば、そしてもし父に気に入られれば、譲二はかくて、「お婿さん」候補の一人になることになる。

しかし譲二は、どうしても、そこへ飛躍できないように見えるのだ。

だんだん話しているうちに、何の理由かわからないが、冴子には、譲二が父に会いたがっていないことがはっきりしてきた。

彼女はそれをあれこれ詮索《せんさく》することはやめにした。

それならそれで、何とか譲二を父に会わせずに、こっそり二人で会う方法を発見しなければならない。

これはずっとロマンチックな方策にはちがいないが、同時にずっとむずかしいことは目に見えている。

二人はこみ入ったトランプの手を考えるように、あれやこれやと考えた。何とかいい方法はないものだろうか？

そのあげくに出た結論は、冴子が、

「もう日本へかえりたい」

とダダをこね、父が困って、引止め策として、自由行動をゆるす、という案である。

今までアメリカでもどこでも、忠実な秘書であった冴子が、今度ばかりはノイローゼ気味になって、そんなダダをこねだすには、父が過度に心配せぬように、慎重な配慮が要る。

父が、

「ああ、そんならいいよ、先に一人でおかえり」

とか、

「よし、そんなら私も会議を途中でほったらかして一緒に日本へかえろう」

とか言い出したら、目算が狂ってしまうが、父の性格として、まずそんなことはない。責任感が強くて、しかも淋しがり、というのが肥《ふと》った父の、固有の性格であることは、冴子はよく知っている。

そこで譲二がこんな提案をした。

「そりゃいい考えだよ。それで君はお父さんにこう言うんだ。

『その代り、私の自由行動が絶対安全なように、安心できるお供をつけてね。力が強くて、忠実で、フェミニストで、相当年寄で、決してハンサムでない、というのなら、パパも安心なさると思うわ。でも黒人でなくて、そういう人いないかしら？』

そこでお父さんは、懇意のブラジル人にたのんで、信頼できるボディ・ガードをつけてもらうんだ。そうすれば、君はどこへでも好きなところへ行ける。

僕はちっとも困りゃしないさ。ラテン・アメリカの人間を、うまく馴《な》らすのにかけちゃ、僕は一寸自信があるんだ。

ボディ・ガードが決ったら、すぐ僕のところへ連れてきて、僕とその男だけで、一晩ゆっくり呑《の》ませるんだ。明日の晩にはそうしたいな。

それで僕は十分味方につける自信があるから、あさってから、君はボディ・ガードつきで、堂々と出かけ、行先で、僕が堂々と現われて、何時間でもボディ・ガードを待たせて、二人だけで愉《たの》しめるというわけさ。

結局、それが一番いい手だよ。

あと君は、二週間あまりここにいるわけだろう。

そして僕は一週間いる。その一週間の五日間だけは絶対にフルに会おうよ。そうして僕がここを発ったら、君はすっかり病気の治った顔をして、

『おかげ様でサッパリしました。あとの一週間は、前どおり一生けんめい働らきます。社交にも精を出して、ラスト・スパートをかけますわ』

と言ってごらん、お父さんは大喜びだから。

その一週間がすぎてしまえば、僕たちは又東京で逢えるんだからね」

これはいかにも行き届いたプランだったが、どんなボディ・ガードでも軟化させることができるという、譲二の得意の外交的手腕に、すべてはかかっているわけである。

冴子もそれを信ずるほかはなかった。

67

父とは、カクテルがすんで、父が一旦《いったん》ホテルへかえってくる時刻、午後八時に会う約束があった。

それまでには、もう一時間あまりしかない。

「今日は二人きりでいられるのは、もう一時間だけね」

「仕方がないさ。今日は秘密計画の打合せ会議だもの。とにかく、ちょっとの間でも、散歩をしようよ。そうだ、プラサ・パリスへ行かない？」

そんな話をしていると、冴子には、何だか譲二が、遠い国から突然あらわれた幻影という感じよりも、ずっと身近にいてくれる日常的な存在に思われてくる。

その理由の一つは、明らかに、譲二の旅馴れた、というよりも、外国馴れのした態度で、彼にとってリオははじめて来た土地だそうだが、東京にいるときの彼と少しも変らないのである。

その落着きよう、その自然な物腰、……彼の目には、コパカバナ・ホテル・パラセも、東京の帝国ホテルも、一向に変りがないらしい。さすがにポルトガル語は話さないが、ボオイにはフランス語で、冗談なんか言っている。ブラジルでは、英語よりフランス語のほうがよく通じるのである。

これらのことは譲二の商売柄当然と云えば当然だが、こうして外国にいる譲二をはじめて如実に見た冴子は、彼のむかしのいろいろなエピソードと思い合せて、今こそ「譲二そのもの」「譲二の本質」「譲二の真面目《しんめんぼく》」に触れた思いがする。

彼は、せまい日本に住んでいがみ合っている日本人ではなく、やはり少年のころから、世界のひろい空を知ってしまった人間なのだ。

ふつうの女性に比べて、この年齢で、比較的外国をよく知っている冴子ですら、譲二の足もとにも遠く及ばない。経験がちがう。孤独の分量と質とスケールがちがう。……ここで見る彼こそ、本当の、さわやかな自由人の姿だった。そしてここで思い出す彼のいろんな女とのエピソードは、日本できいたときとちがって、青空のようにカラリと晴れた感じに浄化されていた。

『私たちは日本にいて、しらずしらず、せせこましい道徳観念と因習のとりこになっているんだわ』

と冴子が考えているうち、譲二ははやタクシーを止めて、プラサ・パリスへと命じていた。

コパカバナの東端のトンネルを抜けると、旧市街がひらけて来、枯木の並木のそばに鬱蒼《うっそう》とした熱帯樹が茂っていたりして、そこかしこのそういう小さい広場のまわりに、古いポルトガル風の建築が、黄や桃いろに彩られて、点《とも》りだした街灯のために、一そうロマンチックに見える。

リオの薄暮は長く、夜も青かった。

プラサ・パリスは、海ぞいの公園へつづくひろい広場《プラサ》で、繁華街の中心をなすシネランディアからも遠くないのに、日本の公園とちがって、深閑として、そぞろ歩いているのは、恋人たちばかりだった。

二人は海へ向って歩いて行った。大噴水は今日は水を出していなかったが、海ぞいの遊歩路をめぐる灌木《かんぼく》の並木は、それぞれが、小鳥や、馬や、象や、花籠《はなかご》や、巣箱や、駱駝《らくだ》の形に刈り込まれて、灯を浴びて、暗緑色の彫刻のように見えた。

それらの間から、リオの港に停泊している多くの船の灯が見え、海へ近づくにつれ、灯をつけて走ってくるランチの唸《うな》りもきこえた。

そして、ふりむくと、町の空高く、コルコバード丘上の、手をひろげた白い巨大なキリスト像が、照明に照らされて浮んでいた。

二人は海ぞいの石の欄干によりかかって、唇を合わせた。

一体、こんな女房気取が冴子にあったとはふしぎだが、譲二の自由すぎる振舞が心配で、

「ねえ、急に休暇なんかとって、会社の方は大丈夫だったの？」

ときくと、朗らかな答が返ってきた。

「大丈夫だろ。もし大丈夫でなかったら、又井戸掘りでもやるさ」

68

計画は実にお誂《あつら》え向きに運んだ。

冴子の芝居も巧《うま》かったことがあるが、父が一度その条件を呑んで、懇意になったブラジル人の社長に電話をかけると、あくる日の昼には、折紙附の候補者が十人も現われて、父子《おやこ》は昼食前に、ホテルのロビーで人物銓衡《せんこう》をやることになった。

これは正に、ブラジル人の老人の大展覧会というべきだったろう。父と通訳と三人でロビーへ下りて行った冴子は、そこに集まっていた十人の初老の男たちが、一せいに立上って、うやうやしく礼をするのにおどろいた。

すべての男が、冴子にあこがれの目を向けて、騎士のような態度でお辞儀をした。老人と云っても、腕におぼえのある連中ばかりだから、図体《ずうたい》は大きいし、拳闘家《けんとうか》くずれとみえて、鼻のつぶれた胡麻塩頭《ごましおあたま》もいる。それがみんな、最大級にめかしこんでいるのである。

そばへ寄ると、何だか香水の匂いもするようで、胸のボタン穴にバラの造花をつけているのもいれば、ピンクのネクタイをしたのもおり、胸ポケットのハンカチは、アメリカ風のTV型は一人もいず、ことごとく南米風に花やかにハンカチの花を咲かせている。

いずれも背筋を正し、こわい顔に一生けんめい優雅なる微笑を湛《たた》え、ごつい指に金の指環を光らせ、中には入歯の口もとをモゴモゴ動かしているのもあるけれど、概して、カンヅメぐらい平気で嚙《か》み開けてしまいそうな丈夫な白い歯を見せている。

ボオイに別の小さなテーブルを出させ、そこに父が坐《すわ》って、一人一人面談することになったが、その間もやかましいことおびただしく、ひたすら冴子のほうを見ては、囁《ささや》き合っている声が、例の、

「何と美しい」

「聖母のようじゃないか」

と云った噂話なのである。冴子はこの年になってもこれをやっているのかと呆《あき》れたが、あまりうるさいので、父は銓衡中、何度か、

「お静かに」

と怒鳴らなければならなかった。

冴子は、大童《おおわらわ》になっている父が気の毒で、こんな仕事は譲二に替ってもらえばいいと思ったが、それは無茶というものだった。しかし、この人選は本当は譲二がやるべきなのであって、一体どんなタイプの老人が一番御し易いのか、冴子には見当もつかなかった。

十人はすべて、一流の社長の折紙附で、人格識見ともに一点非の打ちどころのない人物ばかりだそうだから、いくら見かけがこんなでも、なかなか妥協してくれないのではないか、と心配である。

第一の候補者が、机の前へ進み出た。

名前は父の手許《てもと》のタイプしたリストに、

「ホセ・アルメンダリス」

と書いてある。

ロマンチックな名前に似合わず、六尺ゆたかの大男で、六十五歳だそうだ。父が経歴を見ながら、

「もとレスリングをやっておられたそうですね」

と云うと、通訳のポルトガル語に対して、英語も出来るということを見せたかったらしく、とんでもないブロークンな英語でしゃべり出した。それがどうやら、

「この美しいお嬢さんの護衛としては、自分ほどの適任者はない」

という大演説らしいのである。

見ているだけで汗が出てくるのだが、大きな目の瞳《ひとみ》を上下左右へ動かしながら、シミの浮き出た大きな手をふりまわして、国連代表演説みたいなのをはじめたので、通訳もお手上げになり、

「何を言っているのか、さっぱりわかりません」

ということで、匆々《そうそう》に落選した。

「第一、こんなにお喋《しゃべ》りでは、冴子もやりきれまい」

と父が渋面を作って呟《つぶや》いたので、冴子はおかしくてたまらず、笑いをこらえるのに往生した。今はどうしても父のかたわらで、聖女のように聖《きよ》く美しく、無表情に、威厳を作って坐っていなければならないのである。

第二は、ボクサー出身だというだけあって、鼻がつぶれ、見るからに人相凶悪で、その上、お腹《なか》が山のようにせり出していて、いくらボディ・ガードでも、冴子はこんなのを連れて歩くのはイヤだった。

第三は、一番紳士風だったが、あんまりお洒落《しゃれ》で、一分のスキもない恰好《かっこう》をして、父と話している間も、しきりに冴子にウインクして来るので、これも落第だった。

あれやこれや、一長一短で困っているうちに、第六番の、

「ロドリゴ・モレロ・ヌニェス」

というのが、見どころがありそうだった。

髪は胡麻塩だが、よく手入れしていて、顔は皺《しわ》だらけだが、バラ色をしている。ゴツイ顔だけれど、どことなく落着きがあり、質問にも的確に答える。英語もそう達者ではないが、日常会話は通じるらしい。フランス語も巧い。

経歴を見ると、おどろくばかりであって、
「柔道
ボクシング（プロ歴五年）
レスリング（プロ歴一年）
文学博士、趣味は詩作」
と書いてある。この文学博士というのは、晩学で大学でフランス文学をやり、日本で云えば文学士というところであろう。六十五歳に見えぬほど若々しい。
長い経歴を見てゆくと、小さな会社の社長もしており、生活に不自由していると思えないので、父が志望の理由をきくと、通訳を通じて、ゆっくりゆっくり、語りはじめた。
「自分は十分生きてゆけるだけの財産も持っており、何不自由のない身分である。孫もおり、息子や娘もそれぞれ立派に独立しており、妻も死んで、今は楽隠居をしようと思えばしていられる。
しかし自分の中には、古い祖国ポルトガルの中世騎士道へのあこがれがあって、この年になっても、美しいけだかい淑女のために奉仕したいという気持が失《う》せない。もちろん恋愛というような不純な感情ではないが、この通り自分は、老いたりといえども体力はあり、戦っても負けないだけの腕はあり、ひたすら美しい淑女を衛《まも》ってあげて、何事も、彼女の意に任したいというのが夢である。淑女の云われることには何事によらず服従し、決して意に逆らうようなことをするつもりはない。しかし一旦《いったん》淑女の身が危険にさらされれば、身命を賭《と》してお護りする覚悟である。

ただ一つゆるしていただきたいのは、自分には詩作の趣味があり、折にふれての詩作をお耳に入れたいと思うことである。それも自分の詩は、本当に美しい淑女へのあこがれからのみ生れるものであり、それ以外にインスピレーションの泉はない。失礼ながら、拝見したところ、お嬢さまはあこがれの国日本から見えたもっとも美しい宝石であって、自分が夢にまで見た理想の女性である。こういう方のためなら、自分は何を捧《ささ》げてもいいと思うし、すでに頭の中は新らしい詩の霊感でいっぱいになっている。こういう方の護衛ができるならば、自分は幸福のあまり、死んでしまいそうである。

今も一つ出来かけたのがあるから、きいていただきたい。……

……………………。

はるかなる日本の
真珠の一粒
波に運ばれ

波間にかがよい
到り着きぬ
椰子《やし》の岸べに。
魚族《いろくず》の背に
運ばれし姫
今はクルゼイロ・ド・スル（南十字星）となりて
わが上にかがやく」
通訳を通してきいている冴子は、あんまり感心した詩だとは思わなかったが、わからないポルトガル語できいている分には、ちゃんと韻も踏んでいて、この即興詩はなかなか美しい。
この調子で毎日毎日詩をきかされるのを我慢しさえすれば、一切こちらの意に逆らおうとはしないと誓っているんだし、この人あたりで決めなければ決るまいと思っていると、
「どうだね」
と父も半ば賛成の意をこめながら、冴子をうかがった。
「この方がいいんじゃないかしら？」
「そうだね。私もそう思う。これならそんなに容貌魁偉《ようぼうかいい》でもないし、礼服も自前の

を持ってるだろうし、どこへでも連れて行ける。これならまずお父さんも安心だ」

「じゃ、決めて下さる？」

とあくまで冴子は、父の意向で決めるという風に仕向けていた。

「いいだろう」

と父は言って、のこりの四人の銓衡《せんこう》は、いい加減に切り上げ、ロドリゴだけをあとに残した。ロドリゴ老人は、感激に身を慄《ふる》わせていた。

69

さて、冴子には、そのあとにもっと大切な仕事が残っていた。

「じゃテストに、この人と一緒に一寸《ちょっと》散歩に出かけてみますわ」

「そうしなさい。ホテルで昼飯をすませてからにしたら？　私はどうせこれから昼食会に出なければならない。ああ、いやだ、いやだ。冴子について行って、少しのんびりしたいよ」

父について来られては、みんな水の泡だから、冴子はあわてて、

「ダメ。お父さまは公人だから。頑張らなければダメよ。東京へかえってから、ゆっくりあそばせ」

「何たる薄情な娘か。東京へかえったら、ここ以上にゆっくり出来ないことは承知じゃないか」

と父はブツブツ言いながら、通訳を連れて出て行った。

——ロドリゴと二人きりになると、冴子は彼を待たせておいて、譲二に電話をかけた。

「大体よさそうな人を選んだわ。お昼ごはんを一緒にしないこと？」

「いいね。それじゃ、僕の知合いの顔でヨット・クラブで食事ができるから、その人にも僕が奢《おご》ろう。但し、できれば、前以《もっ》て一応因果を含めておいてね」

「ええ、万事ＯＫよ」

と冴子は、子供らしい陰謀のたのしみに熱中した。

ロドリゴは、又詩でも出来たらしく、ロビーの天井を見上げて思いに耽《ふけ》っていた。

「お待たせしました。これからヨット・クラブでお昼にしましょう」

と冴子は英語で言った。

「はい、それは結構ですが、ヨット・クラブは会員制ですから、誰かの会員の紹介が要ります。私が早速、会員をつかまえて……」

「いいんですの。日本の紳士がお昼に呼んで下さるの、あなたと一緒に。……それでね、ロドリゴさん」

「ロドリゴと呼び捨てにして下さい」

「はい、ロドリゴ。あなたはさっき仰言《おつしや》ったように、私の意志には一切反しない、って誓って下さるわね」

「はい、誓います」

とロドリゴはグローヴのような巨大な手をひらいて誓った。

「では、私のためならどんな嘘でもつけて？」

「はい」

「お父さまに何をきかれても、いつもあなたと私と二人きりで出かけた、ということにして下さる？」

「はい」

「お父さまは、毎日出かけた処《ところ》と時間をリストに作って出せ、と仰言ったでしょう」

「はい」

「それを時々、私の意志で変えて下さるわね」

「はい」

「お願いしたら、その時だけ席を外して下さるわね」

「いいえ、それはいけません」とロドリゴの態度は、急に厳然とした。「いかなるところでも、私はお嬢さまにお供いたします。危険というものはどこに待伏せしているかわからぬもので、私はそれを経験上よく知っております。ですから、お嬢さまは何をなさろうと御随意でありますが、いついかなる場合も、私は影が形に添うごとくお供していると御承知下さい」

「それならそれでもいいわ」

と冴子は多少呆《あき》れて答えた。

窓から外を見ると、今日は夏のような強い日ざしで、コパカバナの浜は昼食からシエスタの時間で人数は少ないけれども、ビーチ・パラソルが砂に落している影の強さを見ても、泳ぎにふさわしい午後になることはわかっていた。押し寄せる大西洋の大波の、砕けようとする波頭のまばゆい白さにも、今日は熱帯の強い日の活力が感じられた。

『もう今日からシエスタはやめだわ』

と冴子は晴れ晴れと決心した。

そして今日の午後を、ヨット・クラブのしずかなプールで譲二と泳ぎくらす愉《たの》しい期待に熱中して、又ロドリゴを待たせて、部屋へ水着を取りに行った。

譲二はどんな水着が好きだろう。

セパレートやビキニの水着はあんまり露《あら》わで、ものほしそうでいけない。なるたけシンプルなデザインの、人魚みたいなかがやく瑠璃《るり》いろの水着はどうだろうか？　彼女はいろいろと水着を物色して二着をどちらとも決めかねて、どちらも持ってゆくことにした。

——ヨット・クラブは、リオの上流人士の集まる美しいクラブだった。大きなプールもあり、上等なレストランもあり、遊歩路のあるひろい海ぞいの庭もあり、シエスタのための個室もあった。ここではカーニバルのとき、テアトロ・ムニシパール（市立劇場）に次ぐ、豪華な仮装舞踏会がひらかれるのであった。

譲二は紺のイニシアルのある白いブレザーの姿で待っていた。

もう譲二が、自分の行ける場所にちゃんといるということが、冴子には奇蹟《きせき》ではなくなっていたが、同時に、幸福が純粋な結晶のまま、日常生活のなかに入りこんでいるという意識はすばらしかった。

「御紹介しましょう。こちら、セニョール・ロドリゴ・モレロ・ヌニェス、元レスラー、元ボクサー、そして文学博士」

「そして詩人」

とロドリゴはニコニコしながら附け加えた。

「プロフェッショナル・レスラーでしたか？」

と譲二が慇懃《いんぎん》にきいた。

「はい、しばらくの間」

「僕もかってそうでした。握手しましょう」

と譲二が言ったので、そんなことをきいたことのない冴子はおどろいた。この人はどこまで人の知らない歴史の持ち主なのだろう。

「食事がすんだら、二人で思いきり泳がない？　私、水着を持ってきたわ」

と冴子は戸外の強い日光を横目で見ながら言った。

しかし譲二は思ったほど反応して来なかった。

「それもいいね。しかし僕は水着が……」

「あら、入口で売っていたわよ。お買いになれば？」

「うん、それはあとで考えようよ」

——蒸した蟹《かに》をちぎっては、豊富なレモンをかけながら喰《た》べる午餐《ごさん》はすばらしく美味《おい》しかったし、譲二が選んだ白葡萄酒《しろぶどうしゅ》もみごとなもので、ロドリゴは相好を崩して喜び、譲二の人あしらいに魅せられていた。

「私は何人も日本人に会ったが、こんなシンパチコな日本の紳士には会ったことがない。失礼、あなたのお父さまを除いて」

とほろ酔い加減で、ロドリゴは冴子の耳に囁《ささや》いた。

食後、テーブルから立つと、譲二と冴子はすばやく日本語で、

「ほら、巧《うま》く行ったろ。僕が口説く手間さえ要らなかった。みんな君の魅力のせいだよ」

「いい人にぶつかったわ」

そう言ってるところへ、

「又、詩が出来ました。英語に飜訳《ほんやく》するのはむつかしいから、ポルトガル語でやります。四行詩ですから、すぐすみます。これは、白葡萄酒の天上の味も、日本の美女の美なくしては、汚れた水たまりの水を味わうに等しい、という意味の詩です」

と言って、ペラペラと何か歌った。

「相当なもんだね」

と譲二はおどろいていたが、

「さあ、泳ぎましょう」

と冴子がはしゃいで誘うと、彼の顔には、又得体の知れない逡巡《しゅんじゅん》があらわれた。

「そうね……あんまり気が進まないな。君が泳いでいるのを、見物していようか」

「それじゃつまらないわ」

とこの午後の期待が裏切られた淋しさに、冴子は曇った表情になったが、ひょっとすると譲二は泳げないのを恥かしがっているのかもしれないと思い、それ以上強いて気まずくなってもつまらないと思い返した。

二人はそこで、熱帯樹の茂みが美しい庭の涼亭《ちん》へ向って歩きだした。うしろに数歩離れて、ロドリゴの黒い影を感じながら。

「ねえ、何か話して？」

と冴子は子供のようにねだった。

70

「この庭は近東風の趣味なんだな」と涼亭に落ちつくと、譲二はあたりを見まわして言った。「まわりの幾何学的な薔薇園《ばらえん》もそうだし、第一、うしろから、お供が詩を吟じながら、ついてくる。イランでは何でも、園丁が何か粗相をして主人にお詫《わ》びするときは、ちゃんと韻を踏んだ詩でお詫びするんだってさ」

なるほど、海風が吹きめぐるその庭には人影もなく、キチンと配列された花園といい、蔓薔薇《つるばら》をからませた涼亭のこまかい透かし彫の具合といい、遊歩路の並木といい、いかにもブラジル離れがして、お金持の会員たちが、金に飽かせて作った趣味の庭という感じがあった。

庭の外れには、しかし、色さまざまのヨットの帆が動いていた。それらの小さなヨットは、あたかも大きな女王蜂のまわりに群がる働らき蜂のように、巨大な汽船のようなヨットのまわりに群がっていた。海風はかなり強く、こんな潮風のなかでバラが平然と咲きみだれているのは、バラまでも、カリオカ（リオデジャネイロ市民）らしく、多少無神経な、自己陶酔的ロマンチストであるらしく思われた。

「ねえ、何か話して」

と子供らしくねだりながらも、冴子はそれが、ただの愛情を求める甘ったれと思われないように、いつものキッパリした口調でつづけた。

「あのね、リオへ来てから、私、少し心境の変化があったのよ。こんな恋の国にいると、あなたの昔のいろんなエピソードが、とても自然に思えてくるの。日本みたいな難しい国にいて、ああいうお話をきくときは、しらずしらず、日本人のうるさい反応のなかに同化してきいてしまうけれど、ここにいるとあの海風みたいに、さわやかにきけるような気がするのよ。だからもう人の噂ではなくて、あなたの口から、昔のいろんなお話をききたくてたまらなくなったの。ここでなら大丈夫だと思うのよ」

「そりゃここでなら大丈夫だろうが」と譲二は明らかに躊躇《ためらい》を見せて言った。「近いうちに二人とも日本へかえるんだし、厄介なのは人間の記憶という問題だよ。君がしつこく憶えていて、十年二十年あとにむし返されたらかなわんものなあ」

この「十年二十年」という言葉ほど、冴子の心に、漣《さざなみ》のように静かな幸福を運んだものはない。それはもう譲二が、未来の生活を、冴子なしには考えていない証拠であった。

「でも、あなたのお話は、井戸掘をはじめとして、いろんな人から、いろんな風にきいているのよ。その中には中傷もあると思うし、ウソもまじっているにちがいないと思うの。私は何も自分で詮索《せんさく》してきいてまわったわけじゃないけれど、ふしぎなめぐり合せで、次々とあなたのエピソードをきくようになったんだわ。今なら、本当に素直な気持であなたの過去を、あなたから直接伺えるような気がするのよ。いろんなことを話して下さらない？　さっき仰言《おっしゃ》ったプロ・レスラーなんてのも初耳だわ」

「そりゃそうだな。みんなの口から君の耳へどんな伝説を吹き込まれているか、わかりゃしないんだから。尤《もっと》も井戸掘りの話は本当だけどね」と彼はまじめに附加えた。「じゃ話すけど、いつも僕には女の話がくっついてくるのは許してくれな。チェッ、こんなことを話せば、どうせあとで損するに決ってるんだけどなあ」

とこぼしながらも、譲二は語りはじめた。

71

「僕のロンドンでの一件は須賀さんからきいたろう」

と譲二はそれでも、目の色を深くして、自分の過去の物語に対する自己検閲を怠らなかった。いくら何でも、あんまり冴子を不愉快にさせるエピソードは、カットして行かなければならないのだ。

「ロンドンで身を隠してから、僕はトロカデロ・クラブで、バーテンダアをやっていた。

今の僕の酒の技術は、ここで憶えたのが基礎になっているんだけど、僕はもともと、よほどサーヴィス業が好きな性分に生れついているんだなあ。

お客の前でシェーカアをふり、仏頂面《ぶっちょうづら》をしていながら、お客が相手ほしやの冗談を言えば、すぐいちばん適切な洒落《しゃれ》た返事をする、そんなことで気に入られてチップをもらう、……見ようによっては下らないことだけど、僕はそういう粋《いき》で目立たない神経の使い方をするのが、とても好きなんだ。

ここでせっせとまじめに働らいて、ためた金が五千ドル、十七、八の子供にとっては、ちょっとした大金だ。よっぽどそのまま日本へかえろうと思ったけれど、あんな小さな牢《ろう》のような国へかえれば、二度と逃げ出せなくなる、よし、今のうちにたのしんでやれ、と思った僕は、馴染《なじみ》の女を連れてヨーロッパへ飛んだんだ」

「その女って何人？」

「イギリス人さ」

「例の金髪とはちがうの？」

「ちがう、ちがう、もっと素直なかわいい娘だった」

言いかけて、冴子に抓《つね》られたので、譲二は、

「痛えなア。その娘《こ》ともすぐあとで別れちゃうんだよ。おしまいまできけよ。でも、よした。アザだらけになっちゃたまらんからな」

「よしちゃダメ。もう抓らないからお話なさい」

冴子はちらとうしろを窺《うかが》ったが、ロドリゴはバラ園の中の並木の木かげに腰を下ろして、悠々と葉巻を吹かしながら、あたりを眺めていた。

「それで？……」

「じゃ、もう抓らないね。僕はその娘《こ》を連れて、パリへ行き、パリのサン・ジェルマン・デ・プレのバアのバーテンになったり、観光ガイドになったりしながら、半年ばかりゴロゴロしていた。

その間にパリという町の裏表がすっかりわかった。女ともだんだん仲が悪くなった。いよいよパリを出る時は、もう女とは決定的に悪くなっていて、僕も心機一転したい時期だったんだな。

ブラッセルまで行って、その晩ブラッセルのホテルで大げんかをして、そのまま

女と別れてしまった。そうしたらそのあくる日、ハンブルグから遊びに来ていたドイツ人の女子学生と友だちになってしまったんだ」

「まあ、お忙しいこと！」

「茶々を入れるのはよせよ。その娘《こ》が国へかえるとき、一緒にハンブルグまでついて行ったのはいいけれど、それまでにパリの半年で五千ドルの貯金は費《つか》い果していた。ハンブルグでは一文なしなんだ。

女も貧乏学生だし、二人で暮していて金はなし、途方に暮れているときに、プロレスの切符をくれた人があって、二人で気晴らしに見に行ったんだ。

それが又実に気の抜けた試合で、芋虫みたいなレスラーがゴロゴロころがり合うばかりで、ちっとも面白くない。そのくせお客が、腹も立てないで大人しく見ているのが、余計腹が立つ。

こっちも金がなくなって、イライラしていたんだな。

『ナマケモノ！』

『そんな試合で金がとれるか！』

『豆腐の角に頭をぶっつけて死んじまえ』

なんていう意味のことを、ドイツ語でさんざん怒鳴ってやった。

ほかのお客が行儀がいいので、僕の弥次《やじ》の目立ったこと！　その上、女子学生も僕と一緒になって金切声をはり上げるもんだから、退屈な試合より、こっちのほうが、よっぽどお客の注目の的になった。

第一、東洋人の大男がドイツ娘とくっついて坐《すわ》って、ドイツ語でわめきつづけ、娘は娘で、

『だらしがないわね。私のこのボオイフレンドは、柔道が強いのよ。柔道でも習ったらどう？』

ジウダウ、ジウダウ、と怒鳴るので、僕はよほどいっぱしの柔道家に見えたらしい。

一試合すむと、黒眼鏡をかけた、ひどく尖《とが》った顔をした男が、僕の席へやって来て、

『まことに申しかねますが、楽屋まで御足労ねがえるでしょうか？』

とイヤに丁重に挨拶《あいさつ》して来たので、僕も女友達も少なからず緊張した。

行ってみたら、そこには肥った紳士がいて、ニコニコして出迎えて、僕の体にさわってみて、

『うむ、これはなかなかいける。どうです、柔道が強いそうだが、ウチの試合に出る気はありませんか。ファイト・マネーは一リング二百五十ドルでいかがです』

僕は渡りに舟だから、即座にＯＫし、女子学生は飛び上った。

あくる日から、なまりになまっていた僕の体の訓練がはじまった。何だか心身共によみがえったような気がして、僕は激しいトレーニングに耐えた。それに負ける心配のない試合だから安心だ。

僕のパートナアは、つるッ禿《ぱげ》のアラビア人でジョナサンという、雲つく大男。これが悪役で、僕は何度かこいつにスレスレのところまで追いつめられて頑張って、お客の同情をひいたのち、最後に決定的勝利を占めるという、二枚目且つヒーローと来ているから、この筋書は僕の気に入った。

ハンブルグの辻々に、僕の写真入りのポスターが貼り出された。

ヤパーニッシェル・ジュードーマン

ジョージ・デル・グローセ

（日本人柔道家「偉大なるジョージ」）

というわけだ。

当日の試合の人気は大へんなもので、前売切符は売切れ、例の肥ったプロモータアは大喜びしていたが、思わぬところから横槍《よこやり》が出た。

これが日本領事館の耳に入って、例のとおり、根性のせまい日本人が、『国辱』だの、『在留日本人の面汚し《つらよごし》』だのと言いはじめ、僕はアッサリ、出国勧告を喰《くら》ってしまった。

へんなものでそんなゴタゴタから、女子学生との仲もヒビが入り、僕は再びわらじをはいて、北欧デンマルクのコペンハーゲン目ざして、ドイツを発った」

72

「コペンハーゲンでは世にもおかしな経験をした。コペンの有名な遊園地ティヴォリへ一人で行って、美しい木立の間にまわる空中観覧車の灯や、木の枝から枝へかけた色とりどりの豆電気、さまざまな色にかわる噴水などの間をぶらぶら歩きながら、『リリオム』の主人公みたいな感傷にひたっていると、一人でブランコに乗っている美しい少女を見つけた。こっちがニコリとすると、むこうもブランコを止めないで、ニコリとして、スカートをひるがえしている。抜けるほど色が白くて、服装なんか子供っぽいのに、体はとても一人前に発育しているのがわかるんだ。(きいている冴子には、こういう肉体的感想だけは、あんまり愉快でなかった)。やがて彼女はゆっくりブランコから下りて来て、僕の前に立ち、僕らは名乗り合った。彼女の名はインゲと云った。

友だちができたので、僕は俄《にわ》かに快活になり、二人で遊園地の中のあらゆる乗物を乗りまわった。

夜がおそくなって、別れの時刻が来て、僕が彼女のアパートまで送って行くと、入口のところで、インゲはなかなかキッパリ別れる様子を見せない。僕は内心『〆めた』と思って、そのままインゲのあとをついて、アパートの階段を上った。

インゲが自分の部屋のドアをあけた。灯があかあかとついたかなり広い居間が目の前にあらわれた。その中央のテーブルを囲んで、四人の老婆がいて、一せいにこちらを見た。

一瞬、僕はよくわからなかったが、老婆たちはみんな六十恰好《かっこう》で、そんなにヨボヨボというのではないが、年に似合わぬ派手な服を着て派手な化粧をして、明るい光りの下にいるものだから、一そう化物じみた老いが際立って見えるのだ。

僕はにこやかにテーブルへ迎えられたが、内心何だか気味がわるかった。

ひょっとすると、これはインゲの母や伯母《おば》たちで、今夜こうしてかりそめにインゲと知り合っただけで、この人たちの前で、強制的に結婚の約束をさせられるのかもしれない。これは困ったことになったぞ。見るとインゲは、僕のそんな表情を少しも察せず、幸福そうに、デンマルク語で老婆たちに、僕と知り合った次第を話しているらしい。

そのうち老婆たちがデンマルク語で相談をはじめたが、そのうちの一人が、何だか桃いろのボロきれを体じゅうに巻きつけたような派手な老婆で、口の上に薄髭《うすひげ》の生えたのが、少し英語が喋《しゃべ》れるらしく、一同を代表して、下手な英語で僕に話しかけてきた。

とてもニコニコして、とても丁重な口調なのだが、言うことは単刀直入を通りこしている。

『日本人の若い紳士よ。あなたはインゲが好きなのだな』

『そうです』

『それでは今夜インゲと寝たいのだな』

『ええと……はあ……そうです』

『寝たいのか寝たくないのか、どっちなのか、はっきり答えなさい』

『寝たいのです』

『よろしい。あなたは実に、若くて、いい体格をしていて、魅力的な青年である。インゲが好きになったのもムリはない。私たちもみんなあなたが好きだ』

『どうもありがとう』

『インゲと寝ることは結構だが、その前に一つ条件がある』

『どんな条件ですか？』

『私たちはみんなあなたが好きなのである』

『それはわかりましたが、どんな条件ですか』

『だから、私たち四人と一緒に寝たあとなら、インゲと寝てもよろしい』

僕が、アッと叫んで、真蒼《まっさお》になって逃げ出したのも当然だろう。

ドアをあけて、階段をころがり落ちそうに駈け下りて、一目散に、僕のホテルまで、どんな風に逃げ帰ったか、よくおぼえていない」

そこまで話すと、呆《あき》れてきいていた冴子もさすがに笑い出したので、譲二は話に一息入れた。

「どうだい？　まるで怪談だろ」

「こわい話ね。でも天罰テキメンだわ」

「しかしね、僕は階段をころがり落ちんばかりに駈け下りながら、たしかに背後に、四人の老婆の大笑いをきいたような気がするんだ。

彼女らが大笑いしていたとすると、あれはただ性《たち》のわるい冗談だったのかもしれない。娘の純潔を守るために、四人の老婆が共謀して、毎度青年の訪問者を慄《ふる》え上らせる芝居を打っているのかもしれない」

「でも、そのときのインゲさんの表情はどうだったの？」

「とてもインゲの顔なんか見てるひまはなかった」

「よっぽどあわてていたのね。でも冗談ばかりでも辻褄《つじつま》の合わない部分があるわ。入口では、インゲさんが、あなたを誘い入れるような態度をしたんでしょう」

「それはたしかだ」

「それならインゲさんは、たしかにあなたと別れたくなかったんだわ。お婆さんたちも四人とも、本当にあなたが好きになってしまったのかもしれないわ。みんな本当の話かもしれないわ。あなたがうしろにきいた大笑いは、みんなの泣き声だったのかもしれないわ」

「ゾッとするな」

と言いながらも、譲二は、冴子のこんな修正に満更でもないらしかった。誰でも笑われるよりは、泣かれるほうが、まだマシに決っている。

「それで、……あなたのボクシングの経歴のほうはどうなの？」

「こいつかい？」と譲二は、今はザックバランに、自分の少し曲った鼻柱を、ポンと拳固《げんこ》で叩《たた》いてみせた。「これは、ずっとあと、日本へかえって来てからの話さ。コペンからロッテルダムへ行って、そこから日本の船に乗せてもらって、その途中で君も御存知のマダム・ザルザールの事件が起って、それから日本へかえって来た。

昭和三十三年のことだった。

父はロンドンで僕が失踪《しっそう》したとき以来はじめて会うわけだから、涙を流さんばかりにして出迎え、それから三ヶ月ほど僕は家に大人しくしていた。父は僕のためにいろいろ就職口を探してくれたが、どれも固い退屈な職業ばかりで、僕には合いそうもなかった。そうしているうちに、父子《おやこ》の仲は又険悪になり、僕はとうとう家を出てしまったんだ。

それからというもの、僕はあらゆる職業を遍歴したよ。井戸掘りをやったのもそのころだけど、少し金ができたので、ボクサーになろうと思って、ボクシング・ジムへ通い出した。プロのライセンスをとったところに、立川ベースでアメリカ人と試合をやる話が来た。これがあんまりいい話じゃなかったんだ」

73

「君はボクシング・ジムへ行ってみたことがあるかい?」

と譲二は、港を出るヨットの遠ざかってゆく橙色《だいだいいろ》の帆のかがやきを、目を細めて見送りながら、きいた。

「いいえ」

「試合を見たことは？」

「いいえ」

「うん、それで及第だ」

と彼は微笑の歯を見せた。

「それ、どういう意味なの？」

「僕はボクシングを見に来る女が大きらいなんだ。あれは女が見るものじゃないよ。ボクシングの試合を見に来て、髪をふり乱して昂奮《こうふん》して、真紅な人喰《ひとくい》人種のような唇を大きくあけて、

『もっと！　もっと！　何さ！　しっかり！』

などと叫んでいる女を見ると、僕はひどくワイセツな連想をしてしまう。女があんなに下品に見える瞬間はないな。僕はアル中の女とボクシング・ファンの女は、心の底から大きらいだ。どっちもフラストレーションの固まりの、ひどく下品な女なんだ」

冴子は自分がボクシングが好きなわけではなし、譲二のこの偏見に、強いて異を樹《た》てる必要もみとめなかった。ちらと、自分のうしろのロドリゴの影を見る。あれもプロ歴五年のボクサーだし、今目の前で話している譲二にもプロ・ボクサーの経歴がある。

ボクシングというスポーツは、ひょっとすると、女の目にふれぬところで、男性が自分を神秘化したいとねがう欲望のあらわれではないだろうか？

「そんなに女のファンがおきらいなら、ボクシング・ジムはあなたにとっての神殿みたいなものだったんでしょうね」

「その通り。君は実に頭がいい」

と譲二は我意を得たという表情をしたけれども、「君は実に頭がいい」などという失礼な褒められ方をしたことのない冴子は、そう言われて腹も立たない自分がふしぎであった。

「そこでね、ボクシング・ジムでの練習は僕はきらいじゃなかった。

あのパンチング・ボールのカタカタ、カタカタという連続音、縄飛びをしている連中のリズミカルな動きと縄の小気味のよい緊張、かれらのボクシング・シューズの靴先の小まめな舞踏、リングにかけられた汗と鼻血によごれたタオル、ジムへ深くさし入ってくる黄いろい凄惨《せいさん》な夕日……、そういうものはみんな好きだった。

それからスパーリング・グローヴのはめ心地と、ヘッド・ギアーのいかつい兜虫《かぶとむし》のような物々しさも好きだった。朝の川堤のロード・ワークも、その苦しい兎跳《うさぎ》びも。

しかし、試合は全く最低だった。試合の前々日、ジムのオウナーが、減量の心配のない僕に晩飯をおごってくれて、親切すぎる口調で、こんな風に言い出したとき、僕はもう子供じゃなかったけれど、正直のところ幻滅した。

『なあジョージ。お前も世間は知ってるだろうから、俺の立場もわかってくれてると思うが、今度の試合は、ひとつ俺の顔を立てて、泣いてくれよな』

泣いてくれ、というのは、八百長で負けてくれ、という意味なんだ。

同じ八百長でも、プロ・レスで勝つ役になったときは、平気で承知しておきながら、負ける役にされるとガッカリするというのは、われながら勝手だけれど、不愉快なままに、僕は、OKしてしまった。

立川ベースの試合の日、朝から僕はイヤな気分だった。

負けると決ってるものなら、不摂生の限りをつくして早くノビちまえばいいようなものだが、負け方もなかなかむずかしくて、何ラウンドで、どういう風にしてのびるということがちゃんと決められているので、こっちもそういう風に本当らしく持って行かなければならないのだから、骨が折れる。

オウナーに八百長をOKしたとき、すでに涙金をもらっているのだから、どうしたって負ける他はないのだが、ジムで練習しているときから、僕には妙なファンができていた。

立川の洋パンで、それがものすごい愛国者なんだ。何としてでもアメリカ人を日本人がやっつけてくれるのを見たいというので、僕の試合のことをききつけてから、ジムに入りびたりになって声援している。

『ジョージ、あんたならきっと勝つよ。私たちの仇《かたき》をとっておくれね』

というわけだ。ジムへいろんな栄養になるものは持ってくる。僕の肌の光沢《つや》が今日はよくないから、もっと果物を喰《た》べるべきだ、というので大きな果物籠《かご》を持ってくる。それがみんな色恋抜きで、日本人をアメリカ人に勝たせたい一心なんだから変っている。

ジムとしても、そういうお客は大切なおひいきだから、うるさいけれど、無下に追い出すわけには行かない。

『ジョージは強い。きっと勝つ。賭《か》けをしてもいいわ』

などと公言していたが、さて僕がジムのオウナーに因果を含められてからは、どんな顔をしていいか、僕としても困ってしまった。

しかも試合の前日になって、彼女は、僕がこの試合に勝ったら、上等のガウンを贈ると宣言した。

絹のガウンに金糸の刺繍《ししゅう》でも入っていれば、決して安い値段ではない。一洋パンが楽に買える値段ではない。彼女が無理をしてくれていることはよくわかるんだ。

そう思うと、僕の心は痛んだ。

いよいよ試合の当日になった。

場内はアメリカ人三分の二、日本人三分の一という観衆で、彼女はもちろんリング・サイドにがんばっていた。

『ジョージ、しっかり。ガウンを忘れないで！』

などと、言うこともはっきりしている。

僕はチラリとウインクして、リングへ上ったが、色でも恋でもないのに、彼女の顔が頭にちらついて困った。

どういう事情があるのか知らないが、一途《いちず》にアメリカ人打倒の夢を、僕に賭けている一人の哀れな洋パン、僕にくれるためのガウンを、その当のアメリカ人から稼ぎ出さなければならない女、……それを思うと、僕には妙に涙もろいところがあって、僕の敗北が彼女に与える悲しみを思わずにはいられない。

ゴングが鳴り、第一ラウンドがはじまった。

僕は思わず、すごいラッシュで相手を攻め立てていた。

一ラウンドがおわってコーナーへかえると、何もかも心得たセコンドが、

『逆転を狙うのはいいけど、やりすぎるなよ。あとが辛《つら》くなるぜ』

と僕の耳もとで囁《ささや》いた。これはもちろん、

『第三ラウンドで敗けるために、第一ラウンドで、逆手を使うのはいいけれど、や

りすぎると、第三ラウンドで敗けるのがウソになるから、気をつけろよ』

という意味だ。

リング・サイドの女は、喜んで昂奮《こうふん》して、

『ジョージ！ ジョージ！ すてきだよ。絶対勝つよォ』

などと叫んでいるが、横目でうかがうと、同じリング・サイドのオウナーは、苦虫を嚙《か》みつぶしたような顔をしている」

きいているうちに冴子も、何だか手に汗を握るような気持で、リング上の譲二に声援したい気がしてきたが、ボクシング・ファンの女はきらいだというのでは、つとめて冷静にきいているほかはない。

「第二ラウンドでは、僕は一寸《ちょっと》手控えた。そして打たれるに委《まか》せていた。鼻に猛烈なダメッジを与えられたが、僕は鼻血なんかいくら流れても平気だった。

第二ラウンドが終ると、僕のコーナーに例の洋パンの泣き叫ぶ声がきこえてきた。

『ジョージ！ 頑張って！ 負けちゃいやよ！ 負けたら私死んじまうから』

その声にお客はドッと笑ったが、彼女のそれは半分ぐらい本音だったんじゃないかと思う。

第三ラウンド開始のゴングが鳴った。僕が負けるように言い含められているラウンドだ。しかし、何か妙な悲しさと昂奮が僕の中に渦巻いて来て、僕はどうしても負ける気にならなくなってしまった。僕は猛進し、突進した。気がついてみると、ノビちゃってるのは相手のほうだった。

僕の眼下には、白長須鯨《しろながすくじら》みたいな、胸毛がまっ白な皮膚にいっぱい生えた、厖大《ぼうだい》な体をした敵がひっくり返っていた。こうして横たわっている相手を見ると、立って戦っているときの相手よりも、一そう大きく見えるからふしぎだった。

女がリングへ飛び上って僕に抱きつこうとして、皆に止められるのがチラリと見えた。

それから僕がどうしたって？

控室へかえると、オウナーがやってきてさんざんどやしつけられたが、僕の腹は決っていた。廊下へ出ると、じっと待っていた例の洋パンが、ガウンは実はもう出来ていて、あなたに渡すばかりになっていた、と云って、大きな箱をさし出した。

僕はニッコリして、それを受け取って、一旦《いったん》ジムへ帰った。そしてオウナーに、例のうけとった涙金を返して、もう拳闘《けんとう》はやりません、と誓って、それなりジムにはおさらばした。

鼻が痛かった。しびれていて、さわると飛び上るほど痛かった。

医者へ行ったら、軟骨が折れていると云われたけれど、僕はプラスチックの棒なんかさし込まれるゴマカシはきらいだから、そのままにしておいた。

だから、今でもこんななんだ。一応固まったことは固まったけどさ」

と譲二はもう一度自分の鼻柱をおどけて叩《たた》いてみせた。

74

この話の中には、譲二の美質がよくあらわれていた。一寸《ちょっと》したやさしい気持から、何もかもブチコワシにしてしまい、しかも自分は何も得ない。……

ききおわった冴子は、今のリオの贅沢《ぜいたく》なヨット・クラブのペルシア風の薔薇園《ばらえん》と、東京の殺風景なボクシングの世界とのあまりに遠い距離に茫然《ぼうぜん》としながら、譲二が何一つ描写しないのに、その熱烈な愛国主義者の哀れな洋パンの顔ばかりが浮んできた。

「その女の人はきれいだったの？」

譲二は否定のしるしに、目をグルッと廻《まわ》して、唇を曲げてみせた。

「その後お会いになったの？」

「いや、一度も。それっきり僕も姿を消してしまったわけだから」

「それ以来、ボクシング・ファンの女がきらいになったの？」

「そういうわけでもないんだ。何というかな。彼女は最良の最上の、女性ボクシング・ファンだった。ああいう形以上の、女のボクシング・ファンというものは考えられない。どんな女だって、あんなに理想的な形で、他人にすぎない男の選手を、ともかく試合に勝たしてしまうという女はいない。それというのも、彼女の個人的な理由、何かよほど深いアメリカ人への怨《うら》みがあったからだ。彼女も見えないリングの上で、血を流して敗けつづけたんだ。

ボクシングはすごいスポーツだよ。男がまっしぐらに戦って血を流すんだ。そこに男の見物は、自分たちの社会での戦いの、毎日やっている血みどろな戦いの、一番端的な代表を見るわけなんだ。

だから僕は、戦ってもいない女が、生意気に、ひまつぶしにスリルと昂奮を求めて、ボクシングが好きになるということはゆるせないんだよ。それは絶対に下品だからな。それ以上に下品なことは考えられないよ」

「それから……」

と冴子は催促した。

「それから？」

「ボクシングをやめてから、どうなさったの？」

「何でもやりましたよ。競艇の選手もやったけど、負けてるのに、勝ったつもりで、ゴールへ入ってから、意気揚々ともう一まわりして、笑われてしまった。

ホテルのボオイもやった。

競馬のノミ屋までやった。

用心棒もやった。

それでちょっとコワイ連中と深くなりすぎて東京を逃げ出し、京都へ行くつもりで、途中で名古屋で下りたとき、ヘンなことから、沖仲仕になって、それから英語ができるので、沖仲仕の小頭《こがしら》になっちゃった。

そこも面倒が起って逃げ出して、東京へかえってきたけど、井戸掘をやったのは、そのころだ。

そのうち徐々に堅気《かたぎ》になって、こうしちゃいられないというので、突然、飛行機のステュワードになろうと決心した。

試験は高卒以上で、十人に一人の競争率だったけど、英語と常識問題だけだから、僕にはおよそ楽だったな。高卒という肩書は、イギリスの高校ということで、何とかごまかしちゃった。

面白い奴らが一杯試験を受けに来たよ。川崎のアルサロのフロア・マネージャーだとか、空港リムジンの運転手だとか、ホテルのバアのバアテンだとか、駐留軍労務者だとか。それぞれ何となく英語に自信のある連中が、イキな商売にあこがれて来るんだなあ。

試験にパスすると、ステュワード研修所へ入れられて、それから更に羽田の乗員訓練所で、二ヶ月訓練をうけるんだけれど、僕はどうもみんなに憎まれてしまうんだ。

カクテルの作り方、料理のサーヴィスの仕方、シャンペンの注ぎ方、サラダを出すタイミング、……みんな、僕のほうが先生より詳しくて本格的に知ってるから、つい、

『そんなことはしねえよ、本場では』

なんて言っちゃって、何をあの野郎、とにらまれちまう。

おかげでエマージェンシー・トレイニング（緊急脱出訓練）のときには、ひどい目に会っちゃった。

サヴァイヴァル・キット（生存備品詰合せ袋）を背負わされて、海上保安庁の船からいきなり沖へ投げ出されて、救命具にすがって、しばらく漂流させられるんだけれど、誰かが、僕の救命具に穴をあけやがったんだ。

一寸前に点検したときは、たしかに大丈夫だと思ったんだけれど、直前に、誰かがプスッと刺したんだなあ。

おかげでこっちは、秋もおわりの寒い海で荷物を背負ったまんま、アップアップ

さ。もし僕が泳げなかったら、お陀仏《だぶつ》だったな。やっと海上保安庁の船が見つけて助けてくれたからよかったようなものの、水の中でキットを外して、泳ぎだすのは骨だった。

泳ぎなら自信があるんだけれど、あの恰好《かっこう》じゃ」

もし譲二がウソを言っていないとすれば、彼は泳ぎが巧《うま》いのだ。

それなのに今、こんな快適なすばらしい環境で泳ぎたがらないのは何故だろう？

その一言で、冴子の疑問はふいに頭をもたげて、

「それなら泳ぎましょうよ、今。今日なんか、本当の水泳日和じゃないの」

と、多少しつこいなと思いながら、言ってしまった。

譲二の顔に、瞬間、

『しまった！』

という表情があらわれた。

この意味が冴子にはつかめなかった。

それは一体、泳ぎが巧いという嘘がバレた「しまった」なのか、その一点のウソからすべての物語がウソだと思われてしまうという「シマッタ」なのか、それとも？

……それとも、もっと言うに言えない事情があって、泳ぐに泳げないのを、「泳

ぎが巧い」などと、自分から言い出してしまったことの「しまった」なのか？

この判断はまるきりつかなかった。

しかし冴子は賢明にも、男を窮地へ追い込んで喜ぶインテリ女性の通弊に陥らなかった。特にこんな男の場合には、謎は謎のまま残しておかなければならない。

彼女はやすやすと、喜んで、一歩しりぞいた。

「でも、よしましょう。こうやってお話をきいているほうがずっと面白いわ、私」

そして譲二の目には、沈黙の感謝の色がにじんだ。

薔薇の花に人影がさしたと思ったら、ロドリゴであった。彼は葉巻を吸いおわったらしく、手には持っていなかったが、そこらに葉巻特有のきつい匂いを漂わせて近づいてきて、

「お話中まことに失礼ですが、詩が又出来ましたので一つ。まずポルトガル語できいていただき、次に私自身が英語に訳して申上げます」

と、紫いろのハンカチで口のまわりを拭《ぬぐ》うと、高らかに朗誦《ろうしょう》しはじめた。

「美しき人に侍《はべ》りつ
薔薇の真昼を
時の流るるままにすごせば
夜と共におそいくる

悪の手も忘れ果てなん。
されど、心せよ、
悪の手は夕映えのかなたより、
美しき人を狙いつつ、
長く凶《まが》しき指をひろげてあれば」

75

ロドリゴのふしぎな詩に、

「夜になると黒い魔手がおそう、って何のこと?」

と冴子は気になって英語で訊《き》いたが、

「いや、その危険があったら、私が身命を賭《と》してお守りするわけです」

という下手な英語の答がかえってきた。

今夜の約束には譲二も冴子もたのしい期待を寄せているのに、このボディ・ガードがついて来ると思うと全く憂鬱《ゆううつ》だったが、さりとてボディ・ガードなしには外出できぬ冴子としては、致し方がない。

――昼食の時間にしては可成《かなり》おそく冴子がかえってくると、ホテルの部屋では、父が昼寝《シエスタ》の最中だった。

ブラジル人なみに、こんなに悠々と昼寝をできる父を見ていると、案じていた父の健康も問題がなく、冴子は父親をだまして譲二と会っている良心の咎《とが》めが、少し軽くなるようだった。

それと共に、父がシエスタをしていると知れば、もう三十分でも永く譲二と会っていられたのだと思うにつけ、今しがたの別れが口惜しかった。

どうしてだろう。五分前に別れたと思うともう会いたくなる。今夜又会えるとわかっていても、その今夜が無限に遠くにあるような気がする。

子供のようなむずかり方をする自分が、自分でも情ないが、譲二の顔も声も何もかもが、冴子には理想的に思えてきて、ふつう考えられている「趣味のよさ」などというものは、どこかへ飛んでしまっていた。もちろんそういう冴子でも、ブウルジョア娘の例に洩《も》れず、譲二があれほど西洋式エチケットを身につけていない日本的ヤクザだったら、歯牙《しが》にもかけなかったことは明白だが。

父の寝床には、窓のヴェニシアン・ブラインドを洩れる青い日ざしがほんのりと落ちている。

『私が恋しているのは、お父様が決して認めようとなさらないような、《複雑な彼》なのです』と冴子は立ったまま、じっと祈るように、父の寝姿を見つめていた。

『お父様はもっと単純な、明るい経歴の青年をおのぞみだわ。それはよくわかっています。

でも私の乏しい経験からもわかることは、単純な明るい良家の子弟の、誰に見られてもきかれても恥かしくないような青年の中に、何か暗い複雑な不健康な心が巣喰《く》っていることもあれば、人に知られたくない複雑な謎の過去の持主にも、明るい単純な魂がそなわっていることもあります。

もちろん譲二さんには、まだまだ謎や不可解はいっぱい残っていて、《複雑な彼》であることに変りはありませんけれど、私は今、あの人のなかに、一本気の、明るい、単純な、涙もろい、美しい心、……そしていつも太陽のほうへ向けている心を感じるのです。

この直感はきっと正しいと思いますわ。私だってもう子供じゃないのですもの。そして譲二さんのその明るい単純な心をしっかりつかむことができれば、私はきっと、お父様の危惧《きぐ》も吹き飛ばして、世界でいちばん幸福な女になれるような気がしますわ』

それまで静かだった父が、そこまで冴子が心の中で呟《つぶや》くと、急に大げさな寝返りを打ち、同時にあたりをゆるがすようなイビキをかきはじめたので、これが眠っている父の、「絶対反対」の意思表示だろうと思うと、冴子はおかしくなって、隣室の自分の寝室のほうへ行った。

一寸《ちょっと》昼寝《シエスタ》をとろうと思って、洋服のまま横になったが、眠れるどころではない。目は冴《さ》えて、今夜の計画をいろいろと思いめぐらした。

父は又晩餐会《ばんさんかい》に招かれていて、今夜はブラック・タイだから、冴子が手つだってあげて、タクシードを着せてあげなくてはならない。胸もとの宝石入りの飾り釦《ボタン》を、父はどうしても自分でははめられなくて、癇癪《かんしゃく》を起すのである。

そうして八時に父が出発する前に、ロドリゴがホテルへ迎えに来る。冴子の夕食とナイト・クラブゆきにお供をするためである。土人たちのサンバの民族舞踊のショウがあるナイト・クラブで、今夜から出し物が変わって、カンドンブリ教の奇怪な儀式をショウ化したものを見せるのである。

……というのは嘘で、冴子は八時以後、クラブのショウの終る時刻の夜中の二時まで、譲二と遊びまわる予定になっていた。

ただし強力無双のロマンチック詩人ロドリゴをお供に連れて。

——とにかくロドリゴはどこまででもついて来るというのだから、譲二と冴子は、好き勝手なところへ行けばよいわけである。

夕食後、譲二はコルコバードへドライヴをしようと言い出し、彼が借りてきた車で、助手台には冴子が坐り、バック・シートにはロドリゴが坐った。

コルコバードの巨大な白いキリスト像は、いわばリオの象徴であり、又、カトリック国ブラジルの象徴でもある。

高い山頂から、大船の観音様の何倍もありそうなキリスト像が、大手をひろげて地上を見下ろしている白い姿は、晴れた日にはすばらしい効果だが、雨期には霧に包まれて、足もとまで行っても、全身が見えないことが多い。しかし、今は一年中で一等さわやかな気候で、夜空の星を背にしたその白い姿は、市内からもくっきりと見えた。

そこへ行くには、グルグルと迂回《うかい》する道をドライヴして登らなければならない。

夜に入ると俄《にわ》かに寒いので、軽い春ものの真紅のコートに身を包んだ冴子は、目のまわりそうな迂回路のドライヴに、前面だけを見ているのに疲れて、ときどき後窓をふりかえると、必ずロドリゴがニッコリするので、それもうるさく、ロドリゴの顔のうしろに、曲り角から放射される後続車のヘッド・ライトが、岩山に当って大きくかがやくのを、はっきりたしかめることもできなかった。

今夜はドライヴの車が、平日のせいか少なく、それでも後続車がないではない。

何となくその中に、自分をつけて来る車があるような妙な気持がするけれど、それは譲二に話せば笑い飛ばされるに決っている、実にばかばかしい危惧だった。

それらの車はどこへ外《そ》れたのか、コルコバードの頂上についたときには、幸い他には観光客の姿は一人もなかった。

すばらしい星空へ、三人の靴音だけが反響した。

巨大な白いキリストの足のかたわらに立って、譲二は、冴子の肩を抱き込んで下界を示した。

「ほら、あれがコパカバナだぜ」

冴子はすでに一度、昼間ここへ上って、コパカバナの眺めも知っているのであるが、黒い海の岸の大きな彎曲《わんきょく》に沿うて、きらめく灯火の帯を砂金のようにつらねた夜景は、たとえようもなかった。

「すばらしいわ。今はじめてリオを本当に知ったような気がするわ」

と冴子は冷たい夜風に髪をなびかせて言った。

「君に本当のリオを見せてあげられるガイドは、世界中に僕だけさ」

と譲二は、こんな自信満々の言葉を、冴子の耳もとへ口をつけて、むしろ恥かしそうに囁《ささや》いた。

二人はそのまま自然に接吻《せっぷん》をつづけたが、十歩ほど向うの街灯の下に、ロドリゴが立っていることは、いやでも意識に入って来ざるをえなかった。

「いやだわ。お供なんか……」

「人のことなんか気にするなよ。カリオカは絶対に人目なんか構わないじゃないか」

「やっぱり日本人だもの」

「日本人だなんてこと忘れてしまえよ」

「でも私、……あなたが日本人だから好きになれたんだわ」

「僕が僕だから好きになったって言ってもらえないかな。僕は少くとも、君が君だから好きになったんだ」

「フランス人でもイギリス人でもいいわけね。あなたはコスモポリタンだから」

「おい、だから言わないこっちゃない。昼間の話がもう祟《たた》っているんだ」

「ごめん」

二人はまた永い接吻をした。

冴子にとっては、三度の食事は欠いても、もう譲二の接吻だけは欠かせない気がしてきた。彼の接吻は、何らいやらしい技巧は感じられないのに、強くて、しかも柔らかい弾力と熱に充ちていて、ほんの一瞬唇を離されても、すぐその唇を追って行かずにはいられぬほどの惑わしがあった。冴子は貪《むさぼ》るように思われるという見栄も忘れて、今はこちらから譲二の唇にすがりつくような接吻をしていた。そして彼の指は、彼女の風にさやぐ髪のなかへ軽くさしこまれて、武骨な筈《はず》のその指が、まるでピアニストのように繊細に髪をもてあそんでいた。

そのとき二人は、押えつけるような怒声と、乱れた靴音をきいて、唇を離して、身構えた。

77

一人の男がまっしぐらに冴子のほうへ向って来ていた。冴子は闇のなかから現われたその姿を悪夢のように呆然《ぼうぜん》と見ていた。

譲二が咄嗟《とっさ》に冴子の前に立ちふさがって、彼女を庇《かば》った。

怒声はその黒い影のような男の口から出たものか、それともロドリゴの口から出たものかわからない。

しかしロドリゴが、ごく近い位置から男のほうへ駈け寄って行き、男がそれを逃げて、迂回して冴子のほうへ向って来たことは確かに思われた。そうしたところで、冴子は譲二という大男に守られているのだから、よほど兇器《きょうき》でも持っていない限り、不利なのは向うのほうである。

譲二は持ち場を守って、相手を観察し、相手の武器の有無もたしかめた上で、十分引き寄せておいて、一撃を与えるつもりだった。

しかし男が譲二の二三歩前まで迫ったとき、男はロドリゴに襟首をつかまれて、くるりと体をロドリゴのほうへ向けられ、アゴに一発喰《くら》わされてしまったので、譲二はおくれをとった。

譲二は出て行って、男にかかろうとしたが、ロドリゴはさらに男の胸ぐらをつかむと、自分の左足をグイと踏み出し、左足で足がらみをかけて、みごとな大外刈りを決め、男は地面に引っくりかえった。

「なかなかやるね。あの相手なら、僕が出てくまでもなさそうだ。ゆっくりロドリゴのお手並のほどを拝見しよう」

と譲二は、体を弛《ゆる》めて、冴子の耳にささやいた。冴子にはふしぎにこの怖ろしい突発事件が怖くなかった。もしかすると恐怖はあとからやって来るのかもしれないが、すべてが不合理で、非現実的で、到底目の前で起ったこととは信じられないくらいだった。

しかし昼間ロドリゴが歌った、

「夜になると黒い魔手がおそう」

という不吉な詩を考え合せると、はじめて背筋が寒くなってきた。

さて、石畳の上では、男の上に馬乗りになったロドリゴと、はね返そうとする男との、なかなか決りのつかない格闘がはじまっており、二人の吐く荒い息が伝わってきた。

ついにロドリゴが、男の頭を石畳へ叩《たた》きつけ、頬に平手打ちを喰わせると、男はグッタリして、何かポルトガル語で叫びながら、大声で泣きだした。

「何ともはや派手なもんだな」

と譲二はなおも油断なく冴子の体を庇《かば》いながら、ニヤニヤして言った。

立上ったロドリゴは、地面にしゃがんだまま泣いている男と、何だか大声でポルトガル語で喋《しゃべ》りだした。

ロドリゴのは明らかに怒声であり、男のは泣き声が半分で、ますます何を言っているかわからない。

その口論がいつまでもつづき、男のほうがいつまでも泣きやまないので、見物人は少々欠伸《あくび》を催おした。

そのうちに泣いている男は、大して血も出ていない頭の傷を押えたり、両手をあげてキリストに祈ったり、手を握りあわせてロドリゴに懇願したりしながら、永いこと愚痴めいた演説をしていた。もう戦意を失っていることは明らかだった。

譲二が一歩そのほうへ近づくと、ロドリゴは、大仰に両手をひろげて、英語で説明した。

「いや、私がいて、本当によかった。私がお護りしていなかったらどんなことになったかわからない。これも美しいあの方のためだと思えば、私の大きな名誉です」

そこまで言って、冴子のほうへ、うやうやしく頭を下げてから、

「今、私が使った柔道の手を見て下さったでしょう。全くあなたのお国の柔道はすばらしい。これがいわば戦いの決め手でした。

お嬢さま、私はこうしてあなたを襲った怖ろしい敵を降参させることができて、心は喜びに充ちあふれています。

私の戦いを、あなたをお護りするための私の生命《いのち》を賭《か》けた戦いを、見て下さいましたね。私はこのためにこそ生き、このためにこそ歌うのです。

生命もものかは戦う騎士の
胸にうかぶは東の真珠……」

彼はまだハアハア息を切らせていたから、それ以上の即興詩は出て来ないらしかったが、この説明全体はいかにも抽象的で、具体的なことは何もわからない。泣いている男とのあんなに永い口論の内容は何だったのか。

そこで譲二が英語で訊問《じんもん》をはじめた。

「この男は何故急に襲ってきたのか？　冴子さんを前から知っていたのか？」

「いや、そうじゃありません。今夜レストランから出て来られたところを見かけて、あまりの美しさに魂も吹き飛び、夢中で車であとを追いかけて来たのだそうです」

「だって僕らがエスコートしてるのは見ていた筈だろう。あまりといえば無茶じゃないか」

「いいえ、恋は盲目と云いますから」

それからロドリゴは、この男も可哀想で、はじめから害意はなかったのだし、恋の情熱にかられて夢中でやったことだから、ここは見のがして、釈放してやることにしよう、と提言した。騎士であり詩人であるロドリゴは、人情にも欠けていないというわけである。

それで譲二も同意してすべては一場の夢で片附くことと冴子が思っていると、意外にも譲二は、

「いや、警察に引渡すべきだ」

と冷たく、頑強に主張しだした。

ポリスという英語だけはわかったものか、泣いている男が急にキョトンとした目になって、逃仕度をはじめたので、譲二はすばやくその手の逆をとって、逃亡を封じた。

「それは可哀想だ。この国では、恋はすべて大目に見られている。離してやりなさ

い」

とロドリゴは主張する。

「いや、警察だ」

と譲二はあくまでも強硬である。

冴子は見かねて、

「もういいじゃないの。譲二さん。被害はなかったんだし」

と言いかけたが、

「君は黙っていろよ」

と強く言われて、冴子も、譲二のひどく冷酷な威丈高なやり口に不満を持った。

ここ巨大な白いキリストの足もとでは、もう少し譲二もそのやさしい美点を示して、人をゆるす気持になってくれればいいではないか。

「離しておやりなさい」

「いや、警察だ」

と譲二がむりやり男を車のほうへ引立ててゆこうとすると、ロドリゴの態度がひどくそわそわして来た。哀願せんばかりに、男の釈放をたのみはじめたのである。

「どうぞ。プリーズ、プリーズ。その男を離してやって下さい。警察なんかへ行ってはいけません。面倒を起して、お嬢さんのお名前でも出たらどうします。ねえ、お願いだから」

ここで譲二はちらと冴子を見返って微笑したので、冴子にもはじめて、思い当ることがあった。

そうだったのか。譲二が冷酷を装ったのも無理はない。……

譲二は今度はニヤニヤしながら、

「ロドリゴ、もう白状したらどうだい。この男は君が雇ったんだろう」

「え?」

「冴子さんに何とか武勇伝を見せたくて、悪漢を登場させたくなったわけだろう。なるほどこの国では、恋のためなら、何でもゆるされるけど、この一件が警察でばれると、何かと君にも都合がわるいことだろう。さっきこの男と君との永い口論は、もらった金に比べて殴られ方がひどかったというわけで、こいつが坐《すわ》り込みで賃上げを要求していたところなんだろう。いくら僕でも、そのくらいのポルトガル語は察しがつくさ。え?　そうだろう」

ロドリゴは永いこと黙っていたが、とうとう降参のしるしに、目を空へ上げて、両手をひらいてみせた。

78

ロドリゴの忠誠は、こんな一芝居を打ったために、甚だ疑わしいものになってしまったが、そんなロドリゴをクビにも出来ないところが、冴子たちの弱味だった。
しかしそれは強味でもあるわけで、譲二にあの芝居を見抜かれた以上、ロドリゴはもう譲二には頭が上らないし、冴子と譲二には唯々《いい》諾々《だくだく》と従うほかはない。
譲二の解決法はいかにも水際立ったものだった。
ロドリゴから、殴られた男の賃上げの要求額をきくと、はじめの約束の額だけはロドリゴに払わせ、のこりの金は譲二自身が払ってやってケリをつけたのである。
殴られた男は、
「オブリガード、セニョール」(有難う)
を連発して、感激の握手を求め、ロドリゴはというと、譲二の度量のひろさに感心して、今度は彼に詩を献《ささ》げることになった。
「遠き日本のサムライの末裔《すえ》、
ここコルコバードの星空の下《もと》に、
雄々しく示す俠気《きょうき》の花は

夜桜にもたとえん、讃《たた》うべきかな」

冴子も譲二も、しかし、こんなのんきな詩をゆっくりきいていられる心境ではなかった。とりわけ譲二の心はいそいでいた。

「今夜は、ロドリゴ、僕らの護衛はこれ以上は遠慮してもらいたい。その代り、午前二時には、必ずこのお嬢さんをホテルへ送り届ける。君はそのころホテルの前で待っていて、僕から冴子さんを受けとればいい。お父さんには中間報告のために、冴子さんはナイト・クラブのショウが大へん気に入って第二部も見たいと言っているから、第二部まで見て、二時には必ずホテルへかえる、とホテルへメッセージを入れておけばいいだろう」

「おお、セニョール、それは困ります。それでは私が義務をないがしろにすることになる。それだけはできません。あなた方はどこへ行かれようと御自由だが、どこへでも私はついて行きます」

「又そんなわからないことを言う。君の顔も十分立ててあげているのに、どうしてそんなことを言うんだ」

「でもこの美しいセニョーラのお父様との私の約束が……」

「へえ、それじゃ、冴子さんのお父さんの耳に、今夜君のこしらえた事件のことは、決して入れないつもりでいたんだが、それでも不足なのかね」

この一言はてきめんに利いた。

元ボクサーの文学博士はギクリとして黙ってしまった。

「わかったろう。君は一先《ひとま》ず、君の雇った役者と一緒に町へかえりたまえ。いいね」

すごすごと引返すロドリゴの姿を見て、冴子もさすがに可哀想になったが、自分の幸福を思えば、ロドリゴを今夜ずっと引止めておくわけには行かなかった。しかし自分の幸福のために他人を犠牲にするという考えに耐えられなくなったので、思わず、その背へ、

「ロドリゴ！」

と呼んでしまった。

しかしロドリゴの振向き方には、あまりにも「待ってました」という感じが出すぎ、彼の喜色満面の表情もあんまり露骨で、冴子はすぐ呼び止めたことを後悔した。そして、呼び止めた気持のなかに、ほんの少し、ロドリゴの詩から与えられたナルシシズムがまざっていたような気がして、面白くなかった。

ロドリゴは一直線に舞い戻ってきた。それが老いた忠実なムク犬のように見えた。

「これをあげるわ」

と冴子は、新らしいレエスのハンカチに、好きな香水を浸《し》ませたのを手渡した。

「おお！」

とロドリゴは大げさな叫びをあげ、口のなかで、「私の女神！」とか「やさしい天使！」とか、「天上の香り！」とか、そういう意味のことを一緒くたに呟《つぶや》きつづけ、そのあげく、ハンカチの香りをかいで失神したように崩《くず》折《お》れて、冴子の足もとにひざまずいたが、もうそのときは冴子の同情心は、すっかり消えてしまっていた。

譲二がロドリゴを扶《たす》け起して、役者の待っているボロ車へ引っぱって行かねばならなかった。やっと納まりをつけて、かえって来た譲二に、

「何と言っていて？」

と冴子が聞くと、

「やっぱりブラジル人だな。車へ乗せてやって、あんまり意気銷沈《いきしょうちん》しているから、『おい、大丈夫だな』と言ってやったら、奴さん、さすがに詩は湧いて来なかったとみえて、『ダール・ウン・ジェイト』

と答えたよ」

「それどういう意味？」

「ブラジル人の常套句《じょうとうく》でね、『なんとかするさ』という意味さ」

二人が顔を見合せてから、やはり気になって眼下のドライヴ・ウエイを見ると、

さっきのボロ車の赤い尾灯が、迂回路《うかいろ》をめぐって遠ざかってゆくのが眺められた。しかしその尾灯が、急速に鮮明さを失ってゆくのは、霧が出てきたためらしかった。

今こそ霧の丘の上に、二人は本当に二人きりだった。誰も邪魔をする者はなく、第三者の目はどこにもなかった。ロドリゴがいたって、どうということはないようなものの、やはりいなくなってみると、本当に二人きりという水晶のような純粋な状態が、はっきりと心に刻み込まれた。

「僕は絶対に断言できるよ。こんなに幸福な瞬間は僕の一生に一度もなかった」

と譲二が、迂回路の隈々《くまぐま》をぼかすように昇ってくる霧を眺めながら、深い声で、冴子に語りかけるともなく、呟いた。それに対して、「忘れっぽいだけのことよ」とまぜっ返すことも、以前の冴子ならできた筈《はず》だが、今はただ、譲二の腕に頬をすりつけて、

「私もよ」

と言えるだけだった。

譲二の夏物のウーステッドの袖《そで》は、かすかに霧を含んで冷たく、それだけに、湿った羊毛の匂いがするようだった。市街の上にも霧がほのかに漂いはじめ、町のおびただしい灯は、俄《にわ》かにチカチカと危険にまたたきだした。

「このまま時間が止ってしまったら、どんなにいいでしょう」

子にもよくわかった。

「そうだ」

譲二はややあいまいな返事をした。彼が暗い欲望に押しひしがれているのは、冴子にもよくわかった。

しかしふしぎなことに、今、冴子には、彼のその欲望が少しも怖くないのである。

それはむかしは、世間一般の常識から、男性の獣慾《じゅうよく》だとか、汚ならしい衝動だとか、破壊的な力だとか、いう風に考えられていたものが、今は、怖くもなく汚なくもない力、勇敢でやさしい力、男が本当に男らしくなるときの当然の力、という風に感じられる。冴子は自分が何を認めようとしているのかわからなかった。

「寒いだろう？」

と譲二が冴子の真紅のコートの肩を包み込むように抱いて、たずねた。

「うん、少し」

「車へ入ってヒータアをつけようか」

冴子は素直に譲二について、車の助手席に坐《すわ》った。

エンジンをかけてヒータアをつけると、車の前窓が俄かに白く曇ってくるほど、外の気温は下っていた。今はじめてブラジルの冬を冴子は実感として感じとった。

「まだ寒い？」

と譲二は左ハンドルに左手をかけ、右手ではしっかりと冴子の真紅のコートを抱きしめていた。次第に体が温たまってくるのが、ヒータアのためか、譲二の徐々に伝わってくる体温のためか、はっきりしない。

ちらと譲二の横顔ごしにうかがう車窓には、窓の白い曇りのなかに、さらに白い巨大な壁がそびえ立ってみえるのは、いうまでもなくキリスト像の巨大な裾《すそ》の部分である。冴子は自分がキリスト教信者でないにもかかわらず、その白い壁に遠くから護られている気がして安心した。

譲二は、そうやって窓の外へ向けている冴子の顔へ、軽いキスをしてきて、肩から包み込んだ腕に力をこめてきた。冴子は彼の胸へ倒れかかって目を閉じた。そのとき目の中には、白い窓と白いキリストの裾を背景に浮んでいた、譲二の黒い横顔の線がはっきりと残っていた。

譲二の手が、冴子のコートの釦《ボタン》を外し、胸もとへ触れてくるのを、冴子は拒まなかった。彼女は永いこと目を閉じたまま、彼の固い掌《てのひら》が、大きな固い葉が風に揺られて胸もとをこするように、乳房を撫《な》でつづけるのに委《まか》せていた。次第に汗ばんでくるような乳房が、ゆるやかな波間をゆく船の動揺に似たものを、自分の全身に及ぼしてくるのを冴子は感じた。その動揺に身を委せていると、甘い船酔いでいっぱいになった。

冴子はこんな感覚を味わったのははじめてで、どうしてこういう快さが禁じられているのかふしぎに思いはじめていた。

譲二の手はそろそろと下の方へ移ってゆき、冴子はその手を押えようとして、譲二の手首をつかんだが、つかんだまま、自分の手も、溺《おぼ》れる者に引きずられるように引きずられてゆく。そして、冴子がもっとも深い快さに、……それはあたかも闇の平野の只中《ただなか》に燃えている野火の色のように鮮やかだったが、……到達したと感じたとき、彼女の手は高く宙を求めて、譲二の髪をしっかりと摑《つか》んでいた。

79

その晩、車の中の出来事があってからの譲二のやさしさには、冴子は大そう心を打たれた。

車の中で起ったことは、もちろん、このごろの日本の一部の少年少女の間では、ほとんどまじめにとられない程度の浅い戯れにすぎなかったろう。しかし冴子にとっては、世界が変るほどの出来事であり、彼女の心のこのような重要性を、譲二がよく知ってくれている心づかいがうれしかった。

譲二がそれを、ほんの軽い戯れのように扱ったら、冴子はどんなに傷つけられたことだろう。

しかし譲二のデリカシーはあふれるように冴子を包み、いわば自分の傷つけた小鳥をいたわるようなやさしさに充ちていた。そのまま冴子を一気にベッドへ運ぶような性急なまねはせず、むしろそうなった以前よりもつつしみ深さを見せて、冴子の矜《ほこ》りを守った。

もちろん冴子も子供ではなし、もう自分たちが急坂を下りかけていることは知っていた。が、そこでどう姿勢を立て直そうなどという、分別くさい考えは生れなかった。このままの酔いが、このままに、永久に終らない音楽のようにつづけばいい、と思っていた。どこかでストンと井戸の底へ落ちて、目をさますようになるのを怖れた。

そういう冴子をらくらくと、両腕にのせて運ぶような譲二のやり方は、流麗と謂《い》ってもいいほどだった。

しかし、あとから譲二の立場になって考えると、彼は自分の愛につまずいたともいえるのである。

譲二が、今までの彼のやり方で気楽にやっていれば、必ず成功したものを、冴子を愛しすぎたために、つまずいたともいえるのである。

もし二人の心の中を完全に見透かす恋のコーチがいたとして、それがいつも天使のように指図してくれているとしたら、おそらく、コルコバード丘上の自動車のな

かで、譲二に、

「すぐ獣になれ!」

と命じたことであろう。

そして譲二がこれほども冴子を愛していなかったならば、そのまま一直線に獣になりきることは、いとも楽な仕事であったにちがいない。そのとき冴子はたしかに、譲二を受け入れたにちがいない。そして彼の暴力を、のちのち、やさしい揶揄《やゆ》のたねにするだけのことであったにちがいない。

——車のなかで、十分冴子を燃え上らせたと考えた譲二は、もちろん一直線にゴール・インしようとする体勢に移ろうとはしたけれど、彼女の力ない拒みを見て、そのじっと身を護る手に触れて、……なかんずく彼の手が彼女の手首の骨の突起に触れたときに、あまりいたいたしい気がして控えてしまったのだ。

譲二とても、そういう場合の女の拒絶が、むしろイエスと言おうとする自分の本能との戦いであることぐらい知っていたが、知っていても、どうすることもできなかった。

彼は徐々に力をゆるめ、

「さア、どこかへ踊りに行こうか?」

と言った。

「踊りたいわ」

と冴子もその言葉に救われたように言った。

そして霧の中を、ゆるゆると車で町へ下り、ナイト・クラブへ行ってサンバを踊った。

およそシンミリするような音楽ではなく、立てつづけに演奏されるその烈しいサンバに合せて、汗の吹き出るほどの踊りを踊っている最中に、冴子は火のような自分の頬に、涙が伝わるのを感じて、ふしぎに思った。

そして席に戻って、コンパクトをのぞいて、汗と一しょに、涙をぬぐった。

幸福のさなかで流れる涙は、日照り雨のようにキラキラしていて、その雨滴をとおして眺める世界は、美しく、渦巻いていた。とても人間の住む世界とも思えなかった。

そのクラブで呑《の》んだ酒にひどく酔ったような気がして、新鮮な外気が吸いたいという冴子を、譲二は又車に乗せた。

「どこへ行こう」

「どこへでもドライヴして」

この言葉が或いは誤解を呼んだのかもしれない。

譲二は車をとある町角へ止めると、冴子を促して建物の中へ入った。ガランとして暗いロビーには人影もなかった。

「ここ僕のアパートなんだ。部屋で一寸《ちよつと》休んで行かない?」

譲二がその言葉を、当然冴子が承知するというような思い上った言い方ではなく、やさしく遠慮がちに言ったのもよかった。彼女は黙って、譲二が、エレヴェータアのボタンを押すのを見ていた。あらわな鉄柵の中に、エレヴェータアの暗い小部屋がガタガタと下りて来た。黒い鉄索をたゆませながら。

そのとき、冴子はハッと正気に返った。

「いけないわ」

「何故?」

エレヴェータアはもう目の前に下りて来ていて、鉄格子の扉をあけると、小さな空しい部屋が灯をつけた。

四周が窓に囲まれた古風な、四人乗りぐらいのエレヴェータアであった。

冴子はそれに乗るのを拒んだ。

「だめ」

「何故?」

「結婚するまではあなたのお部屋へは行けないわ」

「又そんなことをいう」

譲二は強いて明るい冗談のように聞き流すふりをした。

「ねえ」と冴子は又、急に涙が出て来るままに、譲二の胸にすがりついた。あまり甘い悲しい気持で一気に次の言葉を言ったので、少しも自分をいやらしい女とは思わなかった。「ねえ……、よくきいてね。あしたお父さまに会って、結婚を申し込んで。おねがいだから。こんなこと女の口から言うのは、みっともないとはわかっているけれど、どうしてもそうしなければならないのよ。あなた、一度も『結婚』という言葉を仰言《おつしや》らなかったわ。私、それをちっともお恨みなんかしていなかった。でも、どうしても、結婚しないでお部屋へ行くことはできないし、……わかってね、譲二、私……、どんなことをしてでも、あなたのお部屋へ行きたいの。安心して、鳥が羽をひろげるように、堂々とあなたのお部屋へ行きたいの。そして……、私、あなたのお部屋へ行かずに、このまま生きてゆけるとも思えないわ。私たちの気持は同じじゃない？　でも、そのためには、どうしても手続が要るの。女がこんなことを言うのは恥かしいけれど、もし、譲二、もし、あなたも私と同じ気持だったら、今夜はこのままにして、明日の朝ホテルへいらして、父に会って下さらない？　そして結婚を申込んで下さらない？　朝の十一時までなら、父はまちがいなくホテルにいますわ」

「もしお父さんがノーと言ったら……」

「私が言わせないわ」

「どうしてそれが……」

「今夜一晩、私は父にすべてを話して、わかってもらうつもりなの。ね、明日の朝、来て下さるわね」

譲二はうしろ手にエレヴェータアのドアを閉めた。小部屋のあかりは暗くなった。

譲二はいかにも暗澹《あんたん》たる声で、ややあって、一言だけ、ポツリと言った。

「わかったよ」

80

あくる朝。

冴子父娘《おやこ》は正午まで譲二の来訪を待ちつづけた。

譲二は来なかった。

冴子は泣き崩れ、父は娘を介抱するために、大切なランチョンをキャンセルした。娘の物語で彼女の身がついに純潔を保ったことを知った父親は、感動もし、安心もした。あとは、娘の悲しみを癒《い》やすために、多少の時間をかければよかった。不幸を転じて幸いとしなければならぬ。しかし、ともかく、彼ははじめて仕事よりも娘の幸福を大切に考え、一刻も早くこの悲しみの土地から娘を引き離すために、仕残した仕事を放棄して、飛行機の切符を手に入れ、その日のうちに帰国の仕度をした。

――一方、譲二は……、

譲二はその約束の時刻に、すでに一人リオを発っていた。

それからサンフランシスコに二泊し、狂気のようにルリ子を求めた。

ルリ子は、おしまいに、今の主人と別れて、譲二と結婚してもいいようなことを匂わせたが、それに対して、譲二がフフンと冷笑したので、今まで、冴子の名をわざと口にしなかったルリ子は、はっきりと復讐《ふくしゅう》的な口調になった。

「じゃ、あのこと冴子さんに手紙で知らせてやってもいい？」

「お生憎様《あいにくさま》、遅すぎたよ。俺はもう彼女にはフラれたんだ」

譲二は日本へかえり、会社へも連絡せず、明日にでも辞表を出すつもりで、一人でアパートにくすぶっていた。

折から梅雨期の東京は、朝から部屋のなかが薄暗く、窓から見渡される学校の庭も、雨のぬかるみに人影もなかった。じっとしていると、体にカビが生えて来そうだった。

彼は絨毯《じゅうたん》の上に膝《ひざ》を抱えて坐《すわ》り、やたらに煙草を吹かし、何も喰《た》べなかった。自由に生きた半生の花やかな思い出を一つ一つ心に呼びかえし、それで自分を鼓舞しようとしたが、そんな記憶は、今や蒐集《しゅうしゅう》された古切手のような力のないペラペラしたものにすぎなかった。

窓を閉めるとむしあつく、あければうすら寒い。白いワイシャツの胸もとから首のあたりに、汗がにじんで来て、気持がわるい。……

考えてみれば、彼はこんな心境になったことは一度もなかった。躊躇《ちゅうちょ》なく飛び出し、何も考えずに走り出す。すると必ず、何か思いがけない解決がやってきて、心が安らかになる筈《はず》なのだが、今の彼は、駈け出すことをも頑固に拒んでいた。

彼は扇風器のスイッチを入れることさえ忘れているのだ！

そのときドアがはっきりとノックされ、ありえないことだが、冴子がたずねて来たような錯覚を起して、彼はドアへとびついた。

そこに立っているのは、額の汗をハンカチで拭《ふ》きながら、じっと譲二を見上げているあの「ふしぎな男」だった。

81

以前も譲二は、冴子の来訪かとときめいた心を、この男の思いがけない訪問で、冷やされたことがあるのだ。

あのときとあんまり似た状況なので、彼は現実があの時点へ逆行したようなヘンな気がした。しかし「ふしぎな男」の服装は、あのときとはちがって、ホンコン・シャツに、しなびた灰銀色のネクタイをして、上着はなく、やはり片手に古くさい折鞄を持っていた。

そしていつかと同様に、

「入っていいかね」

と礼儀正しくきいた。

「どうぞ」

と譲二は、何となく救われた思いがして、彼を招じ入れながら、この前のときも、やはり、この冴《さ》えない小柄な男の来訪に、救われた思いのしたことを思い出した。そこまで考えて、譲二はハッと思い当った。自分の行動はみんな見張られているのだ。「ふしぎな男」は、自分の来訪がありがたがられるような、譲二の心理的危機を狙って、やって来るのにちがいない。

そう思うと、いつも礼儀正しいこの「ふしぎな男」に、今日は一そう、異様な、重い影が加わるような気がして、彼は雨の窓を背に籐椅子《とういす》の上にドッカリあぐらをかいた男の顔を、まともに見るのが憚《はばか》られる気がした。

「いやに電力節約だな」

「部屋は暗いし、暑いし、ここに一人で何を考えてじっとしていたんだ」

電力節約という言葉は、要するに、電灯をつけろ、扇風器を廻《まわ》せ、という意味にすぎないのだが、譲二は八つ当りめいた気持で、素直にそうしなかった。

「そんなことはもうみんな御存知でしょう」

「それはそうだ」

男はあいまいに言って笑った。

譲二は電灯と扇風器をつけ、冷やしたコカコーラをもってきた。

男は旨《うま》そうにすぐコカコーラを呑《の》み干すと、

「さてと……」

と言って、そのまま黙っていた。

「今日こそ僕が決心をつけるだろう、と見当をつけて来られたんですね。そのくらいはわかります。実際、うまい時に来られましたよ」

「私はいつもうまい時に来る」

「考えてみればそうですね」

と譲二は不敵にニヤニヤした。

「人生には汐時《しおどき》というものがある。私はそれをのがさないんだよ。君には想像もつかんだろうがね、私はこれと思った人物は必ずつかまえる。今の日本で一番不足しているものは、金でもない、家でもない、人物だよ。君みたいな男は、何十年追い廻しても追い廻すだけの値打のある人物だ」

「おだててもだめですよ。僕がおだてに乗って、あなたの言うなりになったとすれば、のちのちまで後悔しなければならないでしょう」

「おだてじゃないよ。私は心そこからそう思っている。そしてあの方も……」

「あの方って木山良之助氏のことじゃないんですか？」

と譲二はききとがめた。

「まだお名前をいう時期じゃない。しかし君に惚《ほ》れ込んでおられるのはあの方なのだ。

あの方は、近ごろの東南アジアの状勢に深く心を痛めておられて、今、一人の日本人が身を挺《てい》してこれを救わなければ、アジアは永久に救われないと考えておられる」

譲二はこの男の口からはじめて政治問題らしいものが出て来たことにおどろき、多少緊張して耳を傾ける気になった。本当の話、今の譲二の心を慰めるものと云ったら、女でもなく、酒でもなく、そんな途方のない政治問題だけしかなかったろう。

男はこういう話になると、いつになく顔が紅潮してきて、目をかがやかせて喋《しゃべ》りつづけた。

「今の状勢について、日本人全般は、日本人が出る幕じゃないと思って、『関係ナイ、関係ナイ』という気持で、レジャーに耽《ふけ》っているばかりだ。一人としてアジアを憂える青年はおらない。デモをやってる連中は、左翼にあやつられているだけだし、集団の力を漠然とたのんでいるだけだ。しかし、いつでも歴史を動かすのは個人なんだよ。それも一人の青年の力なんだよ。『関係ナイ』と思っているのは、自ら、関係を持とうとしないだけのことで、もし一人の青年が身を挺すれば、アジアを救うことができるのだ。あの方は永い間そういう人材を求めておられた。そして君に目をつけられ、気永に君の気の変るのを待っておられたんだよ」

「もう一寸《ちよつと》具体的に話してもらえませんか」

「あの方は具体策をお持ちだし、君が私に体をあずける気になれば、あの方にお引合せするから、そのときあの方の口からじきじきにうかがえばいいだろう」

「わかりました。……僕がNALへ入れたのも、あの方の口利きだったんですね。そうですね」

「今なら言えるが、その通りだ」

「そうだろうと思いましたよ。こんな、良家のお嬢さんとは結婚できない体で、スルスNALへ入れたのは、考えてみればヘンなことでした」

「いいかね。君は自分を卑下してはいけない。君は得がたい人材なのだ。第一に若い。力にあふれている。運動神経は鋭敏で、どんな強敵とも肉弾相搏《あいう》つことができる。それだけの勇気もある。それから語学が達者で、社交術が巧みで、女を誘惑するのは上手だ。その上、名も要らない。金も要らない。地位も要らない。……

これだけの青年が、今までの半生を、ほとんど恋愛ごっこだけのためにエネルギーを浪費してきたんだ。日本のため、アジアのため、勿体《もったい》ないと思わんかね」

「しかし、まだ具体的に、どういうことをさせられるのか……」

「それは今はきく必要はない！」と男ははじめて語気を強めて、譲二を叱った。そのとき小柄な大人しそうな男の体に威厳があふれて、譲二は、一寸押され気味になった。「こちらからその代り、一つだけ質問する。

君は今、命が惜しいかね」

「今ですか？」

「今だ。率直に言ってごらんなさい」

「別に惜しくありません」

と譲二は切実な気持をそのままに述べた。今死ねと言われたら、煙草の吸殻を道ばたへ捨てるように、自分の命を捨てることができるだろう。

「よし、機が熟した」

「何がです」

「君の気が変ったのだ」

「仕方がない。気が変ったのをみとめましょう」

小柄な男は握手の手をさし出した。譲二も手をさしのべようとしたとき、ふたたびドアがノックされた。

82

「誰だろう?」

男は不安げにドアを注視した。

「あなたの計算外のことも起るんですね」

と譲二はのろのろと立上って、ドアへ近づいた。そしてドアをあけてみたとき、彼は気を失わんばかりにおどろいた。

冴子が立っていたのである。

冴子は薄みどりのレインコートを着て立っていたが、顔はやつれ、蒼《あお》くみえるほどにまっ白な顔をして、目ばかりが、螺鈿《らでん》のように光っていた。

譲二の手は小刻みにふるえてきた。

「入ってもよろしい？」

「どうぞ。人がいますが……」

二人は自然に他人行儀な言葉づかいになっている自分たちをみとめた。譲二もなれなれしく抱くことはできず、薄みどりの濡《ぬ》れたコートをうけとって釘《くぎ》にかけるのがせいぜいだった。

喜びとも悲しみともつかぬ急流のような感情が、二人の間をしぶきを立てて流れているのが感じられたが、冴子が自分からここへ訪ねてきたこと、客がいても構わず上って来ようとすること、そこには彼女の並々ならぬ決意が認められた。

彼女はコートと殆《ほと》んど同じいろの、かげろうのような感じのするスーツを着ていたが、「ふしぎな男」に軽くお辞儀をして、部屋の奥の椅子に掛けた。譲二は西洋流にすぐ紹介しようとしかけたが、その場の空気は気軽な紹介をとてもゆるさなかったので、黙って自分の椅子にかけた。

冴子のしばらく見ぬ間のやつれ方に譲二はおどろいた。それも熱情と絶望のためだと思うと、譲二の心は痛んだ。冴子の顔がとても小さくなったような気がした。

扇風器のまわる音だけが部屋を占めていた。

「とうとう『あなたのお部屋』へ来たわ」

と冴子が、涙をこらえるような低い声でぽつりと言った。それは熱情的な愛の告白だった。それが譲二にはよくわかっていたが、

「うん」

とうつむいて答えるのがやっとだった。

怖ろしいほど永い沈黙がつづいた。冴子がじっと彼をみつめて、泣き出さないでくれていることが、彼にとって唯一の救いであった。「ふしぎな男」が決して席を立って帰ろうとしない無神経に腹を立てながら、男にしても今はどうしても帰れない立場にあることが、譲二にはわかっていた。

やがて男が口を切って何を言い出すか、譲二には一秒毎にだんだん鮮明に予想されるような気がした。彼のうつむいた額には徐々に汗がにじんできた。

男はとうとう口を切った。

「どうだい。君がこのお嬢さんにどうしても結婚を申し込む勇気のなかった原因をお目にかけちゃあ。いつまでも謎のままにしておくことはない。君は沖仲仕をやめてから、ぶらぶらしているうちに、若気のいたりで、そんなものを背負い込んだんだ。君がそれほど恥かしく思っていても、ただ黙っていては、君のその気持は人に通じない。思い切って見せてしまえば、吹っ切れるぜ。どうだね」

――冴子は譲二が立上り、目の前へ背を向けるのを見た。彼は部屋のドアのほうを向いて仁王立ちになり、じっと何か考えていた。冴子にはこれから何がはじまるのか、全く見当がつかなかった。自分からこのアパートを探し当てて、一人で訪ねて来たやむにやまれぬ気持は、今さらくわしく説明するにも及ぶまい。それは敗北を自認することであったが、何百ぺんも、何千べんも考えあぐねた末にそうしたことだ。恋だけとは云いきれない。彼女はたとえその恋がもう死んでいても、どうしても譲二の口から、事の真相をきかされなくては、居ても立ってもいられない気持だったのだ。

だから冴子は、そのアパートの部屋にたとえ女がいても、堂々と上って、譲二の釈明をきくつもりだった。来てみれば何か由ありげな男客があったが、それでも決意は変らなかった。

そのつきつめた気持が、自分へ背を向けて立っている譲二の、得体のしれない行動で、急にはぐらかされる感じがした。

譲二はなお、何かためらって、そのままの姿勢でうつむいていた。

そこで冴子の目の前には、はじめて彼を見たときと同じ、ひろい巨大な背中があった。それは純白のワイシャツに包まれていたけれど、やはりふしぎな魅力を湛《たた》えていた。しかしその魅力の性質は、最初に見たときの優雅やたのもしさとはちがって、言いがたい男の孤独とさびしさに関わっていた。彼女はこんなにいかめしく、しかもこんなに淋しい男の背中を見たことがなかった。

譲二の手が動いてワイシャツの釦《ボタン》を外しているらしかった。何がはじまるのだろう。こんな切羽つまった状況にいて、なおも心に湧いてくる好奇心は制しきれなかった。

突然、純白の幕が切って落されたように、譲二のワイシャツが大まかに、さっと脱ぎ捨てられた。冴子は息を呑《の》んだ。

その背中いちめんにあらわれているのは、みごとな刺青《いれずみ》だった。絵柄は何というのか知らないが、両脇には様式的な波が躍り、そこを錦絵風な顔だちの逞《たくま》しい男が波を切って泳いでいて、その男の背にも、昇り竜降《くだ》り竜の刺青が彫られ、ぎっしりとつまった波の紋様がその男の下半身を没していた。実にみごとな、圧倒的な、いやらしいほど鮮明な朱と青の画像であった。

冴子は目がくらくらして倒れそうになった。

譲二は、又シャツに腕をとおすと、椅子に掛けて、頭を抱えてうつむいた。

あのすばらしい紺の制服の背布の下には、こんな卑俗なものが隠れていたのか。

冴子は想像もしていなかった難問をつきつけられて、自分の魅せられたものの正体を前に、まだ「幻滅」などという感想には程遠い、名状しがたい混乱の中にいた。

「お嬢さん。おわかりですね」と、ふしぎな男は奇妙なやさしさのこもる声で言った。「これがあったから、彼はあなたにどうしても結婚を申し込む勇気がなかったのです。彼のあなたに対する愛情は、絶望的なほどまじめなものでした。一言彼のために弁解しておきますが、結婚の約束をせずにあなたの体だけを要求するような、そういう世間の好加減な青年とはちがいます。あなたを愛するには、彼にはそういう方法しか残されていなかったのです。だから結婚申込を強いられたとき、彼にのこされた道は、逃げだすことだけでした。わかりますね。彼は本当にあなたを愛していたんですよ。

しかし、もしこれを隠して結婚を申し込めば、ひどい詐欺行為を、あなた及びあなたのお父さんに働らくことになるし、又、もしこれを見せてしまえば、申込みが受け入れられる筈《はず》もないことが、彼にはよくわかっていました。

彼のエピソードなら全部御存知の筈のあなたが、この秘密のエピソードだけは御存知なかったんですね。

もちろんこんな刺青をしたのは、彼のつまらない若気のいたりです。青春は、いつでも、こういう形には限らず、あとで懲罰の意味をもつようになるのですね。

しかしこんな彼でも、あなたがついて行くおつもりなら、別ですがね」

「譲二さん！」

冴子は怖ろしい感動に打たれて、譲二に呼びかけた。しかしうつむいている譲二は答えなかった。

「どうなんです。彼がどうなっても、どこへ行っても、ついて行くつもりがありますか？」

「ついて行きます」

冴子はキッパリと答えた。

「答が早すぎます」と、ふしぎな男の落着いた声がかえってきた。「あなたは考えもなしに誓っている。あなたは彼と一緒にプールへ泳ぎに行くこともできない。海へ泳ぎに行くこともできない。可愛い子供ができる。お父さんの刺青は、子供の目に隠しておくことはできない。しかも父親の刺青を隠して、子供をいい学校へ入学させれば、子供は可哀そうに、幼ない時から嘘を学ぶことになる。あなたが今まで生きてきた安楽な、ブウルジョア風な生活は、たとえ形だけ保てても、完全に内側から蝕《むしば》まれてしまう。いいですか。きっとあなたは後悔するようになるでしょう」

「後悔なんかしませんわ」

と冴子は怒ったように言った。

「今から未来のことを断言するものじゃない。あなたはなるほど今は純粋な気持だろう。しかしあなたの育ちは、こんな刺青と一緒に暮すようにはできていない。あなたは自分の夢を大切にするか、永い永い幻滅と共に生きるか、その瀬戸際に立っているのです。よく考えてごらんなさい」

懇々と言われているうちに、冴子の心の中に徐々に自分に対する疑いが芽生えてきた。やさしい父、品のよい交際、大ぜいの品のよい友達、……いわば虚飾にみちたあの世界の美しさが、こんな怖ろしい嘘のおかげで、みんな虚飾をはぎとられ、灰色の死の世界に変ってしまうような心地がした。それは自分の幼年時代をも、少女時代をも、のこらず灰の中へ葬ってしまうのと同じことなのだ。

頭を抱えた譲二の白いワイシャツの背が、小刻みにふるえていた。彼は泣いているのかもしれなかった。

今は白い清潔なブロードの布に包まれたその背へ、冴子は抱きついて、頰を押しあてて一緒に泣いてあげたいような気がした。しかし布一枚の下には、あのいやらしい俗悪な肉の絵が隠れているのだ。

冴子は、現実のおぞましさに直面して、少しずつ砂時計の砂が落ちてゆくように、自分の勇気が失われてゆくような気がした。

ふしぎな男は、実に適切な機会に助け舟を出す読心術を心得ているらしかった。

「わかりましたね。即答してはいけません。お家《うち》へかえって、よく考えてみるんですね。何もこれが最後の機会じゃない。心が決ったら、又ここへ訪ねてくればいい。

譲二はここにいるでしょう。逃げも隠れもしないように、私からも言っておきます。ね、安心して、今はお帰りなさい」

冴子はしらぬ間に立上っている自分におどろいた。あのような苦しみと悩みの日々が、こんな形で終ることは想像もしていなかった。思えば、自分は譲二を最終的に諦《あき》めるために、もっとひどい傷を望んでいたのだ。

もっとひどい傷！

これ以上の傷があるだろうか？　冴子は自分の想像力に自信を失くし、混乱のあげくに、ふしぎな男の催眠術師のような言葉になびいていた。

ふしぎな男も立上って、やさしく冴子の腕をとった。譲二のそばを通って、その肩へ手をかけようとする冴子を、男は、目くばせをして引止めた。

「さあ、アパートの玄関まで送って行ってあげましょう」

冴子がドアをあけて出るとき、一瞬ふりむくと、譲二はまだうつむいたままの姿勢を崩していなかった。

……………………。

部屋へかえってきた「ふしぎな男」は、依然うつむいている譲二をそのままにして、窓ぎわへ寄って、煙草を吹かした。冴子の薄みどりのレインコートの姿が、タクシーを止めているのが見えた。中学校の公孫樹《いちょう》並木の雨を含んだ緑が湧き立っていた。

彼は譲二のところへ戻ると、そのガッシリした肩へ手をかけた。

「さあ、荷物をまとめるんだ。このアパートはすぐ引払ってあの方のところへ行こう。君もそのつもりだろうね」

譲二は子供のように、大きな体でコックリした。ふしぎな男はもう一度念を押した。

「え？」

譲二は濡《ぬ》れた強い目をあげて、今度ははっきりと言った。

「僕もそうするつもりでした」

「そう、それでよし」と男は、譲二の肩を、滑稽《こっけい》なほど大げさに二三度叩《たた》いた。そしてこう言った。

「よし。これで君は、女たちの世界を卒業した。今日から君の前には、冒険と戦いの日々がはじまるんだ」

解説

安部譲二

僕は古稀《こき》を過ぎた今でも、有り難いことにまだ原稿依頼があって、それで暮らしを立てている現役の作家です。いよいよ仕事が無くなれば、いろんな手続き書類に書かされる職業欄に、自称作家とか家事手伝いとか、ヒモとか書くようになるでしょう。

僕は七十二歳になるこの年まで、いろんなことをして喰《く》ってきました。麻布中学に通っていた十四歳でヤクザの世界に足を踏み入れて、それから半世紀以上、それこそジェットコースターのような浮き沈みの激しい人生を送ってきました。

僕のプロフィールには、〝博奕打《ばくち》ち、日本航空パーサー、ライブハウスとレストラン経営、プロモーター、キックボクシング解説者等々を経て、昭和六十一年『塀の中の懲りない面々』を初出版、現在に至る〟と書いてあります。〝等々を経て〟の等々には、本当はもっとたくさんの職業というか、仕事が詰まっています。

三島由紀夫先生との御縁は、僕が十八歳の頃、銀座のゲイバーで用心棒をしていた時分に遡《さかのぼ》ります。ゲイバーというものが、世の中にまだほとんど知られていなかった昭和三十年代の初め、三島さんはその店の常連客でした。

この『複雑な彼』は、三島さんが女性週刊誌「女性セブン」に連載した小説です。そして、主人公の航空会社のパーサー、宮城譲二のモデルになったのが、まだピカピカに若かった二十代後半の僕でした。

本名を安部直也といって、周囲の人には「アベナオ」と呼ばれていた僕が、昭和五十六年に渡世の足を洗ってカタギになり、曲折を経て昭和六十一年に大幸運に恵まれて本を出版した時、ペンネームは『複雑な彼』にあやかって安部譲二としました。

今でも御一緒に酒を呑《の》む度に、丸谷才一先生に「ペンネームに略字を使うところに、お前さんの無学で浅はかなところが顕《あらわ》れている」と、譲の字がナベブタの下に小さな四角を二つ並べる本字の「讓」ではないことを笑われるのですが、これも三島さんと小学館の校閲がした仕事で、僕の所為《せい》ではありません。

この年になると、何でも他人に責任転嫁することが上手《うま》くなります。この技術がなければ、日本で政治家も役人もやってなんかいられません。作家に至っては言うまでもありません。

僕は、この機会にもう一度『複雑な彼』を読み直しました。三島さんが「楯の会」を作る時、当てにしていた資金が何かの理由でストップしたので、急遽《きゅうきょ》、破格の原稿料で女性週刊誌に初めての連載小説を書いたという、いわく付きのこの作品は、良く言えばとても異質で、はっきり言えば、三島さんらしいタッチがありません。

僕の知る限り『潮騒』が唯一、知性と教養が、若い男の素朴で力強い野性に圧倒される姿が描かれています。残念ですが僕がモデルの『複雑な彼』には、『潮騒』の主人公が持つ瑞《みず》みずしさがありません。こんなことはモデルだった僕のボヤキです。

角川書店が復刻するのは、この作品が読者に支持されると見定めてのことなのでしょう。僕自身、超一流で当時ノーベル文学賞の呼び声も高かった三島さんに、自分の二十七歳までの人生をかなり克明に書いていただいたことを光栄に思っています。

しかし、この連載が始まった時、僕は参りました。現役のヤクザが、執行猶予中の身で日本航空に潜り込んでパーサーをやっていたのです。以前、深い仲だった

〝空中金魚〟という渾名《あだな》のスチュワーデスが、美しい顔を歪《ゆが》めて僕のところに来ると、テーブルに「女性セブン」を三冊、乱暴に抛《ほう》り投げました。

「この連載小説の主人公は貴方《あなた》のことでしょ。まだ始まったばかりだけど、私のことが出て来たら困るわ。どうしてくれるの」と、切羽詰まった様子で僕に詰め寄ったのです。

煮ても焼いても喰えないから、北京語の〝空中小姐〟をもじって空中金魚と渾名が付いたスチュワーデスは、その後いい家のボンボンの嫁に納まっていました。小説に洗いざらい書かれたら大変です。

僕は三島さんが女性週刊誌に連載小説を始めたことなんて、全く知りませんでした。いろいろと御縁はあったものの、文壇の大御所と博奕打ちでは、棲《す》む世界がまるで違います。

僕は、空中金魚が抛り投げた「女性セブン」の『複雑な彼』を読んで青くなりました。まだ始まったばかりの連載小説ですが、主人公の宮城譲二は、まさしく僕のことです。空中金魚だけではなく、いろいろ差し障りのあることや、ご迷惑をお掛けする方が出て来るだろうということは察しがつきましたから、僕は困り果てたのです。

ヤクザ稼業、博奕打ち渡世で、それでなくても親兄弟には散々迷惑を掛けていました。父も兄も普通の会社に勤める素ッカタギです。いくら当代一の人気作家の手によるといっても、他人サマの小説のトバッチリをこんなところで喰ったのでは堪《たま》りません。

僕は発行元の小学館に電話をしました。受話器を取った「女性セブン」の編集長は、とても親切で和やかな声の方で、三島先生の原稿は連載がスタートする前に全部入っているから、いつでも見せると言いました。

その頃は門外漢でしたから、何も気が付きませんでしたが、今になってみると不思議です。週刊誌の連載小説が最初から全部入っているなんて、そうあることではありません。超売れっ子作家は、日々連載に追われて締め切りギリギリに入稿するのが普通だからです。

そんなことはさておき、僕は一ッ橋にあった「女性セブン」の編集部へ飛んで行って、『複雑な彼』の生原稿を全部読ませてもらいました。そして二カ所、全部で三十行ほどですが、「ここはどうしても、なんとかしていただかなければ、僕の指が九本になってしまいます」と、両手を開いて編集長の鼻の前に突き出したのです。

そうすると驚いたことに、編集長はしばらく考えてから、「いいでしょう」と赤のサインペンで僕が指摘したところを無造作に塗り潰《つぶ》してくれました。そのお陰で、僕の指は今でもちゃんと十本揃《そろ》っています。

この小説はその後、大映で映画にもなりました。主人公のモデルが現役のヤクザだったので、あとでイチャモンがつくと面倒だと気を遣ったのでしょうか、映画がクランクアップした日に、島耕二監督と主演した田宮二郎が、僕がやっていた青山のレストラン「サウサリト」に、女房の藤由紀子を連れて挨拶《あいさつ》に来たのです。綺麗《きれい》ない い女でした。僕は「あ、同じヤの字でも、ヤクザと違って役者はいい女が持てるんだな」なんて改めて感じ入りました。

妻や連れ合いのことを、「持てる」なんて所有格で言うのは、いわば業界用語です。そのほうが何とも言えず雰囲気が伝わります。その時、島監督は大映からだと言って、封筒に入った十万円をくれました。僕たちは、その場で開けて見たりはしません。右手の親指と人差し指で摘《つま》むと中身が分かるのです。チンピラの頃は、渡された封筒の中身が千円札三枚の三千円ではなく、一枚だと摘んで見当をつけると、「ふざけんな！　こんなはした金包みやがって……」と叫んで、封筒ごとベリベリに細かく破いて掌《てのひら》に載せて、フッと相手の顔に吹きかけました。ところが中身は千円札ではなく一万円札だったのに気が付いて、吹いた息が途中で止まったなんて情け無い場面もありましたが……。

監督と主演俳優に挨拶にこられて、十万円渡された僕は、当然悪い気はしませんでした。当時の僕は、見栄と気取りでいっぱいです。たまたま懐に持っていたビートルズ日本公演のプラチナ・チケットを二枚、田宮二郎と美しい新妻に気前よくあげました。

小説を読み返し、映画のDVDを見て、当時のいろいろな場面が蘇《よみがえ》ってきます。田宮二郎の猟銃自殺（一九七八年）もびっくりしましたが、三島さんの最期も衝撃でした。なんとなく次は自分か……と首を撫《な》でたものです。

一九七〇年十一月二十四日、三島さんは自衛隊で割腹自殺をする前の晩、僕に電話をくださって、今呑んでいるバーのボトルは、みんな君にあげると仰《おつしや》いました。電話を切ってから、突然のそんな電話に何か釈然としなかった僕は、しばらくしてから店のマスターに電話をかけて、三島さんに何か変わった様子はないかと尋ねました。

「いいえ、普段通りですよ」という返事を聞いて、受話器を置きましたが、事件は翌日起こりました。

陸上自衛隊市ヶ谷駐屯地で三島さんは総監を人質に籠城《ろうじょう》して、バルコニーで自衛隊員に決起を促す演説をしてから、割腹自殺をしたのです。

あの晩、三島さんは何を想って馴染《なじ》みのバーで、最後の酒を呑んだのでしょう。三島さんとは本当に不思議な御縁でした。

本書は『決定版　三島由紀夫全集』（新潮社）を底本とし、現代仮名遣いに改めました。

本文中には、今日の人権擁護の見地に照らして、不適切と思われる表現がありますが、著者自身に差別的意図はなく、また、著者が故人であること、作品自体の文学性・芸術性を考え合わせ、原文のままとしました。

（編集部）

複雑《ふくざつ》な彼《かれ》

三島由紀夫《みしまゆきお》

角川文庫 15992

平成二十一年十一月二十五日　初版発行
平成二十二年四月二十日　再版発行

発行者―井上伸一郎
発行所―株式会社角川書店
東京都千代田区富士見二―十三―三
電話・編集（〇三）三二三八―八五五五
〒一〇二―八〇七八

発売元―株式会社角川グループパブリッシング
東京都千代田区富士見二―十三―三
電話・営業（〇三）三二三八―八五二一
〒一〇二―八一七七
http://www.kadokawa.co.jp

印刷所―暁印刷　製本所―BBC
装幀者―杉浦康平

み 2-6　ISBN978-4-04-121212-7　C0193

角川文庫発刊に際して

角川源義

第二次世界大戦の敗北は、軍事力の敗北であった以上に、私たちの若い文化力の敗退であった。私たちの文化が戦争に対して如何に無力であり、単なるあだ花に過ぎなかったかを、私たちは身を以て体験し痛感した。西洋近代文化の摂取にとって、明治以後八十年の歳月は決して短かすぎたとは言えない。にもかかわらず、近代文化の伝統を確立し、自由な批判と柔軟な良識に富む文化層として自らを形成することに私たちは失敗して来た。そしてこれは、各層への文化の普及滲透を任務とする出版人の責任でもあった。

一九四五年以来、私たちは再び振出しに戻り、第一歩から踏み出すことを余儀なくされた。これは大きな不幸ではあるが、反面、これまでの混沌・未熟・歪曲の中にあった我が国の文化に秩序と確たる基礎を齎らすためには絶好の機会でもある。角川書店は、このような祖国の文化的危機にあたり、微力をも顧みず再建の礎石たるべき抱負と決意とをもって出発したが、ここに創立以来の念願を果すべく角川文庫を発刊する。これまで刊行されたあらゆる全集叢書文庫類の長所と短所とを検討し、古今東西の不朽の典籍を、良心的編集のもとに、廉価に、そして書架にふさわしい美本として、多くのひとびとに提供しようとする。しかし私たちは徒らに百科全書的な知識のジレッタントを作ることを目的とせず、あくまで祖国の文化に秩序と再建への道を示し、この文庫を角川書店の栄ある事業として、今後永久に継続発展せしめ、学芸と教養との殿堂として大成せんことを期したい。多くの読書子の愛情ある忠言と支持とによって、この希望と抱負とを完遂せしめられんことを願う。

一九四九年五月三日

角川文庫ベストセラー

藪の中・将軍　芥川龍之介

『今昔物語』に材を取り、藪の中で起こった殺人事件を語る「藪の中」、神格化された一将軍の虚飾を剝ぐ「将軍」等、テーマも多彩な十七編。

トロッコ・一塊の土　芥川龍之介

少年期の一体験を淡い感傷で描き、人生に疲れた哀感を漂わせる名作「トロッコ」、寡婦となった農家の嫁と姑を描く「一塊の土」など計二十一編。

或阿呆の一生・侏儒の言葉　芥川龍之介

自ら三十五年の生涯を絶った最晩年、昭和二年に書かれた小説など遺稿を中心にして編纂した一冊。表題作の他「たね子の憂鬱」「歯車」などを収録。

羅生門・鼻・芋粥　芥川龍之介

うち続く災害に荒廃した平安京を舞台に描く文壇処女作「羅生門」など初期の十八編を収録。人間の孤独と侘びしさを描いた、芥川文学の原点。

蜘蛛の糸・地獄変　芥川龍之介

薫り高い童話「蜘蛛の糸」、愛娘を犠牲にして芸術の完成をはかる老絵師の苦悩と恍惚を描く王朝ものの傑作「地獄変」など、八編を収録。

真田軍記　井上靖

三代にわたる真田一族を側面から描き、戦国武士の心理を活写した表題作の他、「篝火」「高嶺の花」「犬坊狂乱」「森蘭丸」の戦国に取材した4編を収録。

風と雲と砦　新装版　井上靖

戦国時代、武田と徳川の攻防の中で出逢う三人の男と三人の女。無情な歴史と人間の姿を詩情溢れる筆致で浮き彫りにする、歴史人間ドラマの傑作。

角川文庫ベストセラー

星と祭(上)(下) 新装版　井上靖
娘の死を受け入れられない父親が、ヒマラヤで月を観、十一面観音を巡りながら哀しみを癒やしてゆく。親子の愛と死生観を深く観照した傑作長篇。

淀どの日記 新装版　井上靖
浅井家の長女として生まれ、一家を滅した仇敵・秀吉の側室となった淀どの。悲運の生涯を誇り高く生き抜いた姿を描いた、野間文芸賞受賞作。

海と毒薬　遠藤周作
今次大戦末、九州大学で行われた外国人捕虜の生体実験。この非人道的行為をモチーフに、日本人の罪責意識を根源的に問う問題長編。

恋愛とは何か　遠藤周作
豊かな人生経験を持ち、古今東西の文学に精通する著者が、わかりやすく男女間の心の機微を鋭く解明した、全女性必読の愛のバイブル。

ぐうたら生活入門　遠藤周作
山里に庵を結ぶ狐狸庵山人が、彼一流の機知と諧謔のうちに、鋭い人間観察と、真実に謙虚に生きることへのすすめをこめたユーモアエッセイ。

天使　遠藤周作
鹿田二郎は入社早々、渡辺クミ子に出逢った。「気持ちは優しいが、少し間が抜けた世話やき姉ちゃん」と先輩は言うが……。

宿敵(上)(下)　遠藤周作
堺の富を後ろ楯に持つ「水の人」小西行長と、自分しか頼れなかった「土の人」加藤清正。出発から違っていた二人はやがて死闘を演じる宿敵となった。

角川文庫ベストセラー

心の海を探る　遠藤周作
人の心の不思議さ、心と現実世界の密接な関係を対談の名手・遠藤周作が、河合隼雄、カール・ベッカーらと語り合う。人の心の深淵をのぞく一冊。

野火　大岡昇平
太平洋戦争末期、フィリピン。部隊を追われた一等兵・田村は、飢えを抱えて山野をさすらう……。死に直面した人間の極致を描く、戦争文学の傑作。

ながい旅　大岡昇平
映画『明日への遺言』原作。戦犯裁判で、部下の命と軍の名誉を守り抜いて死んだ岡田中将の誇り高き生涯。彼の写真と幻の遺稿を収録。

伊豆の踊子・禽獣　川端康成
一高生が孤独の心を抱いて伊豆への旅に出、旅芸人の踊り子にいつしか烈しい思慕を寄せる。青春の慕情と感傷が融け合って高い芳香を放つ。

雪国　川端康成
「無為の孤独」を守る島村が、上越の温泉町で芸者駒子と出会う。新感覚派の旗手として登場した著者の代表作。サイデンステッカーによる解説付き。

堕落論　坂口安吾
「堕落という真実の母胎によって始めて人間が誕生したのだ」と説く作者の世俗におもねらない苦行者の精神に燃える新しい声。

不連続殺人事件　坂口安吾
山奥の一別荘に集まった様々な男女。異様な雰囲気の日々、やがて起こる八つの殺人…。日本の推理小説史上、不朽の名作との誉れ高い長編推理。

角川文庫ベストセラー

晩年　太宰治

作者は自分の生涯の唯一の遺書になる思いで「晩年」と名付けた——。「葉」「思い出」「魚服記」「列車」「地球図」他十点を収録。

女生徒　太宰治

昭和十二年から二十三年まで、作者の作家活動のほぼ全盛期にわたるいろいろな時期の心の投影色濃き女の物語集。

走れメロス　太宰治

約束の日まで暴虐の王の元に戻らねば、身代りの親友が殺される。メロスよ走れ！　命を賭けた友情の美を描く名作。

斜陽　太宰治

古い道徳とどこまでも争い、太陽のように生きる一人の女。昭和二十二年、死ぬ前年のこの作品は、太宰の名を決定的なものにした。

人間失格　太宰治

太宰自身の苦悩を描く内的自叙伝「人間失格」、家族の幸福を願いながら、自らの手で崩壊させる苦悩を描いた「桜桃」を収録。

ヴィヨンの妻　太宰治

不安にさいなまれて酒に逃げる男を妻の視点で描いた表題作ほか、未完の絶筆「グッド・バイ」、「パンドラの匣」など最晩年の傑作短編集。

ろまん燈籠　太宰治

退屈になると家族が集まり〝物語〟の連作を始める入江家。個性的な兄妹の性格と、順々に語られる世界が響きあうユニークな家族小説。

角川文庫ベストセラー

津軽　太宰治

自己を見つめ、宿命の生地への思いを素直に綴り上げた紀行文であり、著者最高傑作とも言われる感動の一冊。

もの思う葦　太宰治

生活、文学の凄絶な葛藤のなか、二十六歳の時に『晩年』と並行して書き記した表題作など、全創作時期におけるアフォリズム、エッセイ集。

愛と苦悩の手紙　太宰治　亀井勝一郎＝編

昭和七年から、自ら死を選ぶ昭和二十三年まで、二百十二通の書簡を編年体で収録。太宰の素顔、さまざまな事件、作品の成立過程を明らかにする。

濹東綺譚　永井荷風

かすかに残る江戸情緒の中、向島の玉の井を訪れた大江はお雪と出会い、逢瀬を重ねるが…。詳しい解説と年譜、注釈、挿絵つきで読みやすい決定版。

吾輩は猫である　夏目漱石

漱石の名を高らしめた代表作。苦沙弥先生に飼われる一匹の猫にたくして展開される痛烈な社会批判は、今日なお読者の心に爽快な共感を呼ぶ。

草枕・二百十日　夏目漱石

「草枕」は人間の事象を自然に対するのと同じ無私の眼で見る〝非人情〟の美学が説かれているロマンティシズムの極致である。

虞美人草　夏目漱石

「生か死か」という第一義の道にこそ人間の真の生き方があるという漱石独自のセオリーは、以後の漱石文学の方向である。